[捷克]
博胡米尔·赫拉巴尔 著

星灿 / 劳白 译

我曾侍候过英国国王

Bohumil Hrabal

OBSLUHOVAL JSEM ANGLICKÉHO KRÁLE

北京出版集团公司
北京十月文艺出版社

作者说明

本书手稿是在强烈的夏日阳光下打出来的。烈日晒得打字机曾多次一分钟内就卡壳一次。我没法直视强光照射下那页耀眼的白纸，也没能将打出来的稿子检查一遍，只是在强光下机械地打着字。阳光使我眼花缭乱，只能看见闪亮的打字机轮廓。铁皮屋顶经过几个小时的照射，热得使已经打上字的纸张卷成了筒。由于最近一年来发生的事件，使我无暇注销亡母的户口，这些事件逼得我将打出来的稿件按原样撂在那里未加改动。我希望有一天，我有时间和勇气仔细琢磨，把这部稿子改得完美一些，或者——在我可以抹去这些粗糙而自然的画面的前提下，只需拿起一把剪刀来处理这份稿子，把其中那些随着时间的推移仍然保持清新的画面剪下来。倘若我已不在人世，就请我的哪位朋友来完成，将这些剪下的画面拼成一部小小的中篇或较长的短篇小说吧。就这样。

又及：在我写作这部稿子的这个夏季月份里，我正生活在为达利“虚构的回忆”以及弗洛伊德“在畅所欲言中，发现被压抑的冲动”而激动的情绪之中。

目 录

一

擦拭玻璃杯

请注意,我现在要给诸位讲些什么!

我一来到金色布拉格旅馆,我们老板便揪着我的左耳朵说:“你是当学徒的,记住!你什么也没看见,什么也没听见!重复一遍!”于是我说,在这里我什么也没看见,什么也没听见。老板又揪着我的右耳朵说:“可你还要记住,你必须看见一切,必须听见一切!重复一遍!”于是,我惊讶地重复了一遍说我将看见一切,听见一切。就这样,开始了我的工作。每天早上六点钟,我们就来到大堂,接受一次小小的检阅。旅馆经理驾到。

地毯的一边站着餐厅领班和所有服务员，最后一个是我，一个干巴小个儿学徒。另一边站着厨师、客房服务员、厨房打下手的、勤杂工和洗碗工。我们的老板，经理先生打我们身旁走过，检查我们的衬衫和礼服，看我们的领子是否干净，燕尾服上有没有油污，扣子掉没掉，皮鞋亮不亮，他还弯下身来闻一闻，检查我们是不是洗了脚，然后说："你们好，先生们！你们好，女士们！"于是，我们便不能再跟任何人闲扯了。餐厅服务员们教我怎样将刀叉包在餐巾里。让我打扫烟灰缸。每天我还得清洗装热香肠的铁皮盒子，因为是由我到火车站去叫卖热香肠的。全套活计都是那个已经不再当学徒、成了正式工的人教给我的。哎呀呀，他为了能到火车站去叫卖香肠，可真没少求人家。最初，我对这一点感到有些不解，到后来我就明白了。我最爱干的就是到火车站去向车上的乘客卖香肠这档子差事了。有好几次，我的香肠以一克朗八十哈莱士[1]一对卖给人家，可乘客们只有一张二十克朗，有时甚至五十克朗的钞票，而我又没有那么多零钱找给他们。即使有，我也只顾继续往下卖，直到乘客们纷纷上车，从窗口探出头，伸出手来让我找钱。我先把热香肠放好，

1 捷克硬币，一百哈莱士为一克朗。

然后在兜里翻找零钱。乘客们大声嚷嚷，说钢镚儿不用找了，把纸币找给他们就行。我却磨磨蹭蹭地在兜里找纸币。哨声响了,我才慢慢掏出该找给乘客的纸币。可是,火车已经徐徐开动。我追在火车后面跑，举着钱，眼看着他的手指就要触着纸币了。有一个人探出一大截身子，以致不得不让人拽住他的腿。还有一个人，他探在窗外的脑袋眼看要碰着站台的柱子，可是后来，他伸着的手指很快离我远去。我气喘吁吁地站在那里，手里捏着纸币。这可就是我的了！很少有旅客回来索取过这些钱。这样，我开始有了自己的积蓄。一个月下来便是好几百，到后来我甚至有了上千克朗。可是，从早上六点到晚上睡觉之前，我的上司都要来检查一番，看我是不是洗了脚。晚上十二点前我必须上床。我就这样开始了什么也没听见却又什么都听见了，什么也没看见却又看见了我周围一切的生活。我看见了这规矩、这制度，看见了当我们彼此之间表面上显得不和时，我们老板的那种高兴劲儿。哪能让女账房晚上跟一个男服务员去看电影呢！第二天早上就得把他们辞掉。我还认识了餐厅的特别客人，那张包出去的餐桌。每天都由我来擦拭这张餐桌上的玻璃杯，杯子上有每个客人各自的号码、各自的标记。有上面画着鹿的杯子，有画着紫罗兰的杯子，有画着小镇的杯子，有棱角的杯子，还有慕尼黑产的带有 HB 字母的大肚子石罐儿。每天晚上，我都看见这帮固定的上流人士：公证人先生、火车站站长、法院院长、兽医、音乐学校校长、工厂主伊纳，我替所有这些常客穿脱过外套，我给他们端啤酒，还得把各人固定使用的杯子送到他们各位的手里。我真奇怪这些富人怎么能整整一个晚上来来回回讨论这么个问题，说城外有一座小桥，三十年前小桥旁边有棵白杨树。于是争论便开始了，这个说那里没有小桥，只有那棵白杨树，另一个说那里没有白杨树，只有一块不能算作小桥的带栅栏的木板……他们就这样边喝啤酒边为这个没意思的问题大喊大叫争论不休。不过也只是表面上热闹热闹而已，因为他们尽管大声吵嚷着说那里有座小桥而没有白杨树，或者说那里有棵白杨树而没有小桥，可到后来又总是坐下，一切恢复正常。他们的争吵仿佛只是为了让啤酒更加可口。有时候他们又争论这样一个问题：捷克的哪种啤酒最好。这个说普罗吉维的最好，那个说沃德尼昂的最好，第三个说皮尔森的最好，第四个说宁布尔克的最好，或者说克鲁肖维采的最好，于是又扯着嗓门儿争个不休。大家都很高兴，大声吵嚷只是为了有点事情做，轻松地把这个晚上打发掉。后来，在我给他们端啤酒去的时候，站长先生便侧着身子对我耳语道：有人看见兽医先生到天堂艳楼去找小姐了。说他去的是雅露什卡小姐的房间。而那位校长又耳语说兽医虽然去过，但不在礼拜四，而是在礼拜三就去了，说那位兽医找的是弗拉丝达小姐。于是，他们整整一晚上便谈论天堂艳楼的小姐们，还有谁去了谁没去等等。当我一听到天堂艳楼这个话题，对他们曾经争论过的城外有座小桥还是有棵白杨树，啤酒是布拉尼克牌子的好还是普罗吉维的好之类的话题就压根儿不再想看见和听见，一心只琢磨着这天堂艳楼大概是个什么样子。我数一下自己的钱。我卖热香肠攒下来的外快，足够我去逛一趟天堂艳楼了。我甚至还会在火车站上装哭、装小可怜的，让人们同情我这个小学徒。他们在车上向我招手，施给我钱，因为他们以为我是个孤儿。我打定主意，总有一天的晚上十一点钟以后，等我洗了脚，便要从窗子爬出去，看看那个天堂艳楼究竟是什么样子。这一天终于来到了，就在金色布拉格旅馆出了大事的那一大。那天上午进来一帮茨冈人，一个个穿得漂漂亮亮，说他们是锅炉厂的，有的是钱。于是坐下来，要了最好的菜，而且每次在点另一道菜时，总要把钱亮出来给你看一下。音乐学校校长坐在窗子旁，见茨冈人太吵，就换到餐厅中间的一张桌子，继续看他的书。我想肯定是一本非常有趣的书，因为在他站起来换到另一个离原座儿三张桌子远的地方坐下的时候，还一直看着他那本书，连往下坐的那一会儿也还在看他那本书。他的手摸索着找椅子，眼睛还是没离开书。我在为那张包桌擦拭玻璃杯。正值上午，我对着光亮只看见少数几位客人要了份汤和焖牛肉。我们这里的规矩是即使没事做，所有服务员也要找事做。比方我吧，就得仔仔细细将那玻璃杯擦了再擦。领班也挺直身子站在那里整理刀叉，服务员重新整理餐巾什么的……突然，我透过金色布拉格旅馆的玻璃杯看到窗口下跑来一群激怒的茨冈人。他们跑进我们的“金色布拉格”，大概在过道上就已经拔出了刀子。可怕的事情发生了：他们跑到那些从锅炉厂来的茨冈人跟前。而那些锅炉厂工人似乎早就在等着这帮人。他们一跃而起，将身后的桌子一张张拽到身前挡着，以免那些带刀子的茨冈人扑过来。可还是有两个人倒在地上，他们的后背挨了刀子。那些带刀子的茨冈人朝锅炉厂工人的手上砍，连餐桌上都沾满了血，可是校长先生还在继续看他的书，而且面带微笑。那茨冈风暴不仅发生在校长先生的附近，而且越过他的头顶。鲜血溅到他的头上、他的书本上。刀子两次扎着了他那张桌子，可是校长先生仍旧继续读着他那本书。我自己却钻到桌子底下，四肢并用爬进了厨房。茨冈人尖声叫嚷，刀子闪闪发亮，仿佛在金色布拉格旅馆里飞窜的金色苍蝇。这些茨冈人不付钱便匆忙走出旅馆，所有的餐桌上都是血。有两个人躺在地上，有张桌子上摆着两个砍下的指头和一只削下的耳朵，还有一小块肉。之后请来一位大夫检验了这些割下的碎肉，发现这是从肩膀以下的胳膊上割下来的。唯独那位校长先生仍旧用手撑着脑袋，胳膊肘撑着桌子，继续在看他的那本书。其他桌子都已翻倒在门口，这些桌子码成一个防御工事，掩护着锅炉厂工人们逃出了旅馆。经理先生只好站在旅馆门前举起双手对前来用餐的顾客说："抱歉抱歉，今天我们这儿出了点事，明天再开门。"我的任务是洗干净那些血迹斑斑的桌布。那上面有多少手掌印指头印啊。我得把它们都搬到院子里去，在洗衣房烧上一大锅水。勤杂工们也都来帮着洗，然后煮，我负责晾晒。可我个子小，够不着晾晒的绳子，只得由厨娘们来干，我将拧干的桌布递给她们。我的个头刚好够到那厨娘的胸脯，她一个劲儿地笑，还借机戏弄我，将她的乳房压在我脸上，却装作不是故意这样做的。一个乳房挨着另一个乳房地压在我的眼睛上，挡得我什么也看不见，不过倒是挺香的。等她一弯腰拿筐里的湿桌布时，我又从下面看到她的两个乳房在晃悠。等她一站起来晾桌布，那些耷拉的乳房又高高耸起。所有勤杂工和这些娘们儿都哈哈大笑，还对我说:“小家伙，你几岁啦？你已经满了十四？什么时候？”到了傍晚，微风吹拂，桌布全干了，满院飘扬着干净而漂亮的一块块白布，活像我们只有在举办婚宴庆典时才用的餐巾。好啦，我的任务全都完成了！到处重又干干净净，到处都摆放着石竹花。花店总是根据不同的季节送来满满一筐各样鲜花。我上床睡去了。可到夜深人静时，院子里晾着的桌布仿佛在喃喃细语，彼此交谈。我打开窗户，溜出房间，在桌布中间穿梭着，由窗口到了大门那儿。我蹿了出去，走进小巷，从一盏路灯蹿到另一盏路灯底下。倘若有人走过，我便站在暗处等他过去，直到远远地看到了“天堂艳楼”那块绿色招牌，我才稍微站定一会儿，等了一等。楼房里面传出自动风琴的演奏声。我鼓足勇气走进去，只见走廊上有个小窗口。我站在那儿，窗户高得让我不得不踮起脚尖。我看见里面坐着天堂老板娘，她问我:“您有什么事，小伙子？”我说我是来找乐子的。她开了门。我进去之后，看见那里坐着一位黑发女郎，头发梳得光溜溜的在那里抽烟。她问我要什么服务。我说我要吃夜宵。她便说：“给您把饭端到这里来吃，还是到夜宵部那里去吃？”我脸一红，说：“不，我想要一个单间。”她瞅我一眼，打了一声长长的口哨。该问的她都问了我，也得到了答复，于是她又问：“想跟谁？”我指一下她说：“跟您。”她无可奈何地摇摇头，将手伸给我，手拉手地将我领着走过一条暗红灯光的暗黑走廊。她打开房门，里面摆着一个长沙发、一张桌子、两把丝绒面椅子。灯光是从荷叶边儿窗帘下面哪个地方照出来的。从天花板上往下垂着一些柳条之类的东西。我坐下来，摸了一下钱包，心里感到很踏实。我说:“您跟我一块儿吃饭吗？您想喝点儿什么？”她说喝香槟酒。我点点头，她一拍手，服务员便来到跟前，送来一瓶酒，当面将盖打开，然后又从旁边的小贮藏室里拿来两个玻璃杯,倒上酒。我喝香槟时,酒里的泡沫都钻进我的鼻孔里,我不禁打了一个喷嚏。那位小姐一杯接一杯地喝着，在她向我做过自我介绍之后便声称肚子饿了。我说：“好吧！上最好的菜！”她说她喜欢吃牡蛎，说这里的牡蛎很新鲜。于是，我们吃着牡蛎，喝着新开的一瓶香槟酒。然后她便开始抚摸我的头发，问我哪儿人，我说我来自一座小小的村庄，连煤我都还是去年第一次看见过。她觉得好可笑，然后让我放松一点儿。我觉得很热,就脱下了上衣。她说她也热,问我可不可以帮她宽衣。我帮她脱下，将她的衣服平整地放在椅子上。随后，她帮我解开了裤子的开口。这时我才知道，天堂艳楼不光是美妙、迷人，简直就像在天堂。她将我的头放在她的两个乳房之间，那香味，那细嫩的皮肤……我闭上眼睛，彻底地醉了，瘫软了，任她摆布。我什么都不想要，就想要这个了。为了这，即使把我一个礼拜卖热香肠攒下的八百克朗全都花掉，我也乐意。我如醉如梦地和她紧贴在一起，直到筋疲力尽、心满意足。后来，很快就到了该穿衣服，不得不和小姐告别、付钱的时候了。账房算了又算，给我一张七百二十克朗的账单。我又单独给了雅露什卡小姐两百克朗。我走出天堂艳楼之后，靠在第一道墙上，在黑夜中站了一会儿，回味着这一切。我终于弄明白，在这些住着漂亮小姐的漂亮房子里是怎么回事儿了。我暗自说："现在你已不再是生手了，明天再来吧！你也将成为老爷。"我让她们大吃一惊，来的时候我只是一个在火车站叫卖热香肠的小服务员，走的时候却比金色布拉格旅馆那张包桌上的任何一位老爷都要神气得多。

第二天，我对世界的看法立即变了样。这些钱不仅为我打开了通向天堂艳楼的大门，而且使我有了尊严。我后来还回想起一个情景：天堂老板娘见我多付两百克朗时，立即抓起我的手就要吻。我还以为她想知道我的表几点了呢。其实我根本就没有表。不过她要吻的也不是我这个在金色布拉格旅馆当学徒的手，而是那二百克朗，总之，是我拥有的这些钱。我还有一千克朗藏在床上，这钱我也不是想要就有的，而要靠我每天到火车站去卖热香肠才能挣来。第二天上午，我被派去取花篮。回来的路上，我看见一个退休老人四肢趴在地上，找他那个不知滚到哪里去的硬币。我立即联想到，像包桌的客人一样，常常光顾我们旅馆的也有花匠、熟肉师、屠夫与牛奶厂厂长。实际上这些光顾我们这里的客人是给我们供应面包和肉类的，而我们领班一看冰箱，便吩咐说："快到屠夫那里去，让他立即把那瘦得不得了的小牛肉拿走，现在就拿走！"小牛肉果然在傍晚之前被拿走了。那屠夫坐在那儿，仿佛什么事情也没发生过。可那个退休老人大概是眼神不好，手掌在尘土里摸来摸去。我说："您在找什么，老大爷？""找什么？"他说，他丢了二十个哈莱士。我等着人们走过这附近时，便从兜里掏出一把硬币抛到空中，然后立即抓起篮子提手，买我的石竹花去了。我一直朝前走着，拐弯之前我回头看一眼，只见地上还趴着好几个行人，每个人都觉得这些硬币是为他而掉下的。他们互相争吵着，逼着对方把钱还给自己。他们就这样跪在那里大吵大嚷，唾沫四溅，甚至像发怒的猫狗彼此又搔又抓。我忍不住地笑了。我当即明白：人们感兴趣的是什么，相信的是什么，为了几个硬币能干出什么来。我提着花篮回到饭店，看到门口有那么多人，便匆匆跑进一间客房，掏出满满一把硬币，故意抛到离人群有几米远的地方，又立即跪下来修剪石竹花，将两枝文竹配上两枝石竹花插在一个个小花瓶里。我一边插花一边透过窗子看人们怎样四肢趴在地上捡钱，捡我抛下的钢镚儿，还互相争吵：为什么我先看到的钢镚儿被你抢走。这个晚上，在以后的许多个晚上，那些我们没事也要装着忙事儿的日子里，在我擦拭玻璃杯或对着光亮细细检查它的清洁度，并透过它看到宽阔的广场、避瘟柱和天空乌云的时候，甚至白天，我都梦想自己飞翔在大小城镇和乡村的上空，带着一个大口袋，口袋里装满硬币，我将它们一把又一把地撒在身后的地面上。我像播种一样地抛撒着硬币，随即追上来一群人，我还没发现有一个人不去捡这钱的，看到的只是你夺我抢。可我已经继续往前飞行，感觉非常惬意，即使梦中我也会得意扬扬地咽着口水。我甚至梦想自己带着装满硬币的口袋，将它们继续一把一把地撒向我身后的人群。硬币叮当地响着，滚得到处都是。我甚至想象我有本事像蜜蜂一样飞进车厢，飞进火车、电车，叮当一声无缘无故地将一把硬币抛到地上，让大家弯下身，为了抢个小钱去互相争斗，因为每个人都认为这钱只是为他而从天空掉下来的，根本没有别人的份儿。这梦想使我备受鼓舞。我个子小，因此我得戴上浆得很硬的高领子，而我的脖子又细又短，那领子不仅勒得脖子疼，而且直顶着我的下巴。为了不至于太疼，我必须总昂着头，我也学会了仰头看人，因为我没法低头，一低头就疼，所以我鞠躬时必须弯下整个上身，可是头还仰着。我微微合上眼皮，我看世人的那副样子，像是蔑视他们，嘲笑他们，看不起他们。因此客人也以为我是一个很自负的人。同时我也学会了站和走。我马不停蹄地走着，我的脚板像烧烫的熨斗。我奇怪自己怎么没着火，鞋子怎么没烧坏。我的脚板烫得我有时实在没办法，就往鞋里倒冰镇苏打水，特别是在火车站上，可这也只能稍微舒服一点儿。我真恨不得立即把鞋脱掉，穿着燕尾服直接跑到溪边将双脚泡到水里。于是，我继续往里面倒冰镇苏打水，有时还放进一小块冰激凌。现在我才明白，为什么领班和服务员总穿着那些像是从垃圾堆捡来的最旧、最破的鞋。只有穿上这种鞋走路，一天才能坚持下来。就连客房服务员和账房会计，所有人最累的也是那双脚。每当我晚上脱去鞋子，发现脚上的尘土齐了膝盖，仿佛我整天不是走在木板地上和地毯上，而是走在煤堆上。这就是我的燕尾服的另一面，是全世界所有大饭店的服务员、学徒以及领班们的背面。一方面是雪白的、浆得笔挺的衬衫和浆得发硬的白领子，另一方面是渐渐发红的双脚，就像那种得了脉管炎，从双脚的变色开始渐渐死去的人那样……可是，我每周都能攒下一笔钱去找一位新的小姐。我的这第二位小姐是一个金发女郎。我一进到天堂艳楼里面，就有人问我需要什么。我说想吃夜宵，并且立刻添上一句“在单间里”。当她们问我找哪一位小姐时，我就指了一下那位金发女郎。我又爱上了这位浅黄头发的姑娘。尽管那第一次是难以忘怀的，但我觉得这次比第一次更加美妙。我就这样一直检验着金钱的力量。我要了香槟酒，可我事先尝了尝，那位小姐必须跟我喝一样的酒。我不能容忍只给我倒酒而给她倒汽水。当我赤身躺下两眼望着天花板，那位金发女郎也躺在我身旁，也两眼望着天花板时，我突然起来，从花瓶里抽出几枝牡丹，扯下花瓣，并将它们一片片地在小姐的肚皮上摆成一圈儿。真是美得让我吃惊。小姐坐起来，看着自己的肚皮，不过牡丹花瓣掉下去了。我轻轻地将她重新按倒在床上，让她好好躺着，并将墙上的镜子转个角度，让她自己能看到她那摆着牡丹花瓣圈儿的肚子有多美。我说：“太棒了，以后我每次来都给你带一束时令鲜花，在你肚皮上摆成花瓣圈儿。”她说，她从来没有碰到过有人对她的美表示这般的敬意，说她因为这些花而爱上了我。我说：“等到过圣诞节时，我去折些云杉枝来给你在肚皮上摆成一个圈儿，那该会有多么美啊！”她说要是摆上槲寄生将会更美，但应该在长沙发上方的天花板上挂块镜子，让她能看到按季节、月份摆在肚皮上的不同的花瓣圈儿有多美，说等到我给她摆上菊花、石竹花、小野菊、彩色观赏叶……那一定会很好看……我起了床，我们又恋恋不舍地互相拥抱了。临走时，我额外给她二百克朗，可她将钱还给了我。我将钱放在桌子上就走了。我觉得自己仿佛有一米八高。连天堂老板娘我也给她放了一百克朗在窗台上。她弯下身来，透过眼镜瞅了我好一阵子。我出来时已是深夜。夜空的满天星斗照着暗黑的小巷，可我满脑子都是金发女郎肚皮上的獐耳细辛、雪片莲、雪花莲、报春花，除此之外什么也看不见。我越往前走，就越发奇怪我怎么会冒出这么个念头，像摆凉菜冷盘一样在一个女人的肚皮上摆起花瓣圈儿来。我想象着，一年下来能摆这么多品种的花瓣圈儿，真是其乐无穷。原来金钱不仅能买到漂亮姑娘，还能买到诗。第二天早上，我们照例两排站在地毯上，老板在我们面前来回踱步，检查我们的衬衫是否干净，扣子是否齐全，说了声“你们好，女士们、先生们”的时候，我却在盯着厨娘和客房女服务员们死看，直到她们其中的一个揪一下我的耳朵。我发现我连一个也没看上，我也绝对不会往她们肚皮上摆花瓣圈儿。既不会摆菊花花瓣儿，也不会摆牡丹花花瓣儿，更甭说云杉枝或者槲寄生了……我就这样魂不守舍地擦着玻璃杯，对着大窗户的光亮看着窗外的半截子行人，心里想着夏天里开的什么花，怎样摆放到天堂艳楼那位金发女郎的肚皮上去。我非常仔细地擦着玻璃杯，这是谁也做不到的。我先在水里把杯子洗干净，然后再擦，最后举起来对着光亮照，看是否已经干净。可透过玻璃杯，我心里琢磨的全是我将要在天堂艳楼干些什么。我把花园里、草原上乃至森林中的鲜花全想到了，不禁又有了新的惆怅，到了冬天怎么办？后来，我又露出幸福的笑容，因为冬天的花朵更加美丽，我可以去买仙客来和玉兰花，或者到布拉格去买兰花，我干脆搬到布拉格去住。在那里的大饭店也可以找到工作，那里的整个冬天都有花……想着想着，一眨眼快到中午了。我开始分送碟子和餐巾、啤酒和红色的柠檬石榴汁。中午一到，人们便大忙起来。刚一开门，那最先进来，然后转过身去关好门的便是天堂艳楼的那位金发女郎。她坐下来，打开手提包，从里面掏出一个信封，她四下里张望着。我连忙蹲下系鞋带，我的心都快跳出嗓子眼儿了。领班朝我走来对我说："快去接待顾客！"可我只是点点头，我的膝盖直哆嗦。后来，我鼓起勇气，尽最大可能地昂着头，递给她一块餐巾，问她需要点儿什么。她说:“我就是想见见你，要杯覆盆子汁。”我注意到她穿的是那件夏季连衣裙，上面满是牡丹花图案，她整个一身围着一圈儿牡丹花圃。我难为情得脸都红了。我真没想到会冒出来这么一档子事。这些牡丹就是我花出去的钱啊，这是我的好几千块钱啊！眼下我所看到的还只是白白送她的。我转身去为她端覆盆子汁。等我端来时，只见她搁在餐巾上的那个信封里，随随便便露出了一点儿我送给她的两百克朗。她盯得我不禁打起寒战来，覆盆子汁洒在了她的膝盖上。领班匆匆跑来，连老板也来了。老板直向她赔不是，还揪着我的耳朵，恶狠狠地拧了一下。他不该这样做的，气得那金发女郎对着整个店堂大喊一声:“你这是干什么？”老板说:“他把果汁洒在您身上,弄脏了您的衣裳,我会赔偿的。”她却说:“这跟您有什么相干？我什么也不想问您要，您怎么这样侮辱他？”老板和蔼地说：“他弄脏了您的衣服……”大家都停止了用餐，而她说：“跟您无关，不用您管！您瞧着点儿！”她说着，拿起一杯饮料，从上面往自己的头发上倒，然后又拿起一杯，倒得全身都是覆盆子汁和汽水泡沫，等她倒完最后一杯覆盆子汁之后说了声：“结账！”付完钱便走了，身后留下一阵覆盆子香味。她出去的时候仍穿着那件满是牡丹花的连衣裙，这时有一大群蜜蜂围着她飞。老板拿起桌上那装着二百克朗的信封说："你快去追她，她把这个忘在这儿了。"我跑出去，她正站在广场上，像集市上的土耳其蜂蜜小铺一样招来了一大群蜜蜂。她也不去管它们，任它们采集这甜果汁。淋在她身上的果汁厚得仿佛她多了一层皮，又仿佛家具上擦了一层清漆或类似的东西。我看着她那身衣服，交给她那二百克朗，她把钱还给了我，说是我昨天忘在她那里的。她还补充一句，让我晚上再到天堂艳楼去，说她买了漂亮的野罂粟花。在阳光下，我看到她的头发被覆盆子汁粘成一绺一绺的，被太阳晒干了，变硬了，跟那油漆刷子似的。她的衣裙被甜果汁粘得紧紧地贴在身上，要像从墙上揭下旧广告和壁纸那样才能脱得下来，可这一切还都是小事，尤其使我震惊的是，她竟然对我说她一点儿也不害怕我，说她比旅馆里的人都更加了解我，也比我自己更了解我。当天晚上，我老板对我说，需要将我在一楼的房间腾出来存放床上用品，我必须把东西收拾好搬到二楼去住。我说："是不是明天再搬？"可老板看我的那种眼神使我明白现在就得搬。他还再次叮嘱我说，晚上十一点必须上床睡觉，说他既要对我父母又要对这企业负责。要想让这样一个小学徒能够工作一整天，晚上就得睡好觉。

我最喜欢的顾客是那些出门做生意的，但也不是所有这些商人。我特别喜欢其中的一个。这个代理商是个特大号胖子。他第一次来到我们旅馆时，我连忙跑去找我的老板。我当时那副慌张的样子,使我的老板吓了一跳:“出了什么事？”我说:“老板，这儿来了个吓人的大胖子。”于是，他跑去看了一下。果然，这么胖的人我们还从没见过。老板表扬我及时反映了情况。于是专门给他挑了个房间。这胖子睡的是一张特别的床，床底下还加了四根柱子，外加两块厚木板撑着。那人在我们这儿过得可舒坦了。他还带了个脚夫，这名脚夫背上总背着件什么重东西，就像火车站上的搬运工，扛着一件用行李带捆着的重型打字机之类的玩意儿。晚上，那代理商总要在餐厅吃晚饭。他的吃法可不一般，先拿一份菜谱看一眼，仿佛什么也挑不出来，然后说：“除了这些酸味肺以外，其他的都给我上一份来。一道一道上，等我吃完第一道菜，你就上第二道，直到我说够了为止。”他总要吃上十来道。等他吃饱后，沉思一会儿说，他还想要吃点儿东西磨磨牙。先要了一百克匈牙利香肠。接着又像生气似的，抓起一大把零钱往大街上一扔，然后，又气鼓鼓地坐下来。餐厅里的包桌常客彼此看一眼，又瞅一眼我们经理。经理只得站起来，鞠个躬对那胖子说：“先生，您干吗要扔掉那些零钱啊，它又不碍什么事。”那位代理商说：“既然你们，作为这个大旅馆的老板，每天差不多都扔掉十克朗，凭什么我就不能扔掉那些零钱呢？”经理回到那些常客们的桌旁，将那代理商的话转告了他们。这些人听了更觉得不可思议。于是，经理又决定回到胖子那里去问个明白，“您扔自己的零钱那不碍事，您爱怎么扔就怎么扔好了，可是您怎么说我们旅馆每天都要扔掉十个克朗呢？”那胖商人站起来说：“如果您允许的话，我可以向您解释清楚。我能到您厨房里去一下吗？”经理点一下头，用手指着厨房的方向。等胖商人进到厨房里，我听见他自我介绍说：“我是冯伯克尔公司的代理。请给我切一百克匈牙利香肠好吗？”经理便给他切了，称了，放到一个碟子里。我们大家都吓坏了：他这不是在检查我们的分量够不够数吗？可是那胖商人却拍了一下手，他从屋角落里将他那个脚夫叫出来，拿出那件用小台布盖着的东西。这玩意儿看上去像辆小纺车，但又不是。他的脚夫走进厨房，把他那架玩意儿摆到桌上。那代理商将盖在上面的布一扯，亮出一架漂亮的红色器具，一个圆而扁平的亮闪闪的锯子，锯子绕着轴呈旋转形。轴的尾端有一个曲柄和小把手，还有一个旋转扣。那胖商人得意地看着他这部小机器，“听我说，世界上最大的公司是天主教教会，它所买卖的东西，谁也没见到过，谁也没摸到过，到底价值多少谁也搞不清，这就是那上帝。世界上第二大公司便是所谓的国际公司，这个你们也有了。而这，是一部在全世界使用的小机器，这是一个计款器，如果您整天都能正确地按动这旋钮，到晚上它就能帮您把一天的收支算出来，这就是我所代理的世界上第三大公司。”

“冯伯克尔公司生产的秤，行销于全世界，在赤道上或在北极。我们还生产各式切肉切香肠的机器，这种机器的奥妙在于……”他先要了根匈牙利香肠，把香肠皮撕下来搁在秤上，一只手摇动着曲柄，另一只手按住切香肠的转刀，装肉片的盘子里便会堆起一片片切好的香肠，肠片堆得很快，仿佛已经切掉整根香肠，其实那根香肠并没有切掉多少。代理商停止了摇柄，他问我们，大概切了多少克。经理说：“一百五十克。”领班说:“一百一十克。”“你认为呢,小毛孩？”他问我。我说:“八十克。”经理立即揪我的耳朵，并对这代理商一个劲儿地赔不是说：“这孩子小时候在他妈妈喂奶时，掉到地上摔伤过脑袋。”可是那位代理商却摸摸我，对我温柔地一笑说：“这孩子猜得差不离。”于是，将切好的香肠往秤上一扔，秤上指示为七十克。大家彼此交换个眼色，纷纷靠前围到那神奇的小机器旁边。谁都明白，这架小机器能带来利润。等我们让出一条路来时，那胖代理商抓了满满一把硬币扔到煤堆上的木箱里。他一拍手，他那个脚夫又提来一个包裹，用个罩子盖着，像我奶奶的圣母马利亚神盒。等他把罩子一揭开，里面放着一架秤，就像药铺里用的那种最多能称一公斤的秀气的小秤。那胖代理商说："瞧见了吗？诸位，这秤准极了。我对它呵一口气，它就能指示出我这口气有多重。"他吐一口气，果然，那秤的指示针便动一下。他将切好的香肠片往上一放，秤上指示为六十七点五克。很明显，前面那架秤称出来的肠片分量多出二点五克。代理商在桌子上算了一下，然后又把那数字涂掉说："您一个礼拜如果卖十公斤匈牙利香肠出去，这架秤就能给您省出一百个二点五克香肠来，这也就几乎是半根匈牙利大香肠。"他说着，手握拳头撑在桌面上，脚尖着地，脚跟儿微微抬起，得意地笑着。经理忙说："大家都走开，我们这里要谈生意哩！您把放在这里的东西都给我留下，我都要买下来。""这是我的样品。"代理商说。他指一下他的助手，接着说，"我们带着这些东西在克尔科诺谢山脉一带的各个小旅舍转了一个星期。我们几乎在每一个像样的旅舍都卖掉了一架切香肠的小机器，一架秤。我把这两件东西当作税款储蓄器，就是这么回事儿。"那位代理商大概比较喜欢我，我使他回忆起了他年轻的时候。他每次抚摸我的时候，总是笑得那么亲切，有时甚至还掉眼泪。他时不时让我给他往房间里送矿泉水。我每次去他房间，他总是穿着一套睡衣躺在地毯上，他的大肚子像一只大桶摊在他的身旁。我挺喜欢他这个样子，他也根本不为有这么个大肚子而感到不好意思。恰恰相反，他有时把肚子挪在前面，像挂着一块面对全世界的广告牌。他常对我说:“坐下，孩子！”又对我微微一笑，温柔得不像我爸倒像我妈，“你知道，我也跟你一样，这么大一点儿就开始闯世界了。在科列夫服饰公司。啊！我的孩子啊！直到今天我还在想念我当时那位经理哩！他总是对我说，‘一个正经商人总有那三件宝：不动产，店铺和储存物资。要是储存物资没了，那你还有店铺，要是储存物资和店铺没有了，你至少还有一份不动产。这个谁也无法从你这儿拿走。’可是，有一次我被派去取梳子，很漂亮的骨头梳子，总共值八百克朗。我把这些梳子驮在自行车上的两个大提兜里。你拿糖吃吧！拿吧，拿吧！樱桃巧克力的。我正推着这辆驮着两口袋梳子的自行车上山坡，这时有个乡下娘们儿骑着自行车赶到我前面去了。她到了小山坡上的林子里就停下来。等我推着车到了那里，她瞅我一眼，目光那么咄咄逼人，弄得我都不好意思地垂下了眼皮。她抚摸我一下说，‘咱们一块儿去摘覆盆子吧！’我于是放下自行车，她那辆女车压在我的车上。她拉着我的手刚进到第一堆灌木丛里，还没等我明白过来，她便压在我的身上，我算是被她弄到手了。我想起了我的车，我的梳子，我立即跑掉去拿我的车。那时,女车的后轱辘旁都有这么个网子,带色儿的，就像通常罩在马头和马脖子上的那玩意儿。我一摸那梳子，还好，全在。我算松了一口气。可是，那娘们儿又走过来，见我没法将我的车子从她的车子底下取出来，便对我说，‘这就说明，我们还不该分手。’我可是怕她了。吃那糖！这叫牛轧糖。我们又一块儿来到一片小森林，这回她将车子放在地上，我的车子压在她的车子上，我也翻身压住她占了她的便宜。记住，孩子！只要你有办法，有本事，生活就能变样。唉！不过你该去睡觉了，明天早上你还得早起，知道吗，孩子？”他举起瓶子，咕嘟咕嘟一饮而尽，我还听见矿泉水在他肚子里咕噜的声音，仿佛屋檐上排水管的雨水正滴到贮水池里。当他一转身，侧身躺着，肚子里的水也滚到了侧过去的这一边，构成新的水平面。我可不喜欢那些自带食物、人造黄油的厨房用品商。他们随身带着食品，在房间里吃饭。有的甚至还随身带着酒精炉，在房间里煮土豆汤，把土豆皮扔在床底下，还让我们免费给他们擦皮鞋。他们离开饭店的时候，只给我一个广告纪念章当小费。我还得帮他们把装酵母的盒子搬到汽车上。这是他们从所代理的批发商店拿的，顺便拿出来卖卖。有的商人随身带的箱子多极了，仿佛把他们打算在一个星期内要卖掉的商品都带上了。可是有些人压根儿什么也不带。对这种人我很感兴趣。他们来的时候没带箱子，我想他们拿什么做买卖呢？他们带的东西往往使我大吃一惊。例如，有一个是办理包装纸和纸口袋订货单的，他的样品只需塞在一个上衣口袋里。还有的随身带个公文包，里面装着像空竹之类的小玩具和订货单。他们走遍全城，边走边玩，进了商店还接着玩他的玩具。这时，玩具与服饰品小店的老板便顾不上去跟别的小商品代理商和顾客打招呼，像梦游似的直奔空竹那儿，问销售人可以供多少货。那代理商答应他能供十二打，两人一商谈又添了几打。在别的季节里，代理商或者带上一只皮球，不管在火车上、街上或者进到哪家商店，他们又是踢又是抛的，走到哪儿玩球玩到哪儿。店老板就像吃了迷魂药似的直朝这球走去，目光追着这抛上抛下的球看个够，然后便问能供多少打货。这种季节的代理商我不喜欢，领班也不喜欢他们。他们都是些急性子，一些所谓火烧屁股的人。他们一进旅馆，恨不得马上吃饱，不付钱便从窗口溜出去，有几次还真是这样……可有一位在我们旅馆里睡过一觉的橡皮王却非常可爱。他是销售橡胶材质的各样商品的，是普里麦罗斯公司的代理商。他每次来都有点儿什么新闻，包桌上的常客总爱把他请到他们桌上去讲点什么，因为他总有一些这个听了不高兴那个听了心欢喜的事儿。这个代理商向大家散发各种颜色和型号的避孕套，对我这个小学徒也不例外。我也挺讨厌那些包桌常客。他们在街上装成一副高贵相，可一坐到饭桌旁，便像小猫，甚至猴子一样地撒欢儿，十分淫秽和可笑。那个橡皮王一来，就将普里麦罗斯公司的产品偷偷塞到人家的馒头片下面。等客人一翻馒头片，不禁笑得死去活来，因为不出一个月，别人也会遇上同样的情况。大家都乐意这样恶作剧闹着玩。有一位名叫希夫诺斯特克的先生，他有一个生产假牙的公司。他说不定什么时候就会把几颗假牙或者一整板牙齿扔进人家的啤酒里。可反过来，他却在自己的杯子里喝到了他销售的假牙，这是他曾经扔到人家的咖啡杯里的，是他的邻座把他们的咖啡杯调了个个儿。有一回，兽医往希夫诺斯特克先生背上猛击了一拳，打得他的假牙掉到桌子底下。希夫诺斯特克先生还以为这是哪个厂里拿出来卖的假牙，便往假牙上踩了一脚，后来才知道这是按照他的牙床专门定做的牙齿。这一下可把修牙技师史罗塞乐坏了。他擅长快修，干这一行挣得也最多。所以每当人们开始猎野兔、野鸡，他的赚钱季节便来了，因为狩猎之后猎手们便要开怀痛饮一番，好多猎手醉得连假牙都吐出来或者弄断了，于是史罗塞先生就白天黑夜地给他们修牙，好让他们的老婆不至于发现，或者让他们在家人面前瞒上三五天。可那橡皮王带的完全是另外一类商品。有一次带的是所谓"寡妇乐"。我一直没弄明白这是个什么玩意儿，因为它被放在一个像装黑管一样的乐器盒子里。只要把盒子一打开，那"寡妇乐"便会围着桌子转，大家兴奋得狂呼乱叫一气，然后又立即将它关进盒子递给下一个人。我虽然一直在给他们送啤酒，可一点儿也看不出来它怎么能逗乐我们的寡妇们。有一次，橡皮王带来一个橡皮女郎。正赶上冬天，大家都坐在厨房里，夏天通常坐在保龄球场馆或者用门帘隔着的窗子旁。一听橡皮王关于那橡皮女郎的一番介绍，大家不禁哈哈大笑，可我根本不觉得好笑。每个坐在桌旁的人都能拿到这橡皮女郎，可是只要一到某个人手里，那人便马上变得严肃，不好意思地红起脸来，并立即把它交给坐在他旁边的那个人。而橡皮王却像在学校讲课一样地大肆宣讲着："这是最新产品，床上的性用品，一个名叫多情佳人的橡皮木偶。跟这多情佳人在一起你可以随心所欲。她几乎像个活人，也跟一个成熟的女孩儿差不多一样大小。她有激情，能跟您亲热，全身暖乎乎的，又美丽又性感。成百万男人都在等待着这位橡皮做的多情佳人，一位用他自己的嘴吹起来的多情佳人。这位用男人的气吹成的女人反过来又能使男人们阴茎勃起，给他们自信、力量和难得的满足。这位多情佳人，诸位，是用特别的橡皮制成的。两腿之间各个部位都是照着女人之所有来设计的。用电池发电可以让她做出各种温柔与刺激的动作，能使男人的快感达到高潮。”在座的客人一个接一个地传递着这橡皮女郎，每次都由各人自己将她吹起。在将它递给下一位之前，橡皮王便把橡皮女郎体内的气放掉，让接手的人亲自将它再次吹起。别的人便鼓掌，大笑，简直等不及轮到自己来吹它。厨房里一片欢腾，女账房直摇头，坐立不安，仿佛每次被人吹气的是她。他们就这样狂呼乱叫直到半夜。当然，在这些旅客中也还有一个做着其他生意的人，但这个人做的生意更实际，是巴杜比采一家制衣公司的代理商。我们那位一天忙到晚的领班先生是通过军队认识他的，是领班曾经接待过的一位中校介绍他认识这个人的。这位代理商每年来我们这儿住两次。我见过他，但记不清了。他先量过我们领班的裤子，然后让他只穿一件衬衫和小马甲，用一条仿羊皮纸尺子量他的前胸、后背、腰围和脖子，然后在纸带上标明尺寸，比着领班的身体裁剪，仿佛就是用这些纸条来给他缝燕尾服似的。他身边没带布料，只是将这些纸带编上号，仔仔细细搁到一个纸口袋里，封上，在上面写上我们领班的出生日期，当然还有他的名字和姓。他收了领班的订金后对领班说，他什么心也不用操了，只等着燕尾服寄到时付款便是。领班也用不着去试衣服，因为他只在这个公司缝燕尾服，而且他确实没时间。我后来听到一些情况，那是我特别想问而又不敢问的，即这事儿后来是怎么安排的。那代理商自己说了。他把订金放进胸前小兜里，轻声地讲述着："你们知道吗？这是我们老板想出来的一项改革，全共和国乃至全欧洲、全世界的一项改革，即：军官们，演员们，所有像您，领班先生一样时间很少的人，对这些人我完全可以到他们这里来量好尺寸并把它寄到车间。那里的人便拿着这些纸条围在一个人体模型上，这模型里面是个像皮口袋，它可慢慢地胀大，大到正好合乎这些纸条的尺寸。这些纸条因为抹了速干胶，很快就能变硬。等到把这些纸条取下来，您的充了气的身体模型便会飘到房间的天花板那儿。这人体模型上面拴了一根小绳儿，就像妇产医院的每个婴儿一样，免得弄错了，或者像布拉格医院太平间里的尸体那样也拴个条儿，免得火化时弄错。时候一到，就把相关的那个人体模型放下来试衣服，试制服。定做的衣服要根据订单来反复修改与试穿。一般要试三次，拆了线再缝，可连一次也不用真人来试穿，而是靠这个充气的橡皮假人来代表。一直到完全合体，可以放心将燕尾服寄给订货者本人，找他付款为止。这些服装通常都很合身，除非这顾客后来发胖了或变瘦了。遇到这种情况，公司的代理商又可以来为你重新量体，看看胖了或瘦了多少，一切都可利用那充气模型变大缩小来加以修改，或者另缝一件新的燕尾服或者军外套。在顾客去世之前，这公司里总有他的充气躯体飘在天花板那儿，总共有好几百种颜色不同的充气躯体。一进公司的门，就可按照职位高低来找到各自的躯体模型。都一级一级分类放着哩！分将军部、中校部、上校部、队长部、大尉部、领班部，还有其他穿燕尾服的人。只要一来人，拽一下绳子，你的那个充气躯体就会像小孩们玩的气球一样被拽下来。假如有人刚不久来缝制、修改过外套或大衣，你就能准确地知道这人的身材是个什么样儿。”这使我感到很不自在，因为等到我要参加服务员转正考试时，也要到这个公司来缝一套新燕尾服，我的充气躯体也将挂在公司的天花板上，这在世界上恐怕也是独一无二的。后来，我还经常做梦，梦见飘在巴杜比采制衣公司天花板上的不是我那充气的躯体模型，而是我自己。有时候我又觉得，我正飘在我们金色布拉格旅馆的天花板上。一天半夜，我给冯伯克尔公司的代理商，就是那个卖我们小药秤、香肠切片机的人送矿泉水到他房间里去，我连门也没敲便进去了。这位代理商正坐在地毯上，跟平常一样，他一吃饱肚子就进房间，换上睡衣，盘坐在地上。原来我还以为他在玩扑克或者给自己算卦哩！可他却在满心欢喜地微笑着，像个孩子那样兴致勃勃，在地上一百克朗挨着一百克朗地摆他的钞票。他已经摆满了半张地毯，可还远远没够，于是他又从皮包里掏出一把钞票来接着往下摆，仿佛地毯上画了条线让他照着摆似的摆得那么直。摆完一行之后，他便心花怒放地欣赏着这些一百克朗一张的钞票，甚至高兴得拍一下他的胖手掌，然后又像一个天真的孩子用两只手摸着自己的脸，干脆捧着自己的脸，欣赏这些钞票。随后，他又接着往下摆。要是有哪张钞票摆反了或者没摆平、翘起来，他便把它翻过去，让所有的票面一个样儿。我站在那儿，吓得不敢咳嗽也不敢离开。这些钱就是他的全部财产啊！这一块块完全相同的“铺地小瓷砖”，尤其是这巨大的热情，这藏在心中的欢乐，也为我美好的前程敞开了大门。因为我也跟他一样喜欢这些钱，可我就没有想到这一招儿。在我眼前立即显现出这样一幅画面：我将自己挣来的所有钱，虽然眼下还不是一百克朗而只是十克朗一张的，也像他一样一张挨着一张铺在地上，那该多来劲啊！我看着这个穿着条子睡衣的、孩子气十足的胖子，便明白了，也看到了我未来的任务。总有一天，我也要这样关起门来，或者忘记关门，坐在地板上摆出这显示我的权利和力量的图画，一幅的的确确使我快乐的图画。有一次，我还真的这么做了，诗人东达·约德看了大为惊讶。这位东达·约德先生在我们旅馆住过，他除了写诗还会画画儿，所以经理跟他结账时还要了他一幅画儿。他在我们小镇上出了一本诗集，名叫《耶稣基督的一生》，虽然是自费出版的，可他将全部印出来的书都搬到他的房间里，一本挨一本地摆在地板上。他一会儿脱下大衣，一会儿穿上大衣，被这耶稣基督弄得有些神经质。整个房间都摊满了他的这些白净的书。等到摆不下了，便往房门外扩张，一直摆到走廊那儿。他重又脱下大衣，过一会儿又将它穿上，一切视他出汗的情况而定。有时他只把衣服披在肩膀上，觉得冷了，又穿上袖子，过一会儿又立即将大衣脱掉。有两小团棉花还老从他的耳朵眼儿里掉出来。他也是一会儿将它塞进去，一会儿将它掏出来，根据他是否想听见周围的世界而定。这位诗人老是宣称要回到乡村小木舍去。

他除了克尔科诺谢山区的小木舍，别的什么也不画。他开口便谈作为艺术家的诗人的任务是寻找新人。住在我们这里的客人们都不喜欢他，或者说虽然还喜欢他，但总爱逗他，拿他来开开心。这位诗人在旅馆里不仅爱一会儿脱衣一会儿穿衣，而且爱一会儿脱鞋一会儿穿鞋，一切根据他的情绪来定。为了寻找他所谓的新人，也五分钟变换一次情绪，随即脱掉或穿上他的胶皮套鞋。旅馆里的客人们见他脱下了套鞋，就往套鞋里倒点儿啤酒或咖啡。客人们都边吃东西边注意地瞟着他。等诗人一穿他那套鞋，啤酒或咖啡就从他鞋子里流出来。他气得冲着整个旅馆大声吼道："你们这些该死的、可恶的无赖！该遭报应啊！"接着，还眼泪汪汪的，不是因为生气，而是幸福得流泪了。因为他把人们往他的胶皮套鞋里倒啤酒，看作是一种对他的关注，他觉得这座城市还算把他放在心上。虽然没有对他表示敬意，但还是把他当作一个年轻人来平等相待的。最糟糕的是，当诗人把脚伸进套鞋时，套鞋被钉子钉住了。他想再回到餐桌都不能，差点儿没摔倒，好几次要摔都幸好用手撑住了。那套鞋被牢牢地钉在地板上。他又骂了通："你们这些该死的、可恶的无赖！"可很快又原谅了他们，向他们推销一幅小画或者一本诗集。他为了糊口，很快就把它推销掉了。他这个人实际上并不坏，恰恰相反，我常常觉得，他像“白天使”杂货店门上方的天使雕塑一样悬挂在整个城市上空，这诗人似乎悬在小镇的上空，拍打着翅膀。他真的有这翅膀，我甚至看见了，只是害怕去问教长。当诗人忽而脱下忽而穿起他的上衣，他漂亮的脸俯向那一小块纸片，趴在我们的桌子上写诗时，我看到他那天使般可爱的侧面。他一转身，头上便升起一个光圈，一个相当普通的光圈。那脑袋周围一圈紫色火苗，仿佛普里莫斯牌炉子上的火焰，仿佛他脑袋里盛着煤油，而脑袋上咝咝响着的光圈在闪闪发亮。他漫步走过广场时，没有一个人能像我们这位客人那样优雅地拿着伞，没有一个人能像这位诗人那样潇洒地将上衣披在肩上，没有一个人像这位艺术家那样合适地戴着软帽，尽管塞在他耳朵里的白棉花球时不时掉出来，尽管他在走过广场之前来来回回脱穿了五次上衣，摘了又戴十次帽子，仿佛在跟什么人打招呼。其实他也没跟谁打招呼，只跟集市的老婆婆点头问好，这就是他所寻找的所谓新人。每逢刮风下雨，他总要买上一罐肚丝汤和面包，亲自去送给这些冷得发僵的老婆婆们。他端着汤罐儿走过广场时，那简直不像端的汤，而是为这些老婆婆们献上自己的心，肚丝汤里的一颗人心，或者说把他自己的心剁碎，放上洋葱、辣椒做成的汤，像牧师捧着圣饼盒或者圣餐去赴临终礼[1]。这位诗人就这样两手替换端着这罐子，自己感动得眼泪汪汪。多好的一个人啊！他虽然在我们这儿赊着账，可却还为这些老婆婆买汤喝。不只是为了让她们暖和而已，而是让她们知道：他，东达·约德想着她们，与她们同甘共苦，把她们当成自己，当作他的世界观的一个组成部分，他的这种将爱奉献给亲人的思想立即在现今而不是死后付诸行动……他将他的新书摆满一地，一直摆到走廊上的那一次，有位清洁女工正提着一个桶从厕所出来，一脚就踩在《耶稣基督的一生》的封面上，可约德没有冲她大喊“该死的、可恶的无赖”，而是将踩脏的书放在原处，上面那个像男人踩的大脚印就算是他的签名，他将耶稣连同脚板印一起以十克朗、十二克朗卖掉了。因为这书是自费出版的，所以只印了两百册。布拉格天主教出版社答应约德出版一万册，于是他整天都算计着这一万册怎么卖，反反复复脱掉和穿上他的大衣。又因为人家用钉子钉住他的胶皮套鞋而摔了三次跤，这些事儿我都差不多忘了。他还每隔五分钟往嘴里撒一种什么药面，跟个磨坊师傅撒面粉一样。又仿佛撕破了面粉袋，弄得胸前膝盖上全是白粉。还有一

1 一种宗教仪式，由牧师或神父给临死的人脸上涂油，作临终祝福。

种治神经衰弱的什么药水，他直接拿着瓶子喝，嘴唇上像嚼了烟丝一样留下一个黄圈儿。他就这样不停地喝着药水吞着药面，所以他每隔五分钟就热得出汗，然后又发冷，颤抖得连桌子也晃动了。木匠师傅测量了一下这《耶稣基督的一生》盖住的房间、走廊有多少米。东达后来又计算一通，说等那一万册书印出来，他若将它们摆在地上，就得摆满从恰斯拉夫城通到赫什马诺夫姆尼什采的整条公路，或者盖住我们镇上的整个广场和老城区的所有大街小巷。我也被这些书弄糊涂了，心想我在我们镇上走动时每步都得踩在这些书上呀！我知道，能在街道地面上一万次地看到自己的名字和《耶稣基督的一生》，那种感觉一定很好。为这个，东达可是欠了一屁股的债。印刷厂的女老板卡达娃太太走来，没收了东达的全部《耶稣基督的一生》，叫两名伙计用装内衣的筐子将它们搬走了。卡达娃太太说，实际上是大声嚷嚷："《耶稣基督的一生》搁在我的印刷厂里，八个克朗给你发行一本。"东达于是又脱下外套，喝一口治神经衰弱的药水，大声喊着："你们这些该死的、可恶的无赖！"

我咳嗽了一声，可胖商人瓦尔登先生仍然躺在地毯旁的地板上。整个地毯上摆满一百克朗一张的绿色钞票。瓦尔登先生还在出神地望着这些钞票，一只胖手搁在脑后当枕头，一直那么躺着。我走出去，关上门，然后敲门。瓦尔登先生问：“谁在那儿？”我说:“我，见习服务员，送矿泉水来啦！”“进来！”我便进去了。瓦尔登先生还继续侧身躺着，手掌撑着脑袋，头发卷曲，涂满了发膏，因此他的头发油光光的。他还是那样笑眯眯的，对我说：“给我一杯，坐一会儿！”我从兜里掏出开瓶器，打开瓶盖，将矿泉水咕嘟咕嘟倒进杯里。瓦尔登先生喝着矿泉水，歇下来指着那些钞票，像那矿泉水一样轻声悦耳地对我说：“我知道你已经来过一次，我故意让你看个够。你记住，钱能为你打开通向全世界的道路，这是我的师傅科列夫老先生教给我的。你所看到地毯上的这些钱，是我一个礼拜挣来的，我卖掉了十架秤……这是给我的酬金。你看到过比这更美妙的东西吗？等我回到家，我就把它们摆满整个住宅，我要和我老婆将它们摆到所有的桌面上、地板上。我要去买一根大香肠，将它切成一小块一小块，整个晚上都吃它，什么也不留到明天。因为夜里我反正要醒的，这根大香肠我能吃完。我特别爱吃香肠,整个这么一大根。等我下次来的时候再给你详细讲。”瓦尔登先生随即站起来，抚摸一下我，将他的手放在我的下巴底下，望着我的眼睛对我说，“你会有出息的。你记住我的话！你是这块料,知道吗？但是要学会‘拿取’！”“可怎么拿法？”

我问。他说："我看见过你在火车站卖香肠。我就是那些给了你二十克朗等着你找回那十八克朗的人中的一个。你磨磨蹭蹭好半天也找不出那十八克朗，直到火车开走了。"后来，瓦尔登先生打开窗户，从裤兜里抓起一把硬币扔到寂静的广场上。他等了一会儿，仔细听着那硬币落地的叮当声和在地面上滚动的声音。他又补充一句说："你得学会从窗口扔零钱，以便从大门口进大钱，懂吗？"起风了，过堂风将所有的一百克朗钞票吹起，蹦跳着，活跃异常，像秋天的落叶挪到了房间的角落里。我出神地看着瓦尔登先生，我也总是这样看着所有做生意的房客，心里突然想，他们的内衣，他们的衬衫大概是个什么样子呢？我总想象他们的内裤都很脏，裤裆里的颜色甚至相当黄，他们所有的衬衫领子肯定也很脏，他们的袜子也准是又臭又黏糊。他们要不是住在我们这里，准是将他们的脏内裤、脏衬衫和臭袜子从窗口扔出去，就像从查理温泉那儿的窗口扔出去一样。我曾在那儿的姥姥家住过三年。我姥姥在那儿的旧磨坊里有间小屋，一间从来见不着阳光的小屋。因为它朝北，阳光根本进不去。这房子紧挨着磨坊大水轮。水轮大得在房子的第二层楼那么高的地方舀水，在四层楼高的地方送水。也只有我姥姥能收养我，因为我妈还没嫁人就生下我，只好把我交给她妈带。而我姥姥就住在查理温泉旁边。她整个一生的幸运就在于她租了磨坊里的这间小房子。她总为这个而祈祷，说是上帝听见了她的请求，给了她这间紧挨着温泉的小房子。因为每到星期四和星期五，那些行商和没有固定住处的人都在温泉里洗澡。我姥姥从上午十点就做好了准备，连我都盼望这星期四、星期五的到来。也盼望其他的日子，不过在其他日子里从温泉厕所的窗口扔出来的内衣裤没有多少。我们守在自家的窗口盯着，随时可能有某个商人扔出来的脏内衣会飘过我们窗口。它们飘在空中会停留片刻，完全展开，然后便直冲坠落，有的掉进了水里。姥姥弯着腰用钩子将它们钩起来。我得使劲拽住姥姥的两条腿，免得她一不小心掉下去。有的衬衫被扔出来时突然张开两只袖子，活像站在十字路口的警察，或者耶稣基督。这些衬衫就这样在空中摆了一会儿十字之后，便一头冲下掉到磨坊大轮子上。轮子始终在转，钩内衣是很冒险的事情；根据情况，让衬衫附着在轮子上，直到它转到姥姥的窗口旁，姥姥或者一伸手抓住那件衬衫，或者用钩子去钩那件绕住了轮轴的衬衫，即使这样，姥姥也能将它从窗口钩进厨房，立即将它们扔进洗衣盆里。晚上，姥姥就将这一天抓到、钩到的第一批脏内裤、衬衫和袜子洗掉。到了夜里，那可美啦！在一片漆黑中，突然从查理温泉的厕所窗口里飘下来一条白内裤、白衬衫，朝着磨坊这漆黑的深渊往下掉。这些白衬衫或白内裤总要闪过我们窗口。我姥姥能够在它们掉到下面那湿漉漉的闪光的轮子上之前，就用钩子将它们钩到手。赶上刮风下雨的日子，狂风大雨打在她脸上，她得与风雨搏斗才能钩到那些内裤衬衫。可她仍然盼望着每一天，特别是星期四和星期五，那些客商更换内裤衬衣的日子。因为他们挣了钱，便买新内裤衬衣，把旧的从窗口扔出去，姥姥就带着钩子在下面的窗口等着。她将这些内衣裤洗净修补好，平平整整放在筐子里，然后送到建筑工地去卖给泥瓦工和帮工们。她就靠卖来的这点钱勤俭度日，还能供给我面包和加奶咖啡。这该是我最美好的一段时光。直到现在，我还清晰地记得姥姥拿着钩子等在敞开的窗口前的那个模样。这在秋冬雨季并不是怎么好受的事儿，风吹雨打的，有时费了老大的劲儿也钩不着那些衣衫。它们像被子弹击中的白鸟，急促地掉进黑潭里或被磨坊水轮扯成碎片，已经没有了袖子和裤腿，像个缺胳膊短腿的残躯，随着滚滚流水，钻过黑色桥洞，不知流向何方……诸位听够了吗？今天到此结束。

二

宁静旅馆

注意，我现在要给诸位讲些什么！

我买了一口硬纸板的新箱子，将我的新燕尾服放在里面。这套燕尾服是由巴杜比采制衣公司的裁缝师傅按照我的充气橡皮躯体做的，是我亲自到公司取来的。这个公司的代理商的确没撒谎。他用那仿羊皮纸带给我量了胸围等，将量好的尺寸记在纸带上，将纸带放到一个信封里，拿上预付金就走了。后来，是我自己上他们公司去取的燕尾服。这套衣服非常合我的身。我倒没怎么太在意这套燕尾服，而更注意我的充气躯体，我的那上半身。制衣公司经理跟我一样，也是个小个子。他仿佛明白我的心思，想让自己比现在高一点儿，而且越来越高。他知道，我很在乎能跻身于公司仓库天花板那儿的人群之中，于是把我的充气躯体也挂到那里。那可真叫壮观！天花板底下飘挂着将军和军团指挥官们的上半身，还有著名演员的上半身，甚至连汉斯·艾伯斯也在这里做燕尾服，他的上半身也挂在这天花板下。穿堂风吹进敞着的窗户，一具具上半身人体模型像云彩，像天上的绵羊在行走。每具上半身人体模型都拴了根小绳，绳线上拴着写有人名地址的卡片。过堂风一吹，这些卡片像被鱼钩抓住的小鱼一样跳动不止。经理将我的卡片指给我看。我读了一下我那卡片上的地址，将我那半身模型扯下来。它的确很小，我看着它几乎要哭出来。可是，当我看到大将军的上半身，还有我们旅馆老板贝朗涅克的上半身也都挂在我旁边，就不禁开心地笑了。我为自己能到这样一家公司来做衣服而感到高兴。经理又拽动另一根绳，说这件衣服是他做的，这是教育部长定做的。还有一件小一些的，是国防部长的制服，这都给了我莫大的鼓舞。我立即付了钱，还另外加了两百克朗，略表一个小小服务员的心意。我就是这个正要离开金色布拉格旅馆，到斯特朗奇采的宁静旅馆去干活的服务员。是世界上第三大公司，冯伯克尔公司的代理商将我介绍到这家旅馆去的。我告别了布拉格郊区的旧旅馆，来到布拉格城区，带着这口箱子再从布拉格城区奔向斯特朗奇采。那是在一个上午，始终下着雨，不止下了一个晚上，而是一下就好几天，一路泥泞。小溪穿过荨麻、滨藜与牛蒡，湍急的溪水浑浊如加奶咖啡。我按照指向宁静旅馆的箭头，一脚泥巴一脚水地往山坡上爬，经过好几座残枝败叶的小楼。突然，我实在忍不住笑了，只见在一座小花园里，一棵已劈成两半的杏子树上结满累累果实，秃了顶的房主用根铁钩在钩那披散下垂的树冠，树干枝子由两个妇女从左右两边撑着，以免断裂。没想到刮来一阵大风，铁钩一弹，树枝断了，连枝带杏全都压在秃头房主的身上。他的头被树枝剐出了血，躺着动弹不得。两个娘们儿哈哈大笑。那男人瞪着眼睛高声吼道："你们这些臭婊子，猪婆子，等着瞧吧！看我起来不收拾你们！"这两个女人大概是他的两个女儿，或者是他的老婆和一个女儿。我摘下帽子说："先生，到宁静旅馆是走这条路吗？"他根本不搭理我，只动弹了一下，可又起不来。男的躺在地上，全身覆盖着树枝，压满了熟杏子，女的哈哈大笑，这场面真够精彩的。她们帮他挪开树枝，好让他能爬起来。现在他已慢慢跪起，站起。他起来后做的第一件事，就是将他的贝雷帽戴到秃头上。我干脆走了，继续爬我的坡。我发现，眼前的这条路铺了沥青，道路两边嵌着花岗岩小石块。我敲掉鞋上的泥巴和黄黏土，登上山冈，滑了一跤，摔着了膝盖。头顶上的乌云匆匆而过，顿时天空一片蔚蓝。我在山冈上终于看到了这座旅馆。它精致得像童话里的宫堡，有着中国建筑风格，又仿佛是蒂罗尔[1]或里维埃拉[2]哪个地方一位大富豪的别墅。白墙红屋顶，由波形瓦盖成。所有三层楼上的小窗子都是绿色百叶窗，而且每一层楼都矮一点点，最后一层就像摆在楼房顶上的一座漂亮亭子。亭子上方有个全由绿色小窗组成的小塔，像一个瞭望台，又像里面装着仪器、外面插着风向标的气象站。每层楼上的每个窗户旁都装有一扇门，门上也装有绿色的百叶窗。我继续往前走，不管在路上，还是在窗口的凉台上，都没有见到一个人影。四周一片寂静，只能听到一丝丝清香有如冰激凌的微风，犹如一闪而过、几乎看不见的雪花，真可以拿个勺子来品尝一口。我当时觉得，要是随身带了面包，我大概可以就着这面包来喝这几乎甜香如奶的空气。我已经走进了旅馆

1 奥地利的一个州，风景优美。

2 地中海沿海地区，包括法国的兰岸地区及意大利的波嫩泰与勒万特。冬季温暖，夏季炎热，全年阳光充足。

的院子。小道上的沙土被雨水冲洗得干干净净，浓密的青草刚被修剪过。我走在松树林中，从那儿可以看到一块长长的草坪，青草浓密而整齐。宁静旅馆在草坪的那一边，且隔着一座小桥，显得更加遥远。要进到旅馆里面，先得通过一道玻璃门，然后还有一道铁制百叶窗门，这门作为一种装饰安在白墙上。旅馆门口还装着白栅栏，栅栏下方是假山悬崖。我犹豫一下：我究竟该不该到这儿来？他们会不会接受我？瓦尔登先生是不是真的事先与他们谈妥了？我这么一个小小服务员，是不是配到宁静旅馆来工作？突然，我感到有些害怕。这里哪儿也见不到一个人，听不到一丁点儿声音呀！于是，我转身往花园里跑，可突然听到一声很尖的哨音，急迫得让你没法不停住脚步。这哨子吹了三下，仿佛在喊："谁！谁！谁！"然后又吹了一声长音，惊得我骤然回过头来。之后又是几声短音，仿佛有根绳子把我套住，将我拽回到玻璃门里。突然，有个胖子坐着轮椅冲我驶来，这就是那个手里握着套索，胖脑袋上的嘴里安了个哨子的人。这时，他手里的套索抓得这么紧，乃至他的轮椅猛地一下停了。因为停得太急，这胖子的重心移到前面，差一点没摔下来。不过，他的秃头上戴着的假发挪位了。胖子重又将假发挪回到脑后一点儿。就这样，我遇上了宁静旅馆的老板吉赫先生。他向我做了自我介绍。我谈到瓦尔登先生这位冯伯克尔公司的台柱子代理商的推荐。吉赫先生则说他从早上起就在等我，但他拿不准我是不是来得了,因为下着暴雨。他让我去休息一下。后来，我便穿上燕尾服去见他，想听听他对我的要求。我没正面看他，也没想看他，可我的眼睛情不自禁地被他吸引住了：瞧这轮椅上的特大身躯，胖得仿佛就是米什兰[1]牌轮胎广告。然而，长着这样一副肥胖体格的吉赫先生却特别高兴。他坐着轮椅在墙上装饰着鹿角的前厅里转来转去，仿佛奔跑在草坪上那样敏捷自如，真是比走路还来得轻巧。吉赫先生又吹一下哨子。这哨声不同于前面的任何一次，仿佛这哨子对每次该怎么吹都心中很有数。这一哨声立即将一位穿着黑衣白围裙的客房女服务员叫了来。吉赫先生对她说："温达，这是我们的第二名餐厅服务员，你把他带到他的房间里去！”温达一转身，我便看到她两瓣匀称的屁股。她每走一步，那半边屁股就扭动一下。她左右挪步，那两瓣屁股就交替着一前一后地扭动，怪好看的。她的黑发盘成一个纺锤般的髻，我的个头虽然还没有她的发髻那么高，可

1　法国最大的轮胎及其他橡胶制品制造商。1888 年由米什兰弟兄创立。19 世纪 90 年代汽车使用气胎之前，制造自行车和马车的轮胎。1948 年创造钢带辐射式车胎。1906 年在都灵建立了第一家外国工厂。现在英国、西班牙、德国、比利时、荷兰、爱尔兰、加拿大等国都有制造厂。

我已经在盘算着：为能跟这个女服务员搭上关系，我一定要想法攒点儿钱，她将是我的。我要用花瓣在她的胸脯上、屁股上摆成花圈儿。每当我看到什么美好的东西，尤其是漂亮女性时，我就显得软弱无力，但只要一想到万能的金钱，我便勇气倍增。可是，这个女服务员并没有将我带到楼上，而是走到一个平台，然后下楼梯来到一座小院里。这时我才看到厨房和两个戴白帽子的厨师。我还听到刀叉碰撞声和欢快的笑声。有两张肥胖的脸和两双大眼睛凑到窗户边，然后又是一阵大笑。只听得笑声渐渐远去，我立即提着箱子走开。我尽量将它提得高高的，以弥补我这矮个子的不足。既然连高鞋跟儿也帮不了我多少忙，我只好扯长脖子，把头抬得高高的。我们一道走过院子，看见那儿有座小房子。我感到失望，想当初我在金色布拉格旅馆住得跟宾馆客人一样，而在这里我住的却是杂工伙计的房子。温达将衣柜打开给我看一下，又开一下水龙头，水流到洗脸池里。她还将被子掀开说床上铺的是干净床单，然后高不可攀地对我笑笑便转身走了。我从窗口看到，她走过院子时，没有一步不像是在别人的监视之下，连站在某个地方搔痒痒都办不到，只能像被一只无形的手拽着她的鼻子那样，目不斜身不歪地往前走。这跟我从前所在的那个旅馆大不一样：那时总是派我去买花。把花买回来之后，由一群姑娘们来布置橱窗，将装饰布用钉子钉到板子上。她们一个挨一个地趴在地上，由其中一个拿着小锤子，钉着那打褶的粗呢和灯芯绒。钉子用完了，她就从她身后那位姑娘嘴里抽出几个接着钉下面的褶。她们在橱窗里边干边玩，快活得很。我站在橱窗外面，手里提着一只装满唐菖蒲的篮子，地上还摆着我装满法兰西菊的另一只篮子。我一直在欣赏这些布置橱窗的女孩们趴在地上的那个样子。那时正是上午，橱窗外站满看热闹的人。那些女孩大概忘了她们是在橱窗里，还不时地在屁股上搔痒痒什么的，然后又四肢着地趴到窗板那儿去钉钉子。她们脚上穿着便鞋，手里拿着锤子，边干边哈哈大笑着，连眼泪都笑出来了。有一个笑得连衔在嘴里的钉子也蹦出来。女孩们还你推我搡地打闹着玩，小衬衫的扣子也开了，连乳房都露出来，像塔顶的钟一样直晃悠。她们其中有一个看一眼橱窗外的人们，立即沉下脸来，夹起胳肢窝，不好意思地红了脸。她向另一个女孩指一下橱窗外的人群。那个笑得流出眼泪的女孩儿吓得猛一收肘子，平衡没掌握好，仰面一跤，那样子就更不雅了，逗得大家都开怀大笑……我坐下来，脱去沾满泥巴的皮鞋，还有裤子，打开箱子，想将燕尾服挂起来，心里十分怀念我的金色布拉格旅馆，天堂艳楼。眼前老浮现出我那石头筑成的小镇，好多好多的人，热闹拥挤的广场。这三年来，我在野外见到的全是鲜花，这些我每天都去小公园采摘的鲜花，还有我给天堂艳楼小姐们摆花环的花瓣儿。我拿起那套燕尾服，心里渐渐明白，我原来在金色布拉格旅馆的那位老板是何许人也。三年来，我所见到的这位老板，原来也是个“妻管严”啊！实际上他比我的个子还要小，他也跟我一样相信金钱万能。他拿了钱不仅去逛天堂艳楼找漂亮女人，甚至背着他太太坐车到布拉迪斯拉发[1]、到布尔诺[2]去找乐子。听人家说，他在他太太找到他之前，便抓紧时间花掉好几千块钱，而且在每次寻欢作乐之前，就先将回程车票钱和准备给乘务员的小费留出来放在马甲口袋里，用根别针别住，免得把钱全花光了连家都回不去。他个子小得听说常让乘务员像抱小孩一样将他抱在怀里送回家去，而且他总醉得昏睡不醒，只是一个劲儿地擤鼻子，像小海马似的哼哼唧唧折腾上一个礼拜。可一个礼拜之后，他又活了。现在我知道了，他爱喝浓葡萄酒、葡萄牙葡萄酒、阿尔及利亚葡萄酒，还有摩洛哥葡萄酒。他喝酒的时候很严肃，喝得很慢，看上去像几乎没喝的样子。我老板喝

---

1 今斯洛伐克共和国首府。

2 今捷克境内南摩拉维亚城市。是捷克第二大城市，工业中心。

酒的做派很美，先在嘴里衔一会儿，然后像吞一个苹果似的咕嘟一下吞进肚里。每喝一口，都轻声宣布一声说他热得跟撒哈拉的太阳一样。他有时跟一桌客人在一起吃饭时也喝得酩酊大醉，倒在地上。他那些开心的朋友就去将他的太太叫来，让她将她的丈夫带走。她还真的来了，从她所在四层楼上的那套房间坐电梯来到她丈夫这儿。这并不是她的耻辱，恰恰相反，大家都向她鞠躬致意。我老板或躺在桌子底下，或坐在椅子上、饭桌旁睡着了。老板娘抓住他的大衣领子，将他从地上一把揪起，仿佛她抓起的只是一件大衣。老板坐起来，老板娘又将他按到地上。可老板没有倒下，老板娘又把他提到半空中，真的像提一件大衣一样轻而易举。到这个时候，老板通常就醒了。他挥一下手，老板的太太果断地打开电梯门，将他往电梯里一扔，他的两只脚咚咚敲打几下，她立即进到电梯里，关上电梯门。我们透过玻璃门看到老板躺在电梯地板上，他太太则站在他的面前，像升天一样升到四楼上去了。听旅馆里的常客们说，许多年前，我这位老板买下金色布拉格旅馆时，他太太也是常客中的一个。那时楼下就是一个文学沙龙，到今天只剩下诗人兼画家东达·约德。那时他们常在这儿举行讨论会、读书、演戏。老板娘总是跟她丈夫争得最厉害。几乎每隔两个礼拜都要为浪漫主义或者现实主义，斯美塔纳或杨纳切克[1]之类的问题吵一架，甚至开始泼酒，然后打起来。老板养了一条西班牙长耳狗，老板娘养了一条狐狗[2]。它们的主人因为文学而争吵起来，连这两条狗也忍不住互相咬斗一番。然后，老板和我们那位老板娘又和好如初，沿着城郊小溪一道散步去了。后面跟着汪汪叫着的那条狐狗和西班牙长耳狗，它们那被咬破的耳朵上贴着橡皮膏，或者任那文学之争后咬出的伤口随便晾着。之后，大家都平静下来，以便一个月之后再重新开战……这该多有意思！我真想再见识见识。这时我已穿着那套新燕尾服、浆得笔挺的白衬衫和白蝴蝶领结站在镜子前。当我将带有小刀和镍柄的新酒瓶钻刚放进衣兜时，立即听到一声哨响。我跑到院子里，只觉得有个影子从我身上一闪而过，有个什么人跨过篱笆，两块布料之类的东西就像上次那两个乳房一样扣住了我的脑袋。原来是一个穿燕尾服的服务员绊了一跤。他连忙爬起来，他那燕尾服的尾襟扇起一股风，朝着召唤他的哨声继续奔去。他急匆匆踢开门，摆动着的门玻璃裂了，映出来的院子和一步步靠近的我也变得比原来小了。两个星期之后，我才想到一个问题：这

---

1 两个人都是捷克著名音乐家。

2 用来猎狐的一种小狗。

个旅馆到底是为谁建造的。两星期以来，我一直为我来到这么个地方而感到惊讶不已，心想待在这么个地方能生活吗？可在这两个礼拜，我就得了好几千克朗小费。这是我的钱，我的小费。我一个人住在房间里也不觉得闷，没事儿我就把自己的钱拿出来数一数，一有空儿我便数钱。虽然只有我一个人，可我觉得我不止一个人，而另外还有人在看着我，就像领班兹登涅克的那种感觉一样。他在这里已经两个年头了，可总是随时准备着跨过篱笆，听到哨声之后以最快的速度出现在餐厅里。实际上，这里一天到晚没什么活儿好干。我们打扫餐厅也用不了多少时间。当大家在更换和检查餐巾和桌布时，我就和掌握地窖钥匙的兹登涅克准备饮料，并检查一下是否有足够的冰镇香槟和三分之一公升装的皮尔森出口啤酒，又将白兰地酒拿到备餐室。然后，我们就到花园去，实际上是到公园里去，在那儿围上围裙，把小路耙平，重新整理干草垛。我们每隔两个礼拜就要把旧的干草垛搬走，换上刚割下的新麦秆做成的草垛，或者把已经扎好的草垛搬到放着旧草垛的地方，然后再来扫干净各条小道。可通常只让我来扫，而兹登涅克总在附近哪个小别墅里陪着他的什么干女儿。只是他这么说而已，我想肯定不是什么干女儿，而是他的情妇，不是单独到这儿来住上一个礼拜的太太们，便是哪家到这儿来准备国家考试的女儿们。我一边耙着沙土，一边朝后面隔着树林和宽阔的草坪瞅瞅我们那个旅馆，那地方白天像是一所教会办的寄宿学校。我老想象着，大门口会跑出一群拿着皮包的姑娘和小伙子，或者从这儿走出一群穿着针织毛衣的青年男士，后面跟着他们的仆人，或者会来一个什么企业家，后面跟着一个为他搬来藤靠椅和小桌子的男仆，接着，便有女仆来给他们铺上桌布，再后来，跑来一群孩子,开始跟他们的爸爸撒娇。这时候,太太才打着阳伞姗姗而来，摘下手套，等大家都坐定之后，她就开始倒咖啡……可是，整整一天没有一个人从这大门里面走出来，也没有一个人从这大门外面走进去。然而客房女服务员每天照样打扫房间，给十个房间更换床单被套和擦拭灰尘。厨房里照样准备宴席。我从来没见过，也没听说过准备这么多道菜的。如果说有这种情况的话，那也只是在贵族圈子里或者从我原来那个金色布拉格旅馆服务员领班那儿听到过。我那领班曾经在“威廉明娜[1]号”豪华海轮头等舱的餐厅当过服务员。不过后来这艘船沉没了，领班

1 威廉明娜（Wilhelmina，1709—1758），普鲁士腓特烈大帝之妹，童年与其兄共度时艰，遂成终身知己。1731 年与拜罗伊特储君腓特烈结婚，1735 年腓特烈继位。夫妇俩致力于把拜罗伊特建设成为一个小凡尔赛宫，并创办了大学，使拜城成为南德意志文化中心之一。

幸免于难。他逃生后与同船一位漂亮的瑞典女郎坐火车穿过整个西班牙到达直布罗陀[1]。那条轮船算是沉了,而他所讲述的“威廉明娜号”豪华海轮头等舱的宴席，大概有点像我现在服务的这个宁静旅馆的排场。

尽管我在这儿该算满意的，但我还是经常受到惊吓。比方说我清理完园中小道之后，将一把躺椅搬到树林后面，可只要我一躺下瞅瞅天上的行云，这里就常常乌云滚滚，只要我稍微喘口气打打瞌睡，哨声马上就会响起，仿佛老板就站在我身后。这时，我就得选一条最短的路跑去，边跑边解下围裙，像兹登涅克那样，跨过篱笆，直奔餐厅，向老板报到。他总是坐在轮椅上，仿佛总有什么东西压着他不舒服，老要掀那毯子。我们又得帮他盖好，弄平，在他的肚子那儿绑上一根带子，就像消防队员身上的那种带弹簧扣的带子一样，也有点儿像磨坊主拉丁姆斯基先生绑他的两个孩子那样。那两个孩子常在磨坊引水沟边玩耍，他们旁边躺着一条大狗。当名叫哈里和云吉尔的两个孩子摇摇晃晃走近引水沟，还没等他们掉下水去，大狗就会跑过来，叼起他们身上那根带子上的弹簧扣，将他们送到远离

1 位于西班牙南部地中海沿岸一狭窄半岛上。

这引水沟的地方。我们也常常钩起老板那个弹簧扣，不是把他一提就提到天花板那儿，而是提起一点儿，让他的轮椅空出来，以便给他整理一下毯子或换上一条新的，然后再将他放回轮椅上。将他吊在半空中的时候，那样子也够可笑的。他整个身体都弯着，脖子上挂着的哨子正好与他那弯曲的身体构成一个三角形。然后，他又坐着轮椅转遍大厅和各个大小房间，整理、摆放各处的鲜花，我们这位老板特别爱干女人干的活儿。总而言之，旅馆的各个地方，尤其客房的摆设十分讲究，就像一个大庄园主宅邸的房间一样，到处都挂着帘子，摆着文竹，每天都有新剪的玫瑰、郁金香和其他鲜花。老板坐着轮椅将它们左摆弄右摆弄，远看近瞧。他不光看花，而且还琢磨这些花儿跟周围的摆设是否相协调。每个花瓶底下的垫子都不一样。当他用整整一个上午美化完各个房间之后，就开始整理餐桌。通常只准备两张桌子，最多坐十二个人。当我和兹登涅克默默无声地将各类碟子、刀叉摆到桌上时，安静而又热心的老板便一个劲儿地摆弄放在桌子中央的鲜花，检查我们在备餐室里是不是修剪好了足够的鲜花，在水里是不是准备好了足够的文竹枝，这是最后用来装饰桌布的，在客人们就座之前片刻摆上。当餐厅一切就绪，旅馆里，充满着就像老板所说的比德迈风格[1]的魅力，他便坐着轮椅一直走到我们客人的进口处——大门前。在那儿停一会儿，背对着大厅和房间，脸朝大门，定一定神，然后，轮椅猛然一掉头，径直朝厅里驶来，俨然一个陌生人，一位从来没到过这里的客人。他惊讶不已地打量着大厅，然后一个房间一个房间地参观，内行地细细考察着一切，连帘子也要检查到。这时，我们得打开所有的灯。准备工作结束后，全部灯都得亮着。这时，我们的老板容光焕发，仿佛忘了自己的体重为一百六十公斤，走不了路。他还带着一双外来人的眼睛，坐着轮椅巡视一遍，然后又换上自己的眼睛，搓一搓手，不同一般地吹一下哨子。我已经知道，一会儿就会跑来两位厨师，向老板做最详细的汇报：龙虾和牡蛎烧得怎么样了，苏沃洛夫的馅儿拌得如何[2]，萨比科尼[3]做得好不好。我来到这个旅馆的第三天，我们老板坐着轮椅撞倒了大厨，因为老板发现他往香菇小牛肉里放了些蒿子。后来，我们把那个整天睡大觉的杂役工大汉叫

---

1 艺术上一种介于新古典主义和浪漫主义之间的过渡时期风格，曾为德国、奥地利、意大利北部和斯堪的纳维亚各国资产阶级所乐道。该风格的家具笨重而稚拙，但以其技艺精湛、简易和实用而受人称赞。该风格曾盛行于 19 世纪至 20 世纪中期。

2 根据一位俄国将军苏沃洛夫的名字取名的一道俄国菜。

3 用松蘑、香菇和肉末一起烧的一道意大利菜。

醒了。他能把晚宴所剩的一切都吃下去。满满的一盘香肠什么的，我们好几个人连同客房女服务员一起都吃不了的一大份饭菜，他都能给你吃下去。瓶子里剩下的酒水，他也都能给你喝光。他力气特别大，一到夜里他就围上一块绿围裙，在灯光照得通亮的院子里劈柴。他别的什么也不干，只是劈柴，用斧子有韵律、有节奏地劈着，把傍晚锯断的木头统统在夜里劈掉。当然，后来我也发现，听得清清楚楚，他总是在有人开车来我们旅馆时才劈柴。到我们这儿来的只坐小轿车、外交车，来一大串，而且总是在傍晚和夜里来。杂役就在这个时候劈柴，木块散发出一股清香。所有窗口都能看到这个劈柴的杂役，看到我们这所照得通亮的院子，周围一圈摆放着劈柴，瞧这场面有多壮观！一个两米高的大汉在劈柴！这个举着斧头的汉子，曾经砍死一个、打伤三个盗贼，他一个人用独轮手推车将他们送到山下宪兵站。这个大个子杂役，赶上谁的汽车轮胎被扎了洞，他能用手抬起前轴或后轴，直到换好轮子为止。这个大个子杂役真正的任务，是在亮堂堂的院子里装饰性地劈柴给我们的客人看，像拉贝河上的瀑布一样，先鼓足劲儿，等着向导将客人一并带进来，根据当时的信号一抬闸门，观众们便能观赏到这瀑布。我们杂役的活儿就是这样安排的。现在让我回过头来再将我们的老板描绘完毕，比方说，当我靠在花园里哪棵树上数数钱，马上就会响起哨声。我们老板简直跟一个万能的上帝一样。兹登涅克也碰到过这种情况。当谁也没法看见我们时，我们就坐到或躺到一堆草垛里，可只要我们一躺下，马上就会响起哨声。只有短短的一声，起个警告作用，让我们接着干活儿，别偷懒。后来，我们总是将一把耙子、锄头或者叉子放在旁边，然后躺下来。只要一听到哨声，我们就立即爬起来，又挖又耙，并用叉子将乱蓬蓬的干草码成垛。等到重又恢复宁静时，我们便放下叉子。可哨声会立即响起，于是我们就这么躺着耙干草，或者用叉子随便干点儿什么，仿佛这些工具都在一种隐形的运转中。兹登涅克还对我讲述过，说我们老板赶上天气凉快的时候，就像水中游鱼一样惬意。糟糕的是，天气一热，他就汗流不止，也不能坐着轮椅想去哪儿去哪儿，只能待在一个低温房间里，跟待在一个大冰柜里似的。可他仍旧什么都知道，连看不见的他也知道，仿佛他在每一棵树上、每一个角落里、每一张帘子后面、每一根树枝上都有一个密探。“这是遗传！”兹登涅克躺在躺椅上对我说，“老板的爸爸在克尔科诺谢山区也曾经开过一个饭店，他的体重也是一百六十公斤。天一热，他就得搬到地窖里去住。他在那儿放张床，一个劲儿地喝啤酒和烧酒，免得汗流得过多而脱水。要不然在这炎夏的高温中，他会跟黄油一样化掉的，你知道吗？”

后来，我们沿着一条我从来没走过的小道信步走去，心里还在想着我们这位老板的爸爸怎么在乡下一个饭店的地窖里度过夏天，喝啤酒、睡觉，免得像黄油一样化掉的情景，不知不觉来到三棵银松之间。我停下脚步，几乎吓了一跳。兹登涅克吓得更厉害，他抓住我的衣袖，喃喃地说：“瞧这！……”一座小极了的小房子出现在我们面前，小得就跟童话里的小木舍一样，跟剧院里舞台上的小房子一样。我们一直走到它跟前，看见一条小凳子。门窗都很矮小，要是我们想进到里面去，恐怕连我这个小个子也得弯下身。可门是关着的，我们只好站在外面，从小小的窗口往里看了大概五分钟之久。然后，我们又互相瞅一眼，不禁觉得有些瘆得慌，手上都起了鸡皮疙瘩。那小屋里的摆设跟我们旅馆的一个房间一模一样，也是那么小的小桌子、小椅子，一切都是为孩子们用的，连窗帘、花盆架也都一个样，每把椅子上坐着一个洋娃娃或者小熊，墙上钉了两个架子，架子上像玩具铺一样摆放着各式各样的玩具，整个一面墙都挂满了玩具、小鼓和绳子。一切都摆得好好的，好像刚刚有人整理过，仿佛是专门为我们而这么安排的，好让我们大吃一惊或者大受感动。瞧这整整一小屋的上百件玩具啊！突然，哨声又响了，但这次不是警告我们别偷懒、赶快干活儿的声音，而是情况紧急，老板叫我们集合。我们立即跑起来，一个个跨过篱笆朝集合地点奔去。

每个晚上，宁静旅馆都像上了弦的弓一样地准备着迎接客人。谁也没有走来，任何一辆轿车也没开来，可是旅馆就像一架自动风琴，只要有人突然往它里面扔上一个克朗，它就开始演奏。这旅馆也像一个乐队，指挥一举起指挥棒，全体演奏者便精力高度集中，准备演奏。只是眼下那指挥棒还没有挥动。我们既不让坐，也不让靠着，不是反复地整理什么，就是轻轻挨着折叠茶几站着。甚至连那大个子杂役也一手拿斧子一手拿木头，向前微微弯着身子站在亮堂堂的院子中间，准备着一看到信号便开劈木头。然后，整个旅馆就像随时准备射击的靶场一样开始行动起来，可谁也没有光顾。但为的是有朝一日真来了客人，便将散弹装进气枪，射击中靶……今天、明天，跟昨天一样，只等有人射中那黑靶心。这场景也使我联想起一个名叫《野玫瑰仙子》的童话。有这么个场面：恶魔念一句咒，一切活物不管当时在干着什么，摆着什么姿势，立即就地石化。有的动作是刚刚开始个什么，有的动作是在结束个什么。我们旅馆准备迎客的那气氛与这场面有些相仿。有一次，远处真的响起了汽车行驶的声音。坐在窗口前的老板用手帕打了个信号，兹登涅克将一块硬币扔到那自动音乐箱里，那乐器便立即演奏起音乐来。音乐箱用一床薄毡裹着放在一间毡墙房子里，这音乐听起来就像从另外一座楼里传出来的。大个子杂役连忙挥动斧子劈柴，样子显得很疲倦。他驼着背，仿佛从中午开始就一直在劈柴。我立即将餐巾搭在袖子上，等待着，看谁将是我们的第一位客人。一位穿着带红衬里军大衣的将军走进来。他的制服肯定跟我的燕尾服一样是在同一家公司缝制的。可这位将军好像有点儿不开心。他身后跟着他的司机，给他拿来了一把金马刀。司机将马刀放到茶几上就走了。这位将军转了好几个房间，浏览房间里的一切，搓搓手，然后叉腿站定，将手背到背后，观赏着正在院子里劈柴的大个子杂役。这时，兹登涅克端来一瓶上等葡萄汽酒，又将牡蛎、小虾和龙虾一盘盘地端上餐桌。等将军一坐下，兹登涅克便打开一瓶亨格尔牌香槟酒给将军斟上。将军说："我请你们客！喝！"兹登涅克深深地鞠躬，又拿来两个玻璃杯，倒上酒，将军举杯，与我们碰一下杯说:"请！"可他只啜了一口，还咝咝地吸一口气。我们干了杯。将军却装了一下怪相，颤抖一下，将酒水扑哧喷出来说："呸，我喝不了这玩意儿！”然后，取了些牡蛎放到他的小盘子里。他一抬头，那贪馋的嘴巴还在啧啧嚼着滴答着柠檬汁的蜗牛肉，好像吃得津津有味的样子，可突然又颤抖一下，不情愿地扑哧一声，弄得眼泪都出来了。然后，又转过脸来，喝完那杯香槟，喝完之后大声嚷嚷道：“啊啊啊啊，这玩意儿我根本没法喝！”他从这个房间走到那个房间，每次回到原来的地方，都要从为他准备好的盘子里抓一只虾，抓一片香肠或一块别的什么名贵海味。每次都让我吓一跳，因为将军不管吃的什么都要反感地扑哧一声并骂上一句：“呸，这简直没法儿吃！”然后，又走回去倒杯酒喝，问兹登涅克这是什么牌子的酒。兹登涅克恭恭敬敬一鞠躬，告诉他说这叫维乌尔克里科特酒，并且将所有名牌香槟都向他做了一番介绍。他却认为还是兹登涅克给他最初倒的那亨格尔牌的最好。将军一个劲儿地喝着，喷溅着，很快又喝光一瓶，随即跑到窗口去欣赏一通院子。一切都沉浸在黑暗中，只有那院子亮堂堂的，人们可以清晰地看到那个大汉和他所干的活儿，还有那四周码满了松木的围墙。我们老板悄然无声地坐着轮椅到处转悠。他悄悄驶来，打个招呼鞠个躬便又离去。将军的情绪不断高涨，仿佛他对食物和酒的那种莫名其妙的反感劲儿已经过去。他的胃口变好了，然后又开始喝起烧酒来，喝了整整一瓶。他每喝一口都要装一下苦脸，骂一句难听的话，交替地嘟哝着捷克语和德语："这酒真他妈的不好喝！[1]"吃法国风味菜时也是这样：他每吃一口都让人觉得这位将军肯定会呕吐出来。他还发誓说再也不吃一口菜，再也不喝一口酒了，还对我和领班大发雷霆说："你们都给我吃些什么呀？你们是想毒死我！你们这些无赖，是想要我的命！"可是接着，又喝了一瓶烧酒。兹登涅克一直在给他讲解：为什么说最好的白兰地是阿玛尼亚克[2]而不是科尼亚克[3]。因为科尼亚克烧酒只产于名叫科尼亚克的这个地区，即使离科尼亚克边境两公里的地方有更好的烧酒，也不能叫科尼亚克烧酒，只能叫白兰地。早上三点的时候，将军说他已经坚持不下去了，说我们在两点钟的时候要给他吃苹果，就是想害死他。他三点钟把苹果吃下去，喝了足够五个人喝的酒，可他还一个劲儿地埋怨说，这跟喝酒无关，是他身体本身有问题。说他大概得了癌症，至少是胃溃疡，说他的肝已经没了，而且肯定有肾结石。到早上三点他已酩酊大醉，居然掏出手枪，击中了摆在窗台上的玻璃杯，也打穿了

1 原为德语。

2 盛产于法国阿玛尼亚克的一种烧酒。

3 盛产于法国科尼亚克地区的白兰地酒。

窗玻璃。可老板只是坐着轮椅来到他跟前，满脸堆笑对他表示祝贺，并请求他再击中那座威尼斯小吊灯上的磨花玻璃珠，好让老板他也讨个吉利。老板说在这旅馆的最近一次壮举是什瓦村堡公爵抛出五克朗，当这硬币正往桌子上掉的时候，被他的猎枪击中了。老板坐着轮椅出去把那个五克朗的硬币拿来给将军看。那硬币上面还有一个小洞眼。可将军还就爱射击个玻璃杯，他一直射击着，谁也没有因此而生个气什么的。当子弹打穿窗子，从杂役头上呼啸而过时，他还一直在劈柴，只是动动耳朵，接着劈他的柴。后来，将军又要了一杯土耳其咖啡，重又将手捂着胸口说他根本不能喝这种咖啡，可却加了一杯这种咖啡，然后宣称说："要是有烤鸡，我可太想要一份了。"老板一鞠躬，一吹哨子，没多久，立即跑来一位厨师。他精神抖擞，戴着一顶干干净净的白帽子，端来了满满一烤盘。当将军一见到这只烤好的公鸡，立即脱下短外套，解开衬衫扣，吃的时候也苦着个脸说他的健康状况本不允许他吃鸡的。他边说边抓起这一整只鸡，撕成一块块往嘴里塞。每吃一口都要埋怨一声他的健康状况不佳，说他不该暴食，说他从来没吃过这样难吃的东西。兹登涅克对他说，在西班牙吃烤公鸡时要喝点儿香槟，最好是喝科尔多瓦[1]牌子的。将军点点头，然后喝上一口酒，吃一块肉，骂几句娘，说什么："这破烧酒，根本没法喝！真他妈不是味儿！"[2]到早上四点，他抱怨够了，哼哼够了，仿佛什么毛病也没有了。他要求结账，领班给他送来账单，一切都写得清清楚楚。他将账单放在托盘的餐巾上，还给将军念了一遍，主要是让将军知道他实实在在吃喝了些什么。兹登涅克给他一项一项地念，将军忍不住笑了，而且笑声越来越大，到最后打起了哈哈。他兴高采烈的，显得又清醒又快活，连咳嗽也没了，身子也挺直了，一穿上短大衣，人又变得帅气了，目光炯炯有神。将军付完账，又让手下的人给老板包了个红包，给了老板一千克朗，整数！也许这已成了习惯。然后又为射击天花板和窗子另付了一千克朗，还问老板够不够。老板点点头表示够了。我得了三百克朗小费。将军将大衣往身上一披，拿起金马刀，架上单片眼镜就走了，一路马刺铿锵作响。他走路的时候也很有技巧，不让挂在身上的马刀绊得自己摔跤。

这位将军第二天又来了，但已不只他一个人，还带了几位

---

1 科尔多瓦（Cordowa），西班牙南部古城，科尔多瓦省省会，为旅游胜地，以酿造业著称。

2 此处原为德语。

漂亮的小姐和一位胖诗人。这一回他们没射击，而是一个劲儿地争论有关文学和一种什么诗歌流派的问题，互相争得唾沫四溅。我真以为这位将军会把那诗人枪毙掉哩！可后来他们又安静下来，开始围绕一位女作家争论开了，说什么她常把阴道与墨水混淆起来，随便什么人都可以到她的墨水瓶里去蘸湿自己的钢笔。接着，他们又足足花了两个小时来评论一位男作家。将军说他写东西若能像玩女人那样用心就好了，而那位诗人的看法却相反，说他可称为一位仅次于莎士比亚的诗人，说上帝创造莎士比亚下的功夫最大，其次就是我们这位诗人了。争论得可热闹哪！我们老板在他们到来之后，立即派人去喊乐队为他们演奏音乐。他们和这些小姐们伴着音乐一个劲儿地喝酒。将军不仅痛骂每一口酒，每一口菜，而且还拼命地抽烟。每次一抽烟，就要咳上好大一阵子，然后瞅着香烟大声嚷嚷："这埃及烟是什么破玩意儿？"可又大口大口地抽得烟头直闪火光、冒浓烟。音乐一直在演奏，他们一直在痛饮，小姐们分别坐在这两位男客的腿上，隔不了多久便上楼钻进小房间里去，一刻钟之后才大笑大嚷地回来。只是将军在每次上楼的时候都有点儿勉强地抓住那位小姐伸到他大腿间的手，可怜巴巴地说："我这把年纪已经没有什么爱情可言了！"我说这小姐也太野了点儿。不过他还是上了楼，也是十五分钟之后才回来。我看到那位小姐的脸上充满着感激之情，仿佛沉浸在热恋之中，那脸色就跟昨天喝了那两瓶烧酒，还有那亨格尔牌和科尔多瓦牌香槟酒一样。然后，他们又谈到现实主义的消亡和已经进入第二阶段的超现实主义新流派，谈到干预生活的艺术和纯艺术，然后又互相争吵一通，不觉到了半夜。这些小姐老也喝不够吃不饱，仿佛那食物到她们肚里又被掏出来，肚子老是饿的。后来，乐师们说已经演奏完毕，他们该回家去，不会再演奏了，诗人就拿起一把剪刀，把将军上衣的金质勋章剪下来扔给他们。他们又接着演奏了。这都是一些茨冈人或者匈牙利人。将军又和一位小姐上楼去了，在楼梯上只听得他说作为一个男人他已经是个废人了。过十分钟又回来了。诗人跟将军调换了一个女人。音乐停了，乐师们说他们将回家去。那位诗人于是又拿起剪刀，剪下将军的另外两枚勋章，丢到乐师们的盘子里。而那位将军自己也拿起剪刀，将剩下的几枚勋章都剪下来扔到盘子里。这都是为了那些漂亮的小姐呀！连我们也说这是我们有生以来看到的最大的慷慨之举。兹登涅克悄悄告诉我说，这些勋章是第一次世界大战英国、法国和俄国的最高奖赏。突然，将军干脆脱下上衣跳起舞来。他对跟他跳舞的小姐骂骂咧咧地说跟他跳舞得放慢一点儿，说他的肝肺都粘在一起了。可又求茨冈人演奏恰尔达什舞曲[1]。于是,茨冈人遵命演奏,将军也跟随着舞起来。过一会儿，等他咳够了，痰尽了，就变得轻巧灵活至极，连舞伴小姐也不得不跟着他加快舞步。这时将军一只手向上举着，另一只手朝下伸着，两脚飞快地转着圈儿，速度越来越快。将军变得年轻了，那小姐的速度已经赶不上他。可将军一点儿也不放松，继续跳，还不时亲吻那小姐的脖子。乐师们围在舞蹈者们周围，从他们的眼神里可以看得出他们对将军的赞赏与理解。他们加奏的音乐也尽量与这位军人相配合，根据将军的舞蹈和力气略微减速，可将军还是比那位女舞蹈者跳得更快，累得那位小姐连喘气声都能让人听见，脸也越来越红。这时，胖诗人和他那一块儿进房间的小姐站在楼上的长廊上，他紧紧地把她搂在怀中。初升的太阳照射出第一道光芒，胖诗人抱着小姐下楼同跳恰尔达什舞，他醉醺醺地从敞开的大门跳了出去，就这样将这半裸的、喝醉了的小姐奉献到朝阳面前。清晨，当早班火车将要载着工人去布拉格上班时，将军的那辆前窗密封、后两排座儿为皮面、可坐六人的豪华敞篷轿车抢先赶到了火车

1　匈牙利快步舞曲。

站。他们在离开旅馆之前结账。胖诗人用诗集顶账，付了一万册，就像约德诗人的《耶稣基督的一生》那样，不过他是自愿的。他说他马上要去领取预付稿酬，他将要去巴黎，写一本比他现在这本已被他在旅馆里喝光了的书更好的书。诗人把将军搬到车上。身穿白衬衫的将军敞着怀、卷着袖坐在后排小姐们的中间呼呼大睡。前排坐着胖诗人，他的上衣翻领别着一朵红玫瑰，脸冲着后排座位。那位漂亮的舞女正对他站着，她身上挂着将军的那把金马刀，肩上披着将军那件已被剪掉勋章的军服，披头散发地歪戴着将军的帽子，两个乳房全露在外面。兹登涅克说，那模样活像马赛雕像。他们就这样一直驶向火车站。当工人们纷纷上火车时，将军的车子沿着开往布拉格的火车站台行驶着，那个露着乳房的醉女还挥动着马刀大声嚷嚷：“向布拉格进军！”就这样出尽洋相，疯疯癫癫来到了布拉格。那场面可以想象该有多么精彩。后来我们还听说，这部载着裸露两个乳房、探身车外挥舞着马刀的醉女的车子，堂堂皇皇驶过布拉格的金融大街、民族大街。警察们还得给他们行军礼，而将军仍旧坐在车上昏睡不醒，双手耷拉到地板上……在这里，在宁静旅馆我也认识到“劳动使人变得高尚，勤劳者最美”的说法是谁想出来的，不是别的任何人，而是通宵吃喝玩乐，大腿上坐着女人的这些富人，他们自己才真会享福哩！我曾以为富人是被施了妖术的倒霉鬼，只有小农舍、小木房、酸菜、土豆能给人幸福与欢乐。看来，这种关于小农舍里欢乐多的说法正是我们的这些客人想出来的。他们自己根本不在乎一夜挥霍多少钱，他们将钞票抛向世界各方，过得十分惬意……我从来没见过比这些富商企业家更幸福的了……就像我曾经说过，他们善于像小淘气一样地嬉戏和欢乐，甚至还故意互相捉弄，他们将多少时光花在寻欢作乐上啊！而且总在耍闹之间，其中的一个询问另一个是否需要一车皮、两车皮或者整个一火车的匈牙利生猪。而另一个人却又一个劲儿地盯着我们那个劈柴的杂役看。这些富翁总认为这个杂役是世界上最幸福的人。他们痴迷地观看他的劳动，对其表示赞赏，可他们自己却从来不会去干这活儿。要是非让他们干不可的话，那他们肯定会觉得不幸。说话间，他突然问上一句："我想弄一条刚果的牛皮船到汉堡来，你知道怎么个弄法？"而对方仿佛根本不是谈船的事，而是谈牛。"我能抽成百分之几？"那位想买船的人说："百分之五。"对方说要百分之八，说这里面还包括风险费，因为说不定皮子里面有虫子，黑人的盐放得不够。买者伸出手来说："百分之七！"他们互相对望片刻，然后握手成交，各自回到他们的小姐那儿，继续抚摸着她们的乳房，就像吃牡蛎或啜饮蜗牛一样地吻着她们。可是，从他们买卖成交了几火车生猪和牛皮船的这一瞬间起，他们变得加倍的年轻。我们旅馆的有些客人买下或卖掉了整个一条街的房屋，有的甚至卖掉了一座宫堡或两座庄园、一座工厂。总代理商签下了对整个欧洲的供货合同，向巴尔干的某个地方提供五千万贷款的协定，卖掉两火车的弹药，为好几个阿拉伯兵团提供了装备……而这一切都是以同一种方式进行的：全都伴随着香槟酒、女人和法国白兰地以及对那一位在透亮的院子里劈柴的杂役的观赏……月夜里散步在花园中，互相追赶捉迷藏，最后追到干草垛里。这些干草垛也像劈柴的杂役一样，是老板专门让我们布置出来作为装饰的。就这样，他们要玩到天亮才返回旅馆，头发上、衣服上沾满尘土和干草，一个个像刚从剧院里出来那样高兴，向乐师和我发散几百克朗钞票，手里抓着一大把钞票，眼神里暗示我们即使什么都看见了，什么都听见了，也要装作什么都没看见，什么都没听见。这时，老板坐着轮椅，静悄悄地从这个房间转到那个房间，让一切都安排得天衣无缝，让客人的每个愿望都得以满足，因为我们老板记住了客人的一切要求，甚至连哪位客人早晨想要一杯鲜奶或者凉奶油都记得一清二楚，准备齐全，连对那些喝多了酒的呕吐者，我们都在洗手间里准备了呕吐池，有单个儿的，也有像马槽一样供集体用的，呕吐池旁的墙壁上装有扶手，一排人站在那里呕吐，也好互相壮壮胆哩！我要是吐了，即使谁都不知道，我也觉得不好意思呢！可这些阔人们吐起来，面不改色心不跳，仿佛这是他们宴席上一个必不可少的组成部分，一项天然之举。他们吐得连眼泪都流出来，为的是吐完之后吃得更欢，喝得更多，像古斯拉夫人一样。而领班兹登涅克可是一位真正的高水平领班，他是在布拉格红鹰饭店出的师，那里有一位老领班给他当师傅，那人曾经在艾斯特大公常去的贵族赌场当过专职服务员。兹登涅克的服务确属一流，他自己也成了客人中的一员，客人们也把他当成他们的客人，每张桌子上都有他的一只玻璃杯，他用这杯子和客人一块儿喝酒，总不忘记为他们的健康而碰一下杯。他端着菜盘，来回穿梭于各张桌子之间，速度之快，有如疾风闪电。谁要是猛然撞上他，准会被他碰个人仰马翻。他的体态举止优美而又大方。他不管干什么从来不坐着，总是站着，并且总是心中有数，知道谁大概需要什么，提前将客人正想要的东西送到他面前。我跟兹登涅克也曾经出去疯玩过一次。兹登涅克也有这么个阔少爷习惯：挣来的钱差不多都得花光，就跟我们这里的那些客人一样，不过是到别处去花。剩下多少钱他都要想法花完。早晨，当我们乘出租汽车回来时，他半途将一个村子里最偏僻的小酒馆老板叫醒，让他去叫醒乐师们给他演奏。他还挨家挨户把正在睡觉的人叫醒，请他们到酒馆里来为他的健康干杯。酒馆里奏着音乐，人们跳舞跳到大天亮。当小酒馆里的瓶装酒、桶装散酒都已喝光时，他就把杂货铺的老板叫醒，又买了整整一筐瓶装酒送给老头老太太们。兹登涅克不仅将酒馆里的账付了，而且把他所分送的全部物品的账都付了。等他把钱花光，便轻松得哈哈大笑。到后来，他一摸身上，连盒火柴都没有了，只好借二十哈莱士买盒火柴抽支烟。他还是个爱就着炉火点燃雪茄的人，于是又抽了一根雪茄。随后，我们乘车开始离去，乐队追在我们车后演奏。兹登涅克又借了钱将花店里的花全都买下抛撒给欢送的人群，有石竹、玫瑰、菊花。乐队将我们一直送到村外，装饰着鲜花花环的汽车将我们送到宁静旅馆，因为这一天，实际上是这一晚上，我们俩都有空闲。

有一次，我们旅馆宣布将要来一位贵客，老板非常重视。他坐着轮椅在旅馆各处转了十次乃至十二次，总觉得准备得不完全合意……说是要来三位客人，可只到了两位，我们却铺了三个特别床位，通宵的服务我们都是一式三份，仿佛该来的那第三位客人也坐在这里，只是我们看不见他。他在这儿坐着，行走着，穿过花园，在摇椅上晃动……最先，是一位夫人乘着一辆漂亮的轿车来到我们旅馆，老板和兹登涅克都用法语和她交谈。后来又开来一辆车，已是晚上九点钟。这次来的是总统，我立即认出他来，老板一口一句称他陛下。总统和这位漂亮的法国女士共进晚餐，她是坐飞机来到布拉格的。总统大人整个地变了一个人，变年轻了，满脸笑容，彬彬有礼。他喝了香槟，又改喝白兰地，就这样越喝越兴奋。他们后来换到一间摆设着比德迈风格家具和鲜花的小房间里。总统先生坐到那夫人的身旁，吻她的手，然后又吻她的肩膀，她穿的是晚礼服，胳膊全露在外面。他们谈论着文学，又无缘无故地哈哈大笑一通。总统先生对着她的耳朵讲些什么，惹得她扑哧笑出了声。总统自己也忍不住笑得直不起腰来。他亲自倒香槟酒，重又面对面地举起酒杯快乐地碰着，彼此定睛凝视着对方，慢悠悠、甜蜜蜜地饮着酒。随后，那夫人轻轻地将总统推倒在扶手沙发上。这一回由她来吻他，一个长长的吻。总统先生闭上眼睛，她在抚摸着他的臀部，他也一样，我看到他高贵的手指触到那夫人的大腿，然后像突然惊醒，这时他又俯身于这夫人之上，凝视着她的眼睛，亲吻她。两人在热烈的拥抱中一动也不动地停留了片刻。等他们缓过气来，总统深深地吸一口气，甜滋滋地呼一口气。那位夫人也吐一口气，连耷拉在额头上的一绺头发也被吹得飘动了一下。他们站起身来,手拉手,跟孩子一样跳起了“磨坊轮子转起来”。突然，他们拉着手从门口跑出去，后来还一直手拉着手，一跳一蹦地，嬉戏着跑上羊肠小道。只听得一路上总统发出爽朗而快乐的笑声。我无论如何也没法将眼前这位总统与邮票上、公众场所上的总统对上号。我总以为总统大人不会干这类事儿,这对总统来说不体面。原来,他也跟其他富翁,跟我，跟兹登涅克一样啊！这时，他跑在月光下的花园中。我们是在当天下午将干草垛搬进这花园的。我看到那夫人的白衣裳，总统先生的浆硬的白色胸衣和他的白袖口在黑夜中来回飞动，从这个草垛飞到那个草垛。眼看总统先生赶上那白色晚礼服，抓住了她，将她轻轻举起。我也看见他的袖口是如何举起那白衣裙的，仿佛这白色的晚礼服刚刚从河里被捞起，又仿佛妈妈抱起穿着白衬衣的孩子，正要将她放到小床上去。总统就这样抱着她走向我们花园的百年树林深处，随后又从那里跑出来，将她放在干草垛上。但那白衣裙从他手中溜了，总统追在后面,总是俩人一道倒在干草垛上。那白衣裙又站了起来,再跑,直到倒在另一堆干草垛上，总统先生随即扑在她上面。我看见他的白袖口，后来我还看到那晚礼服怎样地渐渐缩小，那白袖口如何掀起那晚礼服，将它翻到一边，随后，宁静旅馆的花园里便是一片寂静……我们没再看了，就像我们老板一样，放下了窗帘。兹登涅克低头瞅着地面，那个穿着黑衣裙，只能看见她的白围裙的客房女服务员这时站在台阶上，也低着头瞅着地面。我们大家都不再观看，但又都很激动，仿佛是我们和那美女一块儿躺在那揉得乱七八糟的干草垛里。这位夫人为了干草垛里这一幕，还专门从巴黎远道飞来，仿佛这些事都发生在我们身上……最主要的是，我们是唯一参与这一爱情喜事的人，仿佛是命运的驱使，可这命运除了想听到一点儿牧师忏悔道出的秘密之外，实在别无他求啊！到后半夜，老板便派我送一水晶罐的凉奶油、一只刚出炉的面包和一包用葡萄叶包着的黄油到那座像童话中才有的儿童小屋去。我提着一只篮子，全身发抖，沿着一个个干草垛往前走，这草垛曾经起到了床的作用哩！我忍不住俯身抓起一把干草来闻闻，然后沿着一条小道直朝那三棵银松奔去。在那里，我已经看到小屋的窗子亮着灯，等我走到小屋跟前，看见在这座挂着小鼓、跳绳、小熊、布娃娃的小屋里的小椅子上坐着穿白衬衫的总统，在他对面同样一把小椅子上，坐着那位法国女郎，这两位情人面对面地坐着，互相凝视，双手放在小茶几上。一盏普普通通的烛灯照亮这间小屋。总统先生站起身，挡住了小窗户。他得弯着身子才能走出小屋的门。我将篮子递给他。总统的个子高得弯下腰来接我的篮子，而我个子小,站得笔直地将篮子递到他手里。他连声对我说:“谢谢你，小男孩，谢谢！”说罢，又转身进到小屋里去了。我往回走时，差点儿被总统抛在地上的燕尾服绊倒。后来，天大亮了。太阳出来时，总统先生从小屋里走出来，那位夫人穿件内衣裙，长裙拖在身后。总统提着灯笼，不过这烛光与太阳相比只不过是一个小点而已。后来，总统弯身抓起燕尾服的一只袖子拖在地上走，燕尾外套上净是尘土和干草……他们就这样如醉似梦地并肩迈着步，双双露出幸福的微笑……我望着他们，心中突然浮起一个念头：当个餐厅服务员可不简单，服务员多如牛毛，可我却是小心谨慎地侍候过总统的服务员。我得珍惜这一点，就像兹登涅克因为在贵族赌场侍候过费迪南德·艾斯特大公而终身引以为荣一样。后来，总统先生坐着一辆轿车离去，那位夫人坐着另一辆轿车离去，而第三辆车上根本没坐人。这就是那看不见的第三位客人，我们为他铺了床，老板结账时把给他准备的饭菜与他根本没去睡觉的房间费全都算上了。闷热的七月来到时，老板不再坐着轮椅从小房间转到大房间再转到餐厅，而是乖乖地待在自己冰箱般的小斗室里，那里的温度不得高于二十摄氏度。尽管他不露面，尽管他也不坐着轮椅去花园的小道上转，但他仿佛仍旧能够看见我们，仍旧是万能的，靠他的哨子来给我们发指令或禁令，安排招待工作。我甚至觉得他的哨子比说话更管用。那时候，在我们旅馆住了四个外国人，是从玻利维亚哪个地方来的。他们随身带来一口神秘的箱子，像看护自己眼睛一样地看护着它，连睡觉时也带着。四人全穿一身黑，还戴着黑礼帽，留着黑长胡子，戴着黑手套，连那口箱子也是黑的，跟他们一样像口黑棺材。这帮夜客可真会挥霍钱财寻欢作乐哪！但他们得付高价，由我们老板亲自过问。这是他的，不，是整个旅馆的一项特别生意。他们的人在我们这里住下，吃一头蒜，一根蒜泥清肠，一个土豆饼，一杯酸牛奶，其价钱跟吃了牡蛎、龙虾，喝了亨格尔酒一样贵。住也如此，哪怕在沙发上打盹坐到天亮，那也得付整个一套房间的钱，这属于我们旅馆的装饰。我一直想知道他们的箱子里装的什么。直到有一次，那个名叫萨拉蒙的犹太人，黑社会的头子回来了才知道。我是从兹登涅克那儿知道的，说那萨拉蒙跟布拉格红衣主教本人有联系，说通过外交途径请求他为他们的布拉格圣子，一座全金的塑像做祓除式[1]。说这布拉格圣子在南美很受欢迎，数百万印第安人甚至将圣子像用根链子挂在脖子上，说在那里到处传说布拉格是世界上最漂亮的城市，因为圣子曾在那里上过学，所以他们想请布拉格红衣主教为这个六公斤重的全金布拉格圣子塑像举行祓除仪式。从这一瞬间起，我们只为隆重的祓除式而忙活。可事情并不这么简单，第二天便来了几个布拉格警察。警察队长亲自告诉这些玻利维亚人说，布拉格黑社会已经得知他们送圣子塑像来布拉格做祓除式这档子事儿，甚至还有一个波兰同伙也来到布拉格，准备偷走这尊全金布拉格圣子塑像。布拉格警察还与玻利维亚人商定：最好是将那全金的圣子塑像一直藏到最后一刹那，由玻利维亚共和国出钱再做一尊镀金的圣子复制品，并随身带着这个镀金的塑像，直到将要离开这里的最后一刻为止。因为即使遇上强盗，被他们抢走这个镀金的复制品也总比抢走那真品强。第二天，立即有人送来一口跟玻利维亚人带来的黑箱子一模一样的箱子，把箱盖一打开，那圣子像之美，把我们老板都从他那间避暑小斗室吸引出来，好向这圣子鞠躬致意。随后，萨拉蒙先生又和红衣主

1　这是基督教中由神职人员主持的使某人或物净化、圣洁化的一种仪式。

教顾问团商谈有关做祓除式的事宜，可是红衣主教不想给他们带来的这个圣子做祓除式，因为唯一的圣子是在布拉格，如果这么一弄，就等于有了两位圣子。这些我都是从兹登涅克那儿听来的。因为他会西班牙语和德语，兹登涅克本人谈起这件事，心情十分激动，我还是第一次看见兹登涅克如此不平静。直到第三天，萨拉蒙先生来到，他还在汽车上就站起身来，从火车站那儿便能看到他带来了好消息，他满面笑容，抖动着双手。大家都下了车，萨拉蒙先生告诉大家说，他有个好主意：红衣主教喜欢照相，他建议将整个祓除仪式作为高蒙德新闻的附件给拍下来。这个仪式将在凡是有电影院的世界各地放映。这样一来，不仅红衣主教，而且还有圣子及圣维塔教堂[1]都能被世界各地的人们所知晓，就像萨拉蒙先生正确建议的那样。教会也得以扬名，声誉提高。在这祓除式的前夕，他们筹备了一个通宵。警方给我和兹登涅克的任务是：让我们运送那尊全金的真品圣子塑像。在另外三辆汽车里，将坐着那些玻利维亚人和穿上燕尾服的警察带着那个布拉格圣子塑像的复制品。我、兹登涅克和三名化装成企业家的密探，将共乘一辆车不显眼地跟在

1　布拉格最大的教堂。

他们后面。这一路可热闹哪！根据玻利维亚天主教小组头目的指示，将真品圣子捧在手中搁在膝盖上，几辆汽车驶出了宁静旅馆。那些密探可都是些快活人。他们向我讲述道：每当在公众面前展示宝物时，他们就化装成助祭，绕着旁边的圣坛转圈圈，并装模作样祈祷着，胸前却揣着手枪以应付紧急情况。休息的时候，他们又化装成高级教士跟这些宝物左一次右一次地拍照。一旦想起这些，他们就笑个不停。一路上我得不停地让他们欣赏这布拉格圣子塑像。最后，我们商定停一下车，让兹登涅克用这些化装成企业家的密探们的相机，给他们连同这布拉格圣子一块儿在围墙外照张集体相。在我们到达目的地之前，他们还谈到，每逢有个什么国葬典礼，他们又得操着心，别让不三不四的人混进去塞个定时炸弹什么的到花圈里面。那些炸弹往往做得像绿叶红花似的别在花圈上，他们有专门探寻定时炸弹的叉子，他们用这种叉子往花圈上扎一遍，也可以用拍照的办法记录下来。他们还给我看了照片，从照片上可以看到他们如何跪在棺材四周，拿着这叉子在探寻花圈中是否有定时炸弹的情景。现在，他们却化装成穿着礼服的企业家，将要跪在这圣子跟前，从三个方面防备着，免得布拉格圣子遭难。我们就这样聊着天驶过了布拉格的大街小巷。当我们来到布拉格宫时，玻利维亚人已在那儿等候，萨拉蒙先生提走了箱子，将它提到大教堂那儿。一切都像准备婚礼一样按计划筹办得妥妥帖帖：管风琴隆隆响，高级教士们手持权杖鞠着躬，萨拉蒙捧着圣子，摄像机吧嗒吧嗒转动，拍摄着一切。然后，仪式开始，实际是一场隆重的弥撒。萨拉蒙先生最虔诚地跪着，我们则跪着慢慢靠近圣坛。到处鲜花闪动，金光四射。合唱队唱着弥撒曲，弥撒进行到最高潮时，摄像师一打手势，布拉格圣子就算已被净化，由一尊普通的塑像变成圣物，由红衣主教圣洁化了的这件圣物从此具有一种超自然的力量。弥撒结束后，红衣主教便进了法器保藏室。萨拉蒙先生由神甫会副主教陪同跟进去。他从法器保藏室出来的时候，正将钱夹塞进大衣里面。他肯定以玻利维亚政府的名义捐了一笔款子用于维修教堂，或许还给了一笔酬金以感谢他做祓除式。后来，我还看到了玻利维亚大使捧着布拉格圣子，人们又在管风琴乐声与合唱队歌声的伴送下渐渐离开教堂。一辆辆汽车开过来，布拉格圣子放到了车上。可我们没再随身带任何东西。大家和大使先生以及所有随从都乘车来到斯坦纳[1]旅馆。我们则自己返回宁静旅馆准备晚上的告

---

1 斯坦纳（Steiner Rudolf，1861—1925），奥地利科学家、艺术家、编辑，人智学的首创者。此处旅馆以他的名字而命名，以示纪念。

别宴会。晚上十点，那些玻利维亚人来到我们旅馆才算得以休息一下。半夜开来三辆车，送来一群小歌剧场的舞女，我们从来没有像这个晚上这么忙过，因为从来没接待过这么多的人。熟知这里一切情况的警察局长，任凭那假的布拉格圣子塑像摆在男客房的壁炉上，将做了祓除式的真圣子悄悄运到那座童话小屋，放放心心地跟那里的布娃娃、木偶、跳绳和小鼓摆在一起。随后，大家开怀痛饮，裸着身子的舞女围着那件布拉格圣子赝品一直跳到天亮。等到大使先生该回他自己的官邸，玻利维亚的代表们该上飞机场时，警察局长于是取来真圣子以换走那假圣子，幸好萨拉蒙先生还打开箱子看了一下，因为在狂欢混乱之中，警察局长将一个穿着斯拉夫民族服装的漂亮布娃娃放到箱子里了。于是大家又一窝蜂跑到童话小屋去，只见那布拉格圣子还躺在一面小鼓和三个娃娃之中。他们立即拿走这个圣洁化了的圣子，将那穿斯拉夫民族服装的布娃娃放到小屋里，前往布拉格去了。可到第三天我们得知，玻利维亚共和国的代表们不得不推迟起飞日期。情况是这样的：为了迷惑强盗们，他们将假圣子塑像放在机场入口处，扫地女工最初将这假圣子放到藤筐里。当以萨拉蒙为首的代表团成员登飞机以后，在这个完全保险的地方打开他们的箱子一看，发现里面放着的不是那个由红衣主教做过祓除式的真圣子，而是那个假圣子，不是全金的而是镀金的，只是衣服完全一样……于是，他们又纷纷跑去寻找，而且找到了真品。当时门房正站在那儿问过路人这口箱子是谁的，一听没人答话，就让那口装着布拉格圣子的箱子摆在人行道上。正在这一刹那，玻利维亚代表团的人跑来提起这口箱子，还真够重的！他们松了一口气，打开箱子一看，还真是那个全金圣子塑像……他们提着它立即上了飞机，飞至巴黎，然后将这位布拉格圣子交给了他们的祖国。根据印第安人传说，这位圣子曾经在布拉格上过学，根据这一传说，布拉格是世界上最古老的城市。今天就给诸位讲到这里，够了吗？

三

我曾侍候过英国国王

诸位请听好了，我现在将给大家讲些什么！

我的幸福往往来自我所遭到的不幸。我哭着离开了宁静旅馆，因为老板认为是我有意将圣子塑像真品与复制品弄混的，说我是故意搞鬼，以便能得到四公斤的金子，其实不是我，而是另外一个餐厅服务员提来的这同一口箱子。我只好前往布拉格去。万幸的是，我在布拉格火车站遇到了瓦尔登先生，那个脚夫仍旧跟着他，就是那个背上背着两部小机器，一架秤和一架切香肠机器的人。瓦尔登先生为我写了一封介绍信给巴黎饭店，我跟他分手的时候，他又对我表示了好感，摸摸我的头，一个劲儿地对我说："小可怜的，坚持住，你还小。但愿你，小家伙，能有出息！我会来看你的。"他几乎是在喊话。我停住脚步，久久地向他挥手。火车早已开走，我又开始了新的冒险。其实，我在宁静旅馆这些日子就一直担惊受怕哩！事情是这么开始的：我看见大个子杂役养了一只猫。这只猫总等着他把奇怪的活儿干完，或者在院子里待着，看着他怎样劈柴给客人们观赏。这只猫就是杂役大汉的心肝儿宝贝，他们连睡觉都在一起。如今有只公猫老去找它，这只母猫喵呜喵呜地叫着，总也不爱回家。我们那位大个子杂役急得脸都发青了，他到处去找它，走到哪儿都要回过头来，看看他的米拉是不是跟在后面。大个子杂役喜欢一个人自言自语。我不管什么时候走过他身边，都能听到一些不可置信的事情。我从他的这些自言自语中得知，他曾经坐过牢，用斧子砍伤了一个和他老婆相好的宪兵。他老婆去上吊，人家不得不把她送进医院。大个子杂役为此被判五年监禁，跟日什科夫的一名罪犯关在一起。那人曾派他的小孩去打啤酒，这小孩在回家路上丢了五十克朗。这家伙一发火，就将他小孩的双手搁在砧板上，一刀把它们剁了。这是第一件不可置信的事情。他的第二个同狱犯人是因为他老婆与一个旅客通奸被他当场抓住，他用刀子砍死了他老婆，割下她的阴部，还用斧子逼着那男的把它吞下去，那男人被他吓死了。这杀人犯自己投了案。这是第二桩不可置信的事情。而那第三个犯人，就是他自己，成了第三桩不可置信的事情：他原本很信任他的太太，当他看见她和那宪兵在一起时，他就用斧子把他的肩膀劈成了两半。那个宪兵开枪打伤了他的腿。我们这位杂役就这样被判了五年刑。可是不可置信的事情还在后头哩！有一回，那公猫又来找大汉家的母猫。大汉用块砖头将公猫按到墙脚下，用斧子砍断了它的背脊，母猫直为它的公猫哀叫，可是大汉将公猫紧紧地卡在铁丝网网着的小窗子上，它出不来进不去地待了两天才死去，跟那宪兵一样下场。母猫被他赶出家门，成了一只到处流浪的野猫。大汉再也不许它进家门，它后来就无影无踪了，估计也被这杂役杀死了。因为他是一个敏感、情绪容易冲动的人，动辄便用斧子，对他的太太和对他养的母猫都这样。因为他不仅对那宪兵，而且对那只公猫都吃醋得要命。在法庭上，他懊悔自己只砍了那宪兵的肩膀，而没把那戴着钢盔的脑袋砍掉。因为那宪兵在他太太的床上时还戴着钢盔，束着皮带佩着手枪……恰恰就是这个大汉臆想出来并对我老板说，是我想偷走这尊布拉格圣子塑像，说我满脑子只想着如何不惜犯罪尽快发财。老板听了吓一大跳，因为通常认为杂役说的便是天经地义，他一说什么，我们那里就不会有第二个人敢说个“不”字，因为杂役的力气比五个人的还要大。再后来，几乎每天下午我都发现杂役坐在那所童话小屋里，总在那里干点儿什么，大概是跟那些布娃娃或者小熊什么的玩耍。这我从来也没想到过，也没下工夫往这方面去想。可有一回他却对我说，他不乐意我再进那所小屋去。有一次，他刚在那里见到我和兹登涅克，就补充一句说，有可能发生第四桩不可置信的事情。然后，又指着那只被砍断背脊骨在我房间旁边受了两天罪的公猫干尸给我看。只要我从他旁边走过，他便指着公猫的干尸提醒我说，所有在他眼里的犯罪者都将跟它一样下场，说着还指指他自己那对眼睛。我即使什么过错也没有，他也可以抓住这一点，说我跟他的布娃娃玩耍了，为此他即使不杀死我，也会把我弄个半死，让我跟那只公猫一样，拖上好长时间才断气。那只公猫尽管什么错也没有，只是跟他的母猫相好而已，可后来……我眼下待在火车站上，猛然发现我在宁静旅馆的半年时间里变傻了，变得神经质了。列车员一吹哨子，旅客一就座，列车员吹着哨子向车站发送员发信号，我就挨个地跑到乘务员面前去问：请问您需要点什么？又当发送员一吹哨子，表示询问乘务员是否做好一切准备、车门是否关好等等，我就又跑到发送员面前去恭恭敬敬地问他：请问您需要点什么？火车带走了瓦尔登先生。我步行穿过布拉格的一个个十字路口。有两次，当十字路口的交通警吹哨时，我立即跑过去，将行李箱放在他脚跟前，问他："请问您需要点什么？"我就这样穿过大街小巷，来到巴黎饭店。

巴黎饭店漂亮得几乎让我晕倒在地。这么多镜子，这么多黄铜栏杆，这么多黄铜门把儿，还有这么多黄铜烛台，而且擦得这么亮，就跟一座金殿一样。到处都铺着红地毯，到处都是玻璃门，仿佛是在宫堡里。老板布朗德斯马上和悦地接待了我，将我带到我的小房间。这是楼顶层屋檐下的一间临时住房，从这儿可以清楚地瞭望整个布拉格。我想，就凭这瞭望、这小房间，我也要好好干，争取能长期留在这里。当我打开箱子，准备将我的燕尾服和衣服挂起来时，一打开衣柜，发现里面已经挂满了衣服，我又打开第二个柜子，里面摆满了雨伞，第三个柜子，里面挂满了男式大衣，靠里面的绳子上还挂了成百条领带……我取下一个衣架，将我的礼服挂在上面。然后，我专心瞭望着布拉格，欣赏那些屋顶。我看到闪闪发光的布拉格宫。我一看到那座历代捷克国王们曾经住过的宫堡，就不禁热泪盈眶，把宁静旅馆忘了个一干二净。我现在反倒为他们以为我想偷走布拉格圣子塑像这件事而感到高兴，因为要是我的老板没这么认为，那我这时还在清扫园中小道，整理干草垛，老担心什么地方会响起哨声。我现在才琢磨出来，恐怕连大个子杂役也有一只哨子，那杂役肯定是老板的眼睛，并代替了他的两条腿。他像老板那样监视着我们并吹哨子催促我们……我从楼顶的小房间走下来，正赶上中午，餐厅服务员互相倒班，吃午饭。我看见他们正在吃土豆面疙瘩和香炒面包渣儿，大家都到厨房里领土豆面疙瘩，我还看到老板也得了一份土豆面疙瘩，也在厨房里吃，跟账房一样。只有大厨和他的帮厨们午饭吃的是煮土豆。连我也有一份土豆面疙瘩配香炒面包渣。老板让我坐在他旁边，我吃这份饭的时候，他也在吃，可他是小心谨慎地吃，更像是吃给大家看看而已。既然我作为一个老板都能吃这饭，那你们，我的职工们当然也能吃这饭。他很快用餐巾擦擦嘴巴，将我带到一个空房间。我最先得到的任务是分送啤酒。我往玻璃杯里打上啤酒，摆满一大盘子，按照这里的习惯，我还给每个啤酒杯挂上一小块红玻璃片作装饰。年长的服务员领班一头灰白银发，俨然一位作曲家，他用下巴示意我的啤酒该往哪里送，到后来就只需用眼睛示意了。我从来没送错过，那位帅气的领班眼睛指到哪里，我的啤酒便送到哪里。一个小时之后，我已经看到，那位老领班在用眼睛抚摸我，向我明显地表示出我很讨他的喜欢。这位领班可是个人物，一位地道的电影演员，一位穿燕尾服的美男子。我从来没见过有人穿燕尾服有他那么帅，与这个四处是镜子的环境也很相配。即使已过中午，这里也亮着灯，灯的造型像蜡烛。在每个灯泡下方，都是叮当作响的雕花玻璃饰物。我能从镜子里看到自己在怎样分送皮尔森啤酒，我看到镜子里的我也有一点不大一样。因此我不得不修正对自己的看法：我并不是那么丑那么矮，我那套燕尾服很合身。当我站在这位仿佛刚从理发店出来，留着一头卷曲白发的领班身旁时，我从镜子里看到，我别无他求，只想跟着这个领班在这里做事。他总是那么安详，他知晓一切，待客周到，补充点菜单时总是面带微笑，仿佛在家中举行家宴那般亲切。他还知道哪张桌上的哪位客人没得到饭菜，他立即帮忙补上。他也知道谁想结账。据我所见，谁也用不着举起手来或拍得噼啪响，也不用挥动点菜单。领班很奇妙地观察着，仿佛在检阅千军万马或者在瞭望台上，在一艘海轮上欣赏美丽的风光，又像什么也没瞭望，因为每一位客人的每一个动作都能让他立即明白，他需要什么。我马上注意到，领班不喜欢那端托盘上菜的另一领班。他的目光已在责备这老兄送错了菜。本该将猪肉送给 6 号桌，他却送到 11 号桌去了。当我已经送了一个礼拜的啤酒时，在这个棒极了的饭店里，我清楚地注意到，那个上菜的卡雷尔，每当他从厨房里端着托盘出来时，总要在餐厅门外站一会儿。当他以为谁也没注意看他时，便将端得齐眼睛那么高的托盘降到胸口这么高的地方，嘴馋地看着一盘盘美味佳肴，总要从这样那样的菜里掰下一小块，小得仿佛只是偶然沾脏了手指头而随便舔舔干净而已。然而，我也看到，那位帅气的领班怎样当场逮住了他。不过这位领班什么也没说，只是看他一眼。卡雷尔挥一下手，又将托盘举得过肩，用脚踢开活动门，走进餐厅，快步穿梭于餐桌之间。这可是他的拿手好戏，托盘往前倾斜，仿佛要掉下去，脚步像打鼓点一样走得飞快，的确，谁也不敢像这位名叫卡雷尔的上菜员那样托这么多碟子。十二只碟子摆在一只托盘上，分送菜碟前，将托盘放在备餐桌上，手一伸，胳膊像一块小长桌面，一连摆上八只碟子，手上还端着两只碟子，形成一张扇面，另一只手还端着两个碟子，这简直像在耍杂技。布朗德斯老板大概很喜欢这个上菜服务员，把这端盘碟的表演当作饭店里的一项装饰。喏，我们每天的职工饭几乎都是土豆面疙瘩，今天配罂粟子，明天配调味汁，第三天或许配点儿烤面包，有时则浇些化了的黄油和糖，有时又改浇些覆盆子汁，或者配些香芹菜末和荤油。我们老板也总跟我们一块儿在厨房里吃土豆面疙瘩，但每次吃得都很少，他说他忌口。可到下午两点的时候，恰好由那个名叫卡雷尔的大红人端来一个托盘，所有饭菜都盛在银器餐具里，总少不了鹅肉或者鸡、鸭、野味，根据季节而定。他每次都将托盘送到一个小单间，仿佛里面用餐的是一位从交易会转到我们巴黎饭店继续谈生意的大老板。我们老板总是悄悄地溜进这个隔板小单间里。他出来的时候，容光焕发，一脸的满意，嘴角上还插着一根牙签。恰恰是这个领班卡雷尔，恐怕跟我们老板有点什么猫儿腻。每个礼拜四的交易会之后，那些商人便来到我们这儿，用喝香槟和白兰地来庆祝他们谈成的买卖，每桌一大托盘各式美味佳肴。虽然只有一托盘，但装得满满的，宴会规格。尽管还是白天，可从中午十一点钟起，夜宵餐厅里就坐了许多涂脂抹粉的小姐，跟我在天堂艳楼里认识的那些小姐一样。她们一边抽烟，一边喝着低浓度弗木特酒[1]，等着那些富商们。他们一到，小姐们就分散到各人的座位，她们每个都早已预订好隔板单间。我从这

1 一种苦艾酒。

些隔板单间旁边经过时，只听得窗帘之内响起咯咯笑声和清脆的碰杯声，就这样持续好几个钟头。直到傍晚，这些大款们才纷纷离去。兴奋漂亮的小姐们也走出来，进到洗手间，重新涂上接吻时抹掉的口红，整理好穿在身上的衬衫，打量一下全身，看看重新穿上去的丝袜的袜缝是不是笔直对着脚后跟。富商客人们走了之后，我从来不敢、别的人也不许进入那些隔板单间。只是每个人都知道，我也多次透过窗帘缝看到，卡雷尔如何将所有沙发套之类的东西都拽掉。这是他捞外快的一大机会，在那里捡拾他们丢下的贵重饰物，有时还能捡到戒指和怀表上不小心拽下的链环。所有这些都是老板们和小姐们在穿脱衣服时从上衣、裤子和马甲口袋里掉出来的，或从链子上拽下来的。这一切都成了卡雷尔的独吞之物。有一天中午，发生了这么一件事：卡雷尔跟往常一样，往大托盘里摆了十二只碟子，在进到餐厅之前，照例在门外站上一会儿，偷吃掉一小块牛肉，一小块卷心菜。他没动那点心，却尝了一小块小牛肉馅儿，然后又面带笑容将托盘端进餐厅。可有一位客人不知是挨烟味儿呛了呢还是得了伤风，这个乡下人的鼻子一直吸着气，这气儿长得像有一只无形的手在提着他的头发，让他不得不站起来，打了一个响喷嚏。这喷嚏的急速气流仿佛触到装满菜碟的大托盘。

卡雷尔总是这样举着这托盘，犹如童话中的飞毯朝前飞奔。受这喷嚏的影响，不知是托盘朝前的速度加快了，还是卡雷尔的脚步没赶上，他差点儿滑倒。因为那托盘往下溜，饭店里所有职工，甚至老板本人和客人，包括餐饮协会主席什罗贝克，都在餐厅里亲眼见到这情景。卡雷尔连忙迈一大步，倒是抓住了托盘，但是掉下两个碟子。最先掉下来的是一块块鸟肉，然后是调味汁，最后是碟子，一秒钟之后又掉下第二只碟子：调味汁，肉，最后是馒头片，全都掉在一位客人身上。这位客人往常总要通读整个菜谱，等他看好了菜，便抬起眼睛来点菜，同时要问肉煮得烂不烂，调味汁够不够热，馒头片软不软……现在，整个一碟菜都扣在他背上。他一起身，调味汁滴滴答答，馒头片滚到了铺在他胸前的餐巾下面，有一块馒头片像小帽子顶在他的头上，就像犹太教教士戴的那种特小的帽子。当保住了其他十个菜碟的卡雷尔看到这情况，又看到什罗贝克先生时，便把托盘举得更高，将它往上一抛，整个托盘翻了个个儿，十个菜碟全都掉到地毯上，这如同在剧院或哑剧里演出的情景表明：那两只碟子使他烦到了何等程度。他解下围裙，将它一摔，怒气冲冲地离开餐厅，穿上便服酗酒去了。我当时不明白他为什么这样，可我们饭店的其他职工都说，他碎掉两个碟子的后果跟碎掉十个碟子是一样的。因为上菜是餐厅服务的一道风景。可这事还没完，卡雷尔又回来了。他一屁股坐到厨房里，眼睛瞟着餐厅，突然起身要去搬那装满玻璃酒具的柜子。会计和厨师们都跑去拦他，柜子里的玻璃杯丁零当啷碎了一地。厨师们把柜子推回原处。卡雷尔自碎了那两个碟子之后，不知从哪儿来的那股蛮劲儿，有三次差点儿将柜子翻倒在地，那些厨师满脸涨得通红，又三次使劲地将柜子搬回原处。等到他们大家都似乎喘了一口气的时候，卡雷尔又蹿过来，要捣毁厨房那一排炉子，他拽掉烟筒管道，厨房里立即布满了烟雾，弄得在场的人咳个不停。厨师们费好大的劲才又把那些管子接上，他们弄得满身黑烟坐到椅子上，看那卡雷尔又在什么地方。可卡雷尔已经跑掉了，于是我们大家都松了一口气。可突然一声哐啷响，卡雷尔踩碎了炉台上方天窗的玻璃板，并从上面的破洞口里跳下来，一只脚踩在上午茶点时吃的肚丝汤锅里，连裤腿都湿了，另一只脚站在掺了小马肉汁的红焖牛肉锅里，溅得四处都是肉汁，满地的玻璃碴儿。厨师们连忙跑去喊那曾经当过拳击运动员的杂役来，想让他强行将卡雷尔拖出去，估计他跟巴黎饭店有仇。杂役刚迈了几步，张开手臂，仿佛举着两个毛纱纺锤，还嚷嚷着：你这畜生，在哪儿？可卡雷尔却狠狠地给了杂役一拳，杂役倒在地上。不得不把警察叫来。卡雷尔已经安静下来，可是在走廊上，他将两名警察打倒在地，他还踢了他们头上的钢盔。警察们于是将他拖到一间小餐室里狠狠揍了一顿。他每叫喊一声，餐厅的客人们就抽动一下肩膀。最后，警察将他带出来时，他已是浑身青紫，可他还对衣帽间的女服务员说，这两只碟子还得让饭店付出代价。果真如此，后来听说，他安静下来，但却无缘无故踩碎了一个瓷洗脸池，从墙上拔出了水管子，在场所有人，包括警察都被水管里喷出来的水浇得全身湿透，直到将水堵住为止。

喏，我便成了领班斯克希万涅克先生手下的一名餐厅服务员。我们还有两名餐厅服务员，可只有我在中午稍微空闲的时候，才可以背靠着小贮藏室的桌子站一站。领班先生对我说，我将来可以成为一名好领班，但我必须锻炼出如下本领：客人一进门，就得记住他并知道他将在什么时候离开。说他指的不是开放衣帽间的上午，而是在咖啡厅就餐的下午。说我必须学会辨认谁只想吃饱肚子而不付钱便悄悄溜走。说我还必须善于估计客人随身带了多少钱，他是不是会根据自己的财力来花钱，说这是当一个好领班的起码条件。一有机会，领班就悄悄向我介绍，刚进来的是一位什么样的客人，正要离去的是一位什么样的客人。他这样训练了我几个礼拜，我竟敢于自己估计猜测了。我已经盼望下午的到来，仿佛我将进行一项冒险远征。我激动得像等待野兽的猎人。领班先生或者抽着烟，眯缝着眼睛满意地点点头，或者摇摇头纠正我，并亲自走到客人那里去向我证实他是对的，而他的确也总是对的。后来我才第一次知道他为什么能这样。当我向领班先生提出“您怎么啥都知道”的问题时，他挺直身子回答说：“因为我曾经侍候过英国国王。”“侍候过国王？”我惊讶得拍一下手掌说，“我的老天爷！您曾经侍候过……英国国王？”领班得意地点点头。于是，我们进入了第二时期，它使我亢奋异常，就像你买了彩票，当你在彩票开奖时想知道自己的数字是不是中了的心情那样。当下午进来一位客人，领班一点头，我们便走进小贮藏室。我说：“这是意大利人。”领班摇摇头说：“这是从斯普利特或杜布罗夫尼克来的南斯拉夫人。”我们彼此对视了片刻，随后，我们点一下头，我摆出二十克朗，领班也往这小贮藏室的托盘里放了二十克朗。于是，我走到客人跟前去问他需要点儿什么。等我边往回走边看点菜单时，领班已根据我的表情将两份二十克朗扫进他的一个大口袋里。为了同样目的，他在裤子上也用同样的皮子缝了一个口袋。我好奇地问道：“领班先生，您怎么能分辨出来谁是哪国人呢？”他却谦虚地回答说：“我曾经侍候过英国国王。”我们就这样经常打赌，我总输。不过领班先生却又教给我说，我若想当个好领班，不仅要知道客人是哪个民族的，还要知道客人大概会点什么菜。于是，当客人进到餐厅之后，我们俩一点头，便又一同进到小贮藏室，各自将二十克朗放到小桌子上。我说客人会要红焖牛肉汤或者风味肚丝汤。领班先生则说，客人会要茶和不抹蒜汁的烤面包。我于是去取点菜单。当我向客人请了早安，问他需要点什么时，他果然点的是茶和烤面包。我还在往回走时，领班先生已经拿走了那两份二十克朗，并对我说，你还得学会立即认出胆囊炎患者来。你瞧那位客人，可能是个老肝炎！还有一次，我猜有位客人想要茶和抹黄油的面包，领班却坚持说他会点布拉格火腿、黄瓜，外加一杯皮尔森啤酒。他又对了，等我刚拿到点菜单，转过身，领班先生看到我走过来，他瞅我一眼，掀起小窗口，不是对着我而是对着厨房喊道：“布拉格火腿一份！”等我走到他跟前，他又对厨房补充了一句：“再要一份黄瓜！”尽管我的小费就这么输光了，可我还是能为这样的学习而感到幸福。我们只要有可能就打赌，且总是我输。而我每次总少不了要问一声：“领班先生，您为啥什么都知道？”他将两份二十克朗放进袋子里说：“我曾经侍候过英国国王。”我一共认识了好几个领班，在卡雷尔之后，在认识这位领班之前我还认识一位叫兹登涅克的领班，就是那位半夜三更把村子里的人闹醒，挥霍掉所有的钱，仿佛成了个破落的贵族老爷的人。这时，我又想起金色布拉格旅馆的那位领班，我这第一位领班名叫马列克，那人很节省，谁也不知道他的钱放到哪里去了，但谁都知道他有钱，而且不少，说他肯定在攒钱买小旅馆，等到他不再当领班的时候，便会在捷克天堂[1]哪个地方将一座小旅馆买下来或租下来。其实根本不是这么回事儿。有一次他在婚礼上喝醉了酒，有些动感情，就向我吐露了真情。十八年前，他老婆派他到她的一位女友那里去送个什么信，他一按门铃，门就开了，一个漂亮的女人出现在他面前，她脸红了，他也脸红了。他们就这样站在门口愣了好大一会儿。她手里拿着一件刺绣活儿。他一进门，什么也没说，却拥抱了她。她还一直绣着花，后来就一块儿滚在长沙发上，她在他背后接着绣她的花，他像一个男人那样占有了她。他对我说，从此，他爱上了她。他拼命地攒钱，十八年来他攒了十万克朗，以支付他原来的家庭、老婆孩子的费用。明年将给他们一所小房子，

1 捷克一风景区。

然后，半白头发的他就将同他的半白头发的美女去过自己的幸福日子了。这是他讲给我听的。他还打开他写字台的小柜门，在柜子里面还有一槅，这里便放着这些钱，为了买得他的幸福的所有积蓄。我望着他，简直无法相信这一切。我望着他的鞋，他的旧式罩裤，裤腿口的白带子一直缠到脚踝那儿。这种罩裤仿佛是我童年时代穿过的那种，那时我跟外婆住在城里的磨坊，那时旅客们从卡罗维疗养所的男厕所窗口扔内衣裤出来，有一次正好扔出来这么一条裤子，它张开两只裤腿，在空中停顿了一下……总而言之，每个领班都不一样。金色布拉格旅馆的这个马列克，他突然出现在巴黎饭店的领班旁边，我觉得这个马列克像个圣徒，也像那个出售《耶稣基督的一生》的画家、诗人约德，记得那诗人总爱一会儿脱下一会儿穿上他的短外套，总在吃一种药粉，嘴唇总是一圈黄色，这是喝药水喝的……而我自己将来会成为一个什么样的人呢？

每个礼拜四都由我来侍候这些商人。卡雷尔已经不再来这儿了。跟所有的有钱人一样，这些商人也很会作乐，快活得像小狗似的。要是他们做成了一笔什么生意，那他们可会花钱哪，跟有些刚从赌场赢了钱的屠夫一样。这些赌钱的屠夫玩上三天三夜回家的时候，常常是没有了眼镜没有了马，没有了他们买来的牲口，什么都在赌场输个精光，回家的时候，往往只剩了一根鞭子。这些富商们有时也输成这样，也落得个身无分文，坐在隔板单间里像耶利米[1]望着被焚烧的耶路撒冷一样望着这世界。到后来，他们把人家赢的钱也拿过来付了账，真能折腾！后来，我就逐步成了那些等在咖啡厅里的小姐们的知己。她们等着交易会一结束，便打扮得花枝招展下楼去到单间小房，不管是上午十一点，还是下午，是黄昏时分，还是深更半夜或是早上，对她们来说都一样服务。在巴黎饭店从一早起就亮着灯，整个饭店就像一盏忘了关掉的亮堂堂的吊灯。我最喜欢的是小姐们称为“体检密室”“内科会诊室”的小房间。赶上这些，老板还精力充沛时，就想法以最快的速度把小姐灌醉，然后渐渐脱下她们的衬衫裙子，与她们赤身裸体地滚在沙发上。完事之后，这些老板一个个弄得筋疲力尽，有时他们的样子仿佛在这一场爱情游戏之后得了心脏病，这都是由不惯常的做爱姿势造成的。不过，在这些所谓内科会诊室或体检密室里，总是笑声不断。姑娘们在这里的任务，就是让客人们开心，而她们受的折腾最多了。那些年龄较大一些的商人不停地笑着，开着玩

---

1 耶利米（Jerewiah，约公元前650—约公元前570），犹太国的重要先知。

笑，把这些脱光了身子的小姐当作集体游戏中的抵押品。他们一边啜着香槟和白兰地，一边亲手脱掉展示在桌子上的小姐的衣服，让她自己躺下。围在她四周的客商们举着酒杯和盘子，边喝边吃边观赏，戴上眼镜细细察看这美女身体的每一个隐私部位，就像在服装表演会上或某所美术学院的画室里一样，要求这小姐坐起来，站起来，弯下身子，将两腿搭在桌子边，光着脚板像在溪里戏水一样拍打。这些老板们从来不为哪一条腿朝着他，身体的哪一部分冲着他这个方向而争吵。他们总是带着极大的热情观赏这女人裸体，仿佛一位风景画家被美丽的风光迷住，将它搬到画布上。这些老头们怀着经久不衰的热情，戴着眼镜从近处观赏着这弯曲的手臂，这披散的秀发，这脚背和足踝，然后还有腹部。有的却又盯住微微张开的半边屁股，带着孩子般的惊讶望着他所看到的部位，另有人兴奋地叫出声来，望着天花板，仿佛在感谢上帝使他能看到小姐叉开的两腿，让他的手指或嘴唇能触到他的最爱之处。这间小屋的光芒不仅来自天花板上的吊灯，而且来自不停地晃动的玻璃酒杯，尤其是四对眼镜片，仿佛鱼缸里来回游动的拖着纱裙尾巴的金鱼。等到他们饱了眼福，便结束了这场“体检”，给小姐倒上香槟。她则坐在桌子上，老头们纷纷同她碰杯，直呼她的名字，她想吃什么就从桌上拿什么。老头们仍然开着玩笑，一派彬彬有礼的君子风度。这时，从别的单间里传来了愉快的笑声，有时又鸦雀无声一片死寂。有时我常常会想，要不要赶快过去看看是不是有哪位商人已经断了气或生命垂危……随后，这些老头又帮那小姐穿上衣服，像电影片子往后倒那样，怎么给她脱下的便又怎么给她穿上，一点儿也不马虎。他们通常对帮助小姐穿衣服兴味索然，可他们一直保持君子风度，善始善终……付钱的时候，通常由一位商人来付，将小费交到领班手里，我一般能得到一百克朗。他们离开这里的时候，一个个容光焕发，和颜悦色，脑子里装满了美丽的画面，足够他们享用一个礼拜的。他们从礼拜一就开始盼望着礼拜四再来赏玩另一位小姐。因为这些客人从来不重复赏玩同一位小姐，每次都要换新的。也许是他们想在布拉格妓女的半个世界里享有美誉之故，可每次被他们赏玩过的那位小姐，在他们离去之后还留在那隔板小房里……等待着……当我打扫干净桌子，当我清理完最后一套餐具，我从一开始就知道，照例要出现如下情况：她会充满贪欲地望着我，仿佛我是一位电影演员，她被这种翻来覆去的“会诊”弄得如此激动不安，如此懒散不振，甚至都无力离去。终于开了这个张，从此，每个礼拜四，我都不得不做完老头们没做完的事情：这些小姐总是带着莫大的激情向我扑来，她们如饥似渴得犹如处女的第一次……在这几分钟里，我觉得自己又英俊又高大而且一头鬈发，我拥有的不是印象、感觉，而是十拿九稳的把握：我是这些漂亮小姐心目中的国王。可她们被这种“会诊体检”折腾得连路也走不了啦，直到我觉得她们在过了一次两次高潮之后，才重又复活过来，眼睛又有了光亮，乌云消散，重新有了正常的目光。这时，我在她们眼里仍然只不过是一名小小的餐厅服务员，一个根据指令替代某个英俊强壮的人完成任务的人。对这种每个星期四得到一次的任务，我带着越来越大的兴趣且完成得越来越熟练。因为这之前，这个便宜是由我前面那个卡雷尔捞到的。他对这种事儿有天赋，有才能，也有爱好，不过我也有……大概她们都还觉得我不错，因为所有小姐在我们饭店或街上遇着我时，都老远便跟我打招呼，向我点头，一看见我就向我挥动手帕或小提包。要是她们手里什么也没拿，便至少友好地向我挥挥手……我也向她们鞠个躬或者挥动着帽子致意，之后，我就又昂首挺胸，加上我穿着双层后跟的鞋子，于是显得更高一点儿。当我稍有空闲时，我就换上衣服，我还爱上了领带。好领带能使衣服更加光彩夺目，而漂亮衣服能使人更精神，于是我买了好几条领带。我发现，我们的客人也有这种领带。我老觉得领带太少了，于是我想起那个装有领带和衣服的柜子，那些都是客人们忘记带走丢在我们这儿的。我在那里发现几条我从来没见过的领带，用一根细线拴着名牌的商标。第一条是大马士革的大批发商阿夫莱特·科尔尼奥忘在这里的，第二条是罗斯·安格莱斯的总代理商萨拉蒙·比霍瓦达丢在这里的，第三条是利沃夫一位纺纱厂老板约纳桑·夏布林纳的，还有第四条、第五条，成打成打的领带。我渴望系上这么一条领带，我别的不想，一心只想着要系一条领带。我选中了三条，一条仿佛是由金属做成的蓝色领带，一条是深红色的，跟那蓝色的料子一样，像珍稀硬壳虫的鞘翅或蝴蝶的翅膀。啊！稍微敞开一点儿的夏季上装，两手插在兜里，从颈子那儿一直到腰上露着这么一条领带。当我对着镜子试着系上它时，我惊讶得屏住了呼吸……我不是通过我而注意到这条领带，而是看到了我自己，想象着我正走在瓦茨拉夫大街[1]和民族大街[2]上。突然，我吓一大跳！我自己正对着我走来哩！我还看到，其他行人，特别是那些穿着讲究的人怎样为我的领带而感到惊讶，这是他们在任何地方都从没见任何人系过的。我

1 布拉格最繁华的街道之一。

2 布拉格著名的文化大街，最大的剧院、科学院等文化机构都在这条街上。

敞开上衣漫不经心地走着，让所有行家都看到这条领带。我就这样站在巴黎饭店顶楼的镜子跟前，慢悠悠地解下这条闪光的深红色领带。随后，我又出神地看着一条我从来没注意过的领带，这该是我戴的！它是白色的，仿佛用昂贵的粗质面料做成，上面有些小圆点儿，像勿忘我草一样，呈淡蓝色。这些小蓝点是织在领带上的，可看上去像贴在上面，跟钢屑一样闪闪发光。领带上还有一个用细线拴着的小卡片，我将那张小卡片解下来一看，那上面写着“这是霍恩洛厄亲王[1]忘在这里的领带”。我将这条领带系在脖子上，一照镜子，发现它将我美化得使我产生了一个印象，仿佛这条领带将霍恩洛厄亲王身上的一点点香味注入我的体内。我往鼻子上扑一点儿粉，刮光下巴上的胡子楂儿，出了巴黎饭店门，直朝人民大厦走去，然后沿着普希科普大街[2]往瓦茨拉夫大街方向走。我透过商店橱窗的玻璃端详自己，果然，我的模样很出众，就像我在顶楼镜子里照见的那样。唉，钱又算什么？也许每个拥有特别的领带，缝制讲究的衣服，麂皮便鞋和拿着一把长剑一样带着雨伞的人都有钱，可

1 指霍恩洛厄·希灵斯菲斯特（Hohenlone—Schillingsfirst，1819—1901），德意志帝国首相兼普鲁士总理大臣。巴伐利亚的天主教徒，贵族出身，拥有亲王封号。

2 布拉格一条著名的金融大街，全国最大的几家银行都在这条街上。

谁也没有像我系着这样的领带。于是，我走进一家男式衬衫店。我刚一迈进店门，立即成为大家注意的中心，中心的中心正是这条领带。不过因为我能打上这条领带，所以人们关注的焦点还是我。我要了几件平纹细布衬衫并参观了一通。为了增加光彩，我又让他们给我拿些白手帕来，并请那女售货员从一打手帕中挑出一条，给我按时新花样折好摆在胸前小口袋里。她笑笑说："您真会开玩笑，会打这么漂亮领带的人还能不会……"她拿出一条手帕给我，我费了九牛二虎之力也折不好它。女售货员拿起手帕，将它放在桌上，像从小盐瓶里抓盐那样，用三个指头抓起手帕的正中间，轻轻将它一抖，就出现了很多漂亮的褶皱。她用另一只手将这些褶儿拉匀，朝外一翻，放进我胸前的小口袋里，拽一拽手帕角尖儿。我谢谢她，付了款，总共买了两包漂亮的衬衫，五块小手帕，都是用金线捆扎起来的。随后，我又进了一家男服衣料店。我的蓝点儿白领带，白手帕，像一片卷起的菩提树叶，不仅吸引住了售货员们，而且也吸引住了两位衣冠楚楚的男士。他们一看到我这打扮，不禁摇晃一下，愣住了，惊呆了好大一会儿才又重新获得对自己的领带与手帕所失去的信心……我开始挑选衣料，其实我身上已无分文。我挑了一块英国的化纤料子，请售货员将它搬到商店门口就着太阳光让我仔细看看。他们以为我是一位很懂布料的顾客，便给我搬出了整个一卷布料，并翻起一角在我身上比画，好让我实实在在地感觉一下穿上这样料子的衣服走在大街上会是个什么样子。我谢谢他，显得有些困窘。可那伙计说，像我这样的顾客买东西考虑慎重一些是完全正确的："明天买也行，任何时候都可以，因为布拉格只有我们海因里希·皮斯科一家公司有这种料子，所以我们不担心人家会抢生意。"我表示感谢之后便走出来，走到街对面。总而言之，这一切都使我感到震惊，我甚至将头微微歪到一边，稍稍皱起眉头，让我的额头上出现些气度高贵的皱纹，仿佛在深沉地思考什么。后来发生的一件事情，证明这条领带让我从根本上变了个样儿。因为维娜小姐，就是上星期四在"内科会诊室"的小房间被那些商人赏玩，以前在咖啡厅认识我的那位小姐正朝我走过来时，她看见了我，我也看见了她。她本想抬起戴着白手套的手对我挥动一下小手提包，可突然改了主意。仿佛她认错人了，她压根儿就没认出来是我，这个曾为她体力与精神的复苏而献出自己的人。当时，她被那些老头们赏玩折腾之后，已经无力起身回家了。我也装作自己仿佛是另外一个人。她转过身去走她的路，肯定认为自己是认错人了。这一切，都是这块白手帕和这条白领带引起的。

可是，在布拉什纳门[1]那儿，正当我横过马路，想再让自己更自信地走在普希科普街上，正当我为穿着轻便上装并配了这出色的服饰小零件而得意忘形之际，我那位满头绵羊卷毛银发的领班斯克希万涅克先生朝我迎面走来。他走着，并不看我，可我知道，他看见了我。他从我身边走过，我站住了，就像他跟我打了招呼似的。他也站住了，转过身来，回到我跟前，直瞪瞪地望着我。我知道，他看到的只是那条领带，他看见那条领带走在普希科普大街上，除了这条走在大街上的领带之外，他别的什么也没看见。这位什么都知晓的领班先生看我的那眼神，就表示他知道这领带是从哪儿来的，知道我没经允许就擅自借用了它。他这么看着我的时候，我心里说，领班先生，您怎么啥都知道呀？而他笑了笑，大声回答说："我怎么啥都知道？我不是曾经侍候过英国国王吗？"说罢，便又继续沿着普希科普大街走去。尽管那天出着太阳，也仿佛一片阴暗。而我自己却像一盏滚烫的灯，领班先生把我的灯芯扯掉了。我又好比一个打满了气的轮胎，被斯克希万涅克先生拔了气门芯。我边走边听到我怎样地漏气，我看到我自己在路上已不再发光。我已

1 布拉格普希科普大街旁的一道拱门形通道。

经看不见了，只觉得那条领带、那块手帕都跟我一样没精打采地耷拉着，仿佛淋了一场大雨。

有幸的是，在所有旅馆饭店中，只能由其中一个获得的最大荣誉，由我们巴黎饭店得到了：据确切消息称，在布拉格宫里总统没有金刀叉，可是赶上来布拉格的重要国事访问，又总爱使用个金刀叉什么的。总统办公室主任和总理亲自议定，去找私人企业家或者找施瓦曾伯格公爵或洛布科维兹公爵借用一下。可事实上这些贵族虽然有金刀叉，却没这么多，再说，这些匙子把儿和刀叉把儿上都有这些家族姓氏的第一个大写字母标志。唯一一位可以借给总统金刀叉的恐怕只有特恩 - 塔克西斯公爵[1]了，那就得派人到雷根斯堡[2]去取。这个富裕家族的一个成员去年曾在这里举行婚礼。这个家族在雷根斯堡不仅有旅馆，而且有街道甚至整个一个区及自己的银行。可都没借成。到最后，总理亲自来到我们这里，他从我们老板这儿离去时却满脸怒容。这倒是个好兆头，斯克希万涅克先生不用知道内幕就看出来了。因为他曾经侍候过英国国王啊！他从总理的脸上，

1　特恩 - 塔克西斯（Thurn-Taxis），一个家族。1512 年圣罗马皇帝马克西米连一世授予该家族贵族特权，以后三百五十年间，该家族的旁系在西班牙、德国、奥地利、意大利、匈牙利等国开办地方与全国邮务。该家族眉形纹章中的卷角图案，现仍为许多欧洲国家的邮政象征。

2　位于德国境内。

叉从巴黎饭店的布朗德斯老板脸上得知，老板拒绝借给他金刀叉，除非宴会安排在我们饭店举办，只有这样，我们才能将金刀金叉、金子做的大匙小匙从我们的保险柜里拿出来。于是我大吃一惊地得知，我们饭店里有可供三百二十五人使用的金刀叉。布拉格宫于是做了决定：在我们饭店为来自非洲的尊贵客人和他的随从举行盛宴。整个饭店开始大扫除，雇来一群拿着小桶和抹布的清洁女工，不仅打扫地板，而且连墙壁、天花板和所有吊灯都擦得干干净净。饭店亮堂堂的,光芒四射。有一天，说是阿比西尼亚的皇帝和他的随从人员要来我们饭店住。于是买了一卡车的鲜花——玫瑰、文竹和兰花。可到最后一刹那，布拉格宫的总理又来把房子退了，不过他又一次确定宴会将在我们这里举行。我们老板对他的变动并不在意，反正准备把他们来住的一切花销都算进去，连打扫卫生所付出的成本也算在他们账上。于是，我们专心准备供三百人用餐的大宴。我们从斯坦纳饭店借来餐厅服务员和领班。那一天，该饭店的老板什罗贝克先生让自己的饭店停业一天，因为餐厅服务员都借给了我们。从布拉格宫还派来好几名密探，就是上次和我一道护送布拉格圣子塑像的那些人。他们随身带来三套厨师服、两套餐厅服务员的燕尾服，而且马上换了装，以便能进厨房监视，免得有人给皇帝下毒。餐厅服务员则一再检查餐厅各处，找个最适合保卫皇帝的地方待着。大厨与总理以及布朗德斯先生花了整整六个小时，拟了一份供三百位客人用餐的菜谱。布朗德斯先生随后在冰柜里储放了五十条小牛后腿、用于熬汤的六头牛、用来做炸排的三匹马驹、用于做调味汁的一匹骟马、重量没超过六十公斤的六十头小猪、十只猪崽、三百只小鸡，还有一只狍子和两头鹿。我第一次跟领班斯克希万涅克先生来到我们的地窖，地窖管理员向前来检查的领班数了一遍葡萄酒、白兰地和其他烧酒的瓶数。我被吓了一大跳，这个地窖里储藏的酒简直跟酒类批发公司奥普特一样多。我第一次看到单是亨格尔牌的酒瓶就码满了一面墙，至于香槟酒从维乌尔克里科特到温哈德公司的名牌一应俱全，名牌烧酒也码满了一面墙，各类名牌的苏格兰威士忌有好几百瓶。而且我还看到了摩泽尔河区及莱茵河区产的葡萄酒，还有我们摩拉维亚地区的布泽内茨卡酒以及捷克姆涅尼克地区产的酒。斯克希万涅克领班从一间酒窖走到另一间酒窖，不断抚摸着那些酒瓶颈子，像个酒徒那样对它们充满爱意。其实他从来没有喝过一滴酒，我也从来没见他喝过酒。我在地窖里也发现，领班斯克希万涅克先生从来不坐，总是站着。他点燃一根烟，但仍旧站着。他站在地窖里看我一眼，从我脸上读到我在想什么，他肯定猜到了我的心思，否则他不会突然对我说："记住！你若想当一名好领班，那你绝不能坐。一坐，你的脚就会疼起来，干活儿就会像下地狱一样难受……"地窖管理员在我们身后关了灯，我们走出了地窖。可就在当天传来一个消息，说阿比西尼亚皇帝随身带了厨师，说他们之所以恰恰要在我们这里办宴会，是因为我们这里有金刀叉，跟他们这位皇帝在阿比西尼亚一样，说他的厨师们将烹制阿比西尼亚特色菜。在举行盛大宴会的前一天，那些厨师就来了，都是黑人，油光闪亮的，总觉得我们这儿冷。他们一共三人，还带了一位翻译，我们的厨师只得给他们当助手，可我们的大厨那一天却解下围裙赌气走掉了，因为他觉得受到了侮辱。这些阿比西尼亚厨师便开始大干起来。他们煮了几百个鸡蛋，边干边说着笑着，龇着牙齿。后来，又搬来二十只火鸡，开始放在我们的烤箱里烤，往各个大盘子里分放了一种什么馅儿，为此配了三十筐拧花小面包，又推来满满一小车的调料和香芹菜。我们的厨师帮着他们切。我们大家都好奇地看着这些黑人小伙子怎么弄。他们渴了，我们就给他们皮尔森啤酒。他们很喜欢，还给我们喝他们的烈性酒，是用一种什么药草做的，酒精度很高，带点儿胡椒和混合香料味儿。可后来的一幕让我们吓一大跳，因为他们让人送来两头开了膛的羚羊，这是刚从动物园买到的，很快就剥了皮。用我们饭店最大的锅来煎这些羚羊，一块块黄油铺在下面，一把把的调料往里扔。我们不得不将所有窗子都打开，因为热气太大。然后，他们便将烤得半生不熟的火鸡和馅儿填到羚羊肚子里，又将煮熟的鸡蛋填满所有空当，继续一块儿烤。整个饭店都被折腾得翻了天。我们老板惊得目瞪口呆，因为他没想到会弄成这个样子。后来，厨师们将一头活骆驼牵到饭店门前，准备将它宰掉，可我们不敢碰它。翻译求我们老板答应他们。于是招来一帮记者，使得我们饭店变成了新闻关注的焦点。他们把骆驼捆起来，骆驼大声叫着："别！别！……"仿佛求我们别杀害它。可有个厨师用一把长刀将它宰了，弄得满院子都是血。接着，将它的脚搁在脚枷上，然后切了腿，剥了皮，去了骨头，和他们运来的羚羊肉一样。随即运来三车柴火，老板不得不去将消防队员叫来。他们带着消防器机警地注视着厨师们如何迅速生了火，一堆熊熊大火，像烧炭一样。等到明火消失，剩下鲜红滚烫的木炭时，他们便将挂骆驼的架子一转，让驼肉对着炭火，开始烤起整头骆驼来。等到驼肉快熟的时候，他们就把那两只填满了火鸡馅儿的羚羊塞到骆驼肚子里，而火鸡肚子里也塞了鱼，还用煮鸡蛋填满了所有空当。在烧烤过程中，他们一直撒着他们的特殊调料。他们边干边喝着啤酒，因为他们即使待在火堆旁边也老觉得冷，就像啤酒厂的马车夫一样，在冬天靠喝凉啤酒来取暖。当三百位客人的餐具已经摆好的时候，汽车开始将他们运来，门卫为他们打开车门。院子里的这些黑人厨师不仅赶快将乳猪和小羊肉烤了出来，而且还熬好了一锅锅肉汤。老板为此买了好多好多肉。后来，海尔·塞拉西皇帝[1]本人在他的大臣伴同之下驾到，我们所有将军和阿比西尼亚所有军界要人都列队欢迎。皇帝一出现，立即博得大家的好感。他只穿一件白色的制服，没挂任何勋章，一身轻巧单薄，只在手指上戴个大戒指，可他的政府成员或他的部族首脑们都披着色彩鲜艳的披风，有的身上还佩着一把剑。他们一一入座，看得出来，一个个举止非常文雅，但又并不拘束。巴黎饭店所有大厅都摆设了餐桌，一套套金刀、金叉、金匙子闪闪发亮。总理致辞欢迎了皇帝。皇帝说话，声音却怪怪的。翻译说，阿比西尼亚皇帝谨邀请诸位宾客参加阿比西尼亚午餐。一位穿着印花布衣服，并裹着一块十米长粗呢绒的大胖子鼓了几下掌，我们端上了一道黑人厨师在我

1　海尔·塞拉西（Haile Sekasue）于1930年即位，1931年颁布宪法，着手实行庞大的现代计划。1974年宣布废除帝制，海尔·塞拉西被废黜并监禁。

们厨房里准备的冷菜：浇了黑调味汁的酱小牛肉。我只舔了一下蘸了点儿汁的手指头，不禁咳了一声，汁儿的味道特别浓烈。我第一次看到，当服务员温文尔雅将碟子塞到客人眼前时，贵宾们轻轻拿起我们那些金刀叉，那三百套金刀叉和匙子在餐厅里耀眼地闪闪发光……领班打个手势，叫人往玻璃杯里倒白葡萄酒。这下轮到我露一手了。因为我一看到他们忘了给皇帝斟葡萄酒，就立即用一块小餐巾包着酒瓶子，连我自己都不知道怎么会想起，我走到皇帝跟前时，像小辅祭一样单腿跪下，向他鞠了一躬。等我站起身来，大家的目光都在注视着我。皇帝在我额头上画了一个十字以示祝福。我给他斟酒，饭店里的总领班什罗贝克先生就站在我身后，正是他忘了斟酒。我突然为自己刚才的行为感到害怕。我用眼睛寻找领班斯克希万涅克先生。我看到，他正在向我点头，为我细心周到的服务而感到高兴哩！我放下酒瓶，看着皇帝吃饭慢条斯理的，将一小块酱肉蘸一点儿汁送进嘴里，仿佛只是尝尝味道而已。他点点头，慢慢地嚼着，将刀叉交叉放着表示这道菜已经够了，然后又喝一小口酒，用餐巾擦了好大一会儿胡子。然后，上汤。这些黑人厨师大概因为他们一直觉得冷且喝了啤酒的缘故，一个个动作敏捷，我们还没来得及摆好汤碗，他们便一勺接一勺往大盆里装起汤来，连化装成厨师的密探都为之惊叹不已。我和密探们都忘了与这些黑人厨师合影留念。这时，我们自己的厨师们正围着院子里那堆红木炭在慢慢地烤骆驼肉。这骆驼肚子里塞满了馅儿，厨师们正用一把蘸着啤酒的薄荷秆儿，在它外部不停地抹擦着。这是那些黑人厨师的主意。当大厨想出这个用薄荷秆儿往骆驼肉上抹啤酒的点子来时，高兴地说（据翻译告诉我们），他们厨师有望得到玛利亚·特莱齐勋章。等到上完这道汤时，我们所有厨师、女仆、餐厅服务员和领班都感到有些无所事事了，因为那些黑人尽管一个劲儿地喝着啤酒，可是包揽了所有的活儿。我却显得格外特殊，翻译对我说，皇帝亲自点名让我继续给他上酒上菜。我每次都跪下一条腿，然后递上酒菜，然后再退下。我特别留心及时给他斟满酒杯和撤下碟子。可皇帝吃得很少，只是弄脏一下嘴巴，就像品尝师尝味一样只吃一点点菜，只呷一小口酒，就又继续与我们总理交谈。客人们却越来越不分高低贵贱，狼吞虎咽地吃着喝着，远远近近的餐桌上都一样，仿佛他们的肚子老是饿的，连拧花面包也吃，有一位客人甚至将摆在桌子上作装饰的仙客来，也拿来蘸上点儿盐和胡椒粉吃掉了。密探们身着燕尾服，化装成餐厅服务员，胳膊上搭着餐巾，站在餐厅角落监视着，免得人家偷走我们的金刀叉……午餐渐渐进入高潮，黑人厨师们磨着长马刀，接着，两名黑人将烤骆驼连肉带架子扛到肩上，第三个用一把薄荷秆擦抹一下骆驼肚皮上的胡椒，他们穿过大厅和备餐室，随即进了宴会厅。皇帝站起身来，用手指着烤骆驼，由翻译给他翻成我们的语言说，这是非洲和阿拉伯风味菜，是阿比西尼亚皇帝一份小小的心意。两名帮厨将两块宰猪用的大案板搬到餐厅正中间，拼在一起，并用两个蚂蟥钉将它们钉住，然后将这头烤骆驼搁在这块大案板上。接着，找来刀子，将烤骆驼劈成两半，又将这半块再分成两半，肉里立即散发出一股浓浓的香味。然后，再接着切，每块骆驼肉上都带了一小块羚羊肉，每块羚羊肉里都包着一块火鸡肉，每块火鸡肉里又有一块鱼和馅儿以及煮鸡蛋……餐厅服务员摆好了碟子，从皇帝开始，挨个儿分发这烤骆驼肉。我又跪下一条腿。皇帝用眼睛向我示意可以来一份。我便将他们的民族特色菜端给他。这道菜准是非常好吃，因为所有客人顿时变得鸦雀无声，只能听到我们的金刀叉悦耳的碰撞声，看上去很是赏心悦目。后来，出现了我、我们乃至领班斯克希万涅克先生都没遇到过的情况：先是我们总统府的一位政府顾问、有名的美食家站了起来，大概是因为烤骆驼的美味让他兴奋不已，开始大声嚷嚷，脸上焕发出最高热情的容光，可因为美食太可口，他又总觉得光站起来嚷嚷几句还不过瘾，便开始挤眉弄眼，又像在做操，仿佛在俯冲飞行，然后捶胸，接着，又叉了一块肉蘸着汁儿吃。这下更热闹了，连那些拿着长马刀的黑人厨师也站起来，望望皇帝。皇帝大概已经习惯这种场面，只顾微笑，这些黑人厨师也微笑着频频点头。那些披着塔夫绸名贵料子的头头脑脑们也坐不住了，有一位皇室官员跑出去，在走廊上大嚷一通，然后跑回来，叉了一块肉吃下去。这下高潮来了！因为他一直跑，一直在嚷嚷，一直跑到饭店大门外，在那里又是喊叫又是跳舞，欢呼着，捶着胸脯，随后又跑回来，嘴里是歌、脚上是舞地感谢这顿丰盛的骆驼餐。他突然对着那三位厨师一躬到地。另一位美食者，一位退休的将军却只是两眼望着天花板，发出一声悠长而略带忧伤的声音，一种幸福到极点的尖叫声，而且随着他继续往嘴里送进又一块肉和有节奏地咀嚼，那尖叫声委婉地渐渐升高。他在喝了一口李斯陵葡萄酒[1]之后，便站起来哀声号叫。黑人厨师们心领神会，一个劲儿地欢呼着："对！对！桑巴！对！"这大概是此后人们的热情达到最高潮的原因。总理将手伸给皇帝，摄影记者一

1 德国一种带酸味的白葡萄酒。

拥而上，拍下了一切，闪光灯一个劲儿地闪着，我国和阿比西尼亚两国领导人的手，便在这闪烁的强光下握在了一起。

当海尔·塞拉西边鞠躬边告别离去时，所有客人也都跟着鞠躬，两国的将军们互换勋章，互相佩戴。政府官员们则将星徽别在燕尾服的一侧，将皇帝赐给的绶带挂在胸前。而我，这个最小的小人物，莫名其妙地被人牵着手，领到皇家大臣面前，他为我的出色服务而握着我的手，并将一个虽然价值最低，但个儿却最大的勋章和蓝色绶带挂到我身上，以表彰我为阿比西尼亚皇帝效劳的功勋。我因燕尾服上披着这条别有勋章的蓝色绶带，不好意思地垂下了眼睛。大家都很羡慕我。我看到最眼红的是饭店总领班什罗贝克。这个勋章本该由他得，看到他那眼神，我真恨不得立即将那勋章转给他，因为再过几年他就要退休了。也许他等着的正是这个哩！因为有了这个勋章，他完全可以在克尔科诺谢山麓或捷克天堂开个旅馆，开个阿比西尼亚皇帝勋章的主饭店。可是新闻记者们只给我拍了照，写下了我的名字。于是，我就这样挂着勋章佩着蓝绶带收拾着餐具，将它们送到厨房里。我们一直工作到深夜。洗碗女工们在化装成厨师和服务员的密探监视下，洗完三百套金刀叉。斯克希万涅克先生在那位总领班什罗贝克的协助下，数了一遍这些刀叉之后，不得不再来第二遍、第三遍。我们老板又亲自数了一遍喝咖啡用的小匙子，数完他脸都白了，因为少了一只小匙。他们又数一遍，然后一块儿商量着什么。我看到什罗贝克在老板的耳朵旁小声说了几句，两人的表情都显得很惊讶。借来的服务员们已经洗涮完毕，现在连他们也都到备餐室去了，因为剩下的菜多得不得了。后来，连厨师、女仆也走进来，大家都想尝尝这些珍稀美味的佳肴。尤其是我们的厨师，他们边吃边分析、猜测，看哪种调味汁是用什么香料做成的，烧肉的步骤究竟有何等奥妙，竟然使那位在总统府专门尝味的政府顾问吃了这肉之后，兴奋得如此大喊大叫。可我却吃得很少。我发现，老板已经连看都不看我一眼了，我那枚倒霉的勋章也使他感到不高兴。我还看到那个总领班什罗贝克跟我的领班斯克希万涅克在悄悄嘀咕着什么。我突然想到他们谈的是什么，是关于那个小金匙的事儿。他们大概认为这个匙子是我偷的。我斟了一杯专给我们喝的白兰地，自己一杯，又倒了一杯，端着它走到我那位曾经侍候过英国国王的领班那儿，看他是不是在生我的气。我叫了他一声，对他说，我阴差阳错得到了这枚勋章，其实应该由什罗贝克领班或由斯克希万涅克先生或者由我们老板来得这枚勋章。可是，谁也没听我讲话，我甚至还看到，领班斯克希万涅克先生正盯着我的领结看。他看得那样聚精会神，使我联想起几天前，他打量我那条蓝点儿白领带的眼神。那是我没经允许从客人丢在我们饭店、挂在衣柜里的领带中挑出来的。我从领班先生眼里读到：既然我能不经允许去拿这条领带，怎么能不去拿那个金匙子呢？这个小匙是我最后从阿比西尼亚皇帝的桌子上收进厨房去，直接扔在洗碗池里。这眼神使我羞辱得只恨没有地洞可钻。我端着自己那杯酒，原本想用它来跟领班碰杯。在这世界上他对于我来说，比皇帝本人，比总统都要更高更大。他也端起酒杯，犹豫了片刻。我一直希望他能为我得到这枚倒霉的勋章而碰杯，可这个无所不知、无所不晓的人现在却不知道真相，他去跟那个与他年龄一般大的什罗贝克领班碰了杯，而且再也没看我一眼。我端走自己这杯斟满的酒，将它一口饮尽。我开始发烧，我又喝了一杯……我拼命地跑出去，离开了我们的饭店——我原来工作过的这饭店，因为我已不想活在这世界上了。我叫了辆出租车，司机问我要去哪儿，我说让他将我送到一座森林里去，我想呼吸一下新鲜空气，于是我们就开车走了。一切景象都退到我身后，先是灯光，许多许多灯光，随后只是这儿那儿偶然有盏路灯，到后来便什么也没有了，只是当出租车拐弯或掉头时才能看见一眼布拉格，后来我们便在一座浓密的森林边停车了……我付了钱，他望着我身上佩戴的勋章及蓝色绶带说，他对我如此烦恼一点儿也不感到奇怪，说他很了解这情况。好多餐厅服务员领班都曾让他将他们送到斯特罗莫芙卡林子里去散散步。我微微一笑对他说，我不是来散步的……也许我准备在这里上吊。可出租汽车司机不相信我的话，“真的吗？”他笑着说，“为什么？”“我真的没什么原因。”我对着掏出来的手绢说。司机下了车，掀开发动机罩，在那里找一阵什么，然后就着路灯的光亮交给我一根绳子,这是一根马肚带。他笑笑,将打了一个活结的绳套交给我，并笑着告诉我该怎么个上吊法……他上车之后，还打开车窗探出头来对我说：“祝你上吊成功走运！”然后，开车，还按了几声喇叭向我致意。汽车开出森林之前,他又按了一声喇叭……我沿着林中小道朝前走，随后在一条小木凳子上坐下。当我重新分析了一下我的处境，当我肯定地认为领班先生已不会再喜欢我时，我暗自说：“我已经没法在这个世界活下去了。”我若只是像一个女孩失恋的话，还可用天涯何处无芳草来安慰自己，然而我面对的是一位曾经侍候过英国国王的领班。他却认为我会去偷那只找不着的小匙，尽管别人也可能把它偷走，这我怎么也想不通……我清楚地感觉到夹在我手指间的那根绳索的存在，而天色暗得我不得不伸手摸索着往前走。我摸到了树，可这都是一些小树。我只好从这座小树林子里走出来。根据林子的轮廓，我发现自己正朝着一些更加矮小的树走去，只是一片小灌木林。后来，我到了另一片林子里，可又全都是白桦树，又高又大的白桦树。我得用梯子才爬得到哪个树杈上去。这时，我才知道上吊可不是一件简单的事儿。后来，我真的找到一片枝干长得很低的松树林，可那些老松树的枝子又低得使我只能用四肢在地面爬行。我四肢着地爬行时，我的勋章碰着我的下巴和脸，还叮当叮当响，这更加使我想起我们饭店丢失的那把金匙子。我这么四肢趴在地上待了片刻没动，又将所有的事情思索一遍，并在我这痛苦的脑子里得出如下结论：斯克希万涅克先生已经不喜欢我了，他从此不会再培养我，我们不会再一块儿打赌——哪位客人将点什么菜或不点什么菜，刚进门的某位客人是哪个民族的等等。我像那位吃了几口塞满一肚子馅儿的烤骆驼肉之后的总统府政府顾问科诺巴塞克先生一样哀叫起来……我下定决心，上吊算了。有个什么东西碰着了我的头，让我吓一大跳。我跪了一会儿没敢动弹，随后我举起双手，摸到一双鞋，两只鞋的鞋尖。我再往上一摸，摸着了两只脚踝，然后是穿着袜子的冰冷的小腿。我站起身，嗅到一个上吊人的腰部，吓得撒腿就跑。我穿过锋利的树枝杈，剐破了耳朵划破了脸，一直跑到一条小道上。我倒下了，手里拿着绳子顿时昏了过去……后来，灯光和人声将我吵醒……当我睁开眼睛，我看到了，不是看到了，而是知道了我躺在斯克希万涅克先生怀里。他正抚摸着我，而我却一直在喃喃着“那儿，那儿”，他们正是在那儿找到那个救了我命的上吊的人，因为不然的话，我恐怕就吊死在他旁边了。领班先生抚摸着我的头发，擦去我脸上的血迹……我哭了，并大声喊着：“那个小金匙！”领班先生轻声对我说:“别害怕，找到了……”我问:“哪儿找到的？”他又轻声说：“因为碗池的水堵住了，于是把碗池拆开，那小匙原来塞在弯头管里……原谅我！……一切都会好起来的，就像从前一样。”我说：“可您是怎么知道我在那里的？”领班说：是那个出租车司机后来一想可能不是闹着玩的，就回到我们饭店来问，我们的餐厅服务员中有哪个可能想上吊。这时维修工正好送来那把小匙儿。我这位曾经侍候过英国国王的领班立即意识到一定是我，就径直在那里找到了我。于是，我又像豌豆回到豆荚里一样，回到了巴黎饭店。斯克希万涅克先生甚至将酒窖的钥匙交给我，仿佛想要清除那金匙事件对我的一切影响。可老板总也不能原谅我得到那枚勋章和那条绶带。他看我的那种眼神就像我根本不存在似的，尽管我已挣了多得能盖住整个地板的钱。我每三个月都将盖满整个地板的百元钞票送到储蓄所存起来，因为我想我能成为百万富翁，我得跟人家比个高低，然后我就到捷克天堂某个地方去租或者买一座小旅馆，并讨个老婆，讨个有钱的新娘，等我将我和我老婆的钱合在一起，我就会像其他饭店老板一样受人尊敬了。即使大家不会将我作为一个人来予以好评，至少得把我作为一个百万富翁、一位大饭店大旅馆的老板来看待，到时候他们就必须把我放在眼里。可后来又发生了一件令我不愉快的事情：我虽第三次成为征兵对象，但这第三次也没当成兵，因为我个子太小，即使我使劲贿赂一番军队官员，到末了还是不肯收我。饭店里所有人都笑话我，布朗德斯先生还问过我这件事儿，于是又笑话我一通。我个子就是这么矮，我知道我到死也只能这么矮，因为我已经长不高了，即使再高一点儿，也只是因为我穿了双层底的鞋，老昂着头，仿佛我总戴着燕尾服的小衫领。只要我老戴着浆硬的高领子，就能让脖子抻长一点儿，这是我唯一的希望。还有一个情况，我已开始去上德语课，开始去看德语电影，读德文报纸了，对布拉格街上有穿着白袜子、绿短外套[1]的学生来来往往也不感到惊讶。到后来，饭店里几乎只由我一人去招待日耳曼族客人，我们饭店所有的服务员对待德国客人的态度是，仿佛他们根本不会德语，连领班斯克希万涅克先生本人跟德国人也只说英语或者法语或者捷克语。有一回，我在电影院一不小心踩了一位女士的脚，她开始用德语说话，我用德语向她致歉，并陪这位衣冠整齐的女士走出电影院，以对她跟我讲德语表示感谢。我还对她说：捷克人欺侮那些可怜的日耳曼族大学生的做法太可怕了，说我在民族大街亲眼看见捷克人脱下日耳曼族大学生的白袜子，还撕破了两名日耳曼族学生的褐色衬衫。她说我能正确地理解一切，说布拉格是旧帝国的领土，日耳曼族学生在街上行走和按照自己习惯着装的权利是不容剥夺的，说整个世界都对这类事儿漠不关心，还说他们的领袖不会听之任之，他把从舒玛瓦到卡尔巴迪山区所有日耳曼人都解放出来的那一天，一定会来到。这时我突然注意到，她在说这话的时候，我可以与她面面相觑地互相看着，我用不着像看别的女人那样仰着头看她。我经常为所有在我周围转来转去的女人都比我高

---

1 当时日耳曼族学生的制服。

而感到苦恼。在女人中间恰恰有那么一些彪形大个子老娘们儿，跟我站在一起时，我只能看着她们的脖子或者胸脯。而眼下我看到她的个子跟我一样小，一双绿色的眼睛闪亮闪亮，也跟我一样满脸雀斑，可她脸上的那些褐色雀斑与她的绿色眼睛非常协调。我看出来她很美，可我也注意到她也在用我看她的那种眼神看我。我身上虽有那条蓝点白底的领带，可她却在打量我的黄得跟干草一样的头发，还有那双小牛犊的眼睛，蓝色的眼睛。她还对我说，帝国里的日耳曼人非常渴望斯拉夫血统，渴望那些平原和斯拉夫人的脾性，说一千年来，不管时世好坏，都努力想与斯拉夫血统的人结婚。她还告诉我说，很多普鲁士贵族的血管里就有斯拉夫血液，这血液使他们的眼睛比其他贵族的眼睛更珍贵。我也同意了她这一说法。我奇怪她怎么能听懂我讲话，因为这不只是简单回答客人中午吃什么晚上吃什么的问题，我得跟一位被我踩了黑便鞋尖的小姐交谈。我说的是一点点德语加大部分捷克语，但我一直觉得我是在说德语，沉浸在一种日耳曼精神里。于是，我还从这位小姐这儿得知，她叫丽莎，家在赫普[1]，是那里的一位体育教员，是当地运动委员

1 捷克西部一城市，那里多数为日耳曼民族的人。

会的游泳冠军。她解开短大衣扣子，露出别在胸前的纪念章，由四个“F”组成一个圆形，犹如四片叶子。她冲我微笑，老看着我的头发，看得我都有点儿不好意思了。可她给我信心，说我拥有世界上最美丽的浅色头发，说得我都快晕倒了。我又对她说我是巴黎饭店的餐厅服务员。我说了这一点，等着最坏的反应。可她将她的手放在我的衣袖上。她一触到我，她的眼睛便豁然一亮，使我也小吃一惊。她说她父亲在赫普开了一家名叫阿姆斯特丹城的饭店。我们还商量好一起上电影院去看《四分之三节拍上的爱》。她来的时候，头戴一顶蒂罗尔[1]帽子，身穿我从小就喜欢的那种绿色短上衣，实际上是绿色衣领的灰色上衣,用刺绣的橡树枝图案作装饰。外面下着雪,正值圣诞节前。后来，她到我们巴黎饭店找过我好几次，总是来吃顿午饭或者晚饭。她第一次来的时候，领班斯克希万涅克先生看了她一眼，随后又看了我一眼。我和领班按老规矩走进备餐室。我笑着说，我们再来赌二十克朗，看这小姐会要什么饭菜。因为我看见她穿了这件短上衣进来，今天甚至还穿了白袜子。我掏出二十克朗放在折叠小茶几上，可是领班斯克希万涅克先生突然用一种

1　现奥地利西部一个州。

陌生的眼神看着我，就像我曾端着酒杯想跟他碰杯的那个晚上，也就是我曾侍候过阿比西尼亚皇帝，丢失了一个小金匙的那个晚上他的那种眼神。我的指头还没离开那二十克朗，他为了不扫我的兴，仿佛什么事情也没发生，也掏出二十克朗，慢慢放到茶几上，可后来仿佛他的钱会被我那二十克朗玷污似的，立即将他那二十克朗放进兜里，又瞟一眼丽莎小姐，手一挥，从此不再跟我说话。下班时，他便把酒窖门的钥匙从我这儿收回去了。他看我的时候就像没我这个人似的……也仿佛他从来没有侍候过英国国王，而我从来没有侍候过阿比西尼亚皇帝。可我已经觉得无所谓了，因为我看到并知道捷克人对德国人是怎样不公道的,我都为自己是雄鹰协会[1]会员而感到害臊。因为斯克希万涅克跟布朗德斯先生一样，是雄鹰协会的坚定会员。大家都热衷于反对所有德国人，主要是反对那位来找我的丽莎小姐。他们不让我为她服务，因为她坐的那张桌子属另外一个服务员的职权范围。我注意到，他们对她的服务非常粗野。端给她的汤是凉的。服务员端汤时还总把手指头浸在汤里……于是发生了一件事情：有一次服务员端上一盘带馅的小牛肉时，竟

1 捷克的一个群众性体育组织。

然往碟子里吐一口痰。我追上去要拿走他这个碟子，那服务员竟将这一碟菜扣在我脸上，还往我脸上吐了一口痰。当我擦去糊在眼睛上已经凉了的冻状调味汁时，他又往我脸上啐一口，让我知道他有多么恨我。可这还只是一个信号而已。随后，大家都从厨房跑到这餐厅门外来，所有服务员都来了，每人往我脸上啐一口。他们你一口我一口地啐呀啐呀，一直啐到老板布朗德斯先生来到我跟前为止。布朗德斯先生作为雄鹰协会布拉格分会负责人，也往我脸上啐了一口，并对我说我已被解雇了。我带着这一脸的唾沫和煎牛肉汁儿，跑到餐厅丽莎的桌子跟前。我用双手指着自己的脸给她看。就因为她，雄鹰协会会员和捷克人对我干了些什么。她看了我这样子，立即用餐巾擦干净我的脸并对我说，别指望这类捷克狂人能干出什么别的好事来。说为我因她而受的委屈，反倒使她更喜欢我了。然后，我们走出饭店。当我们穿好衣服,由我伴同她走时,刚到布拉什纳门前，迎面跑来一群野蛮粗暴的捷克人，狠狠地给丽莎一记耳光，打得她的蒂罗尔帽子滚到电车道上去了。当我为了保护她，用捷克语嚷嚷“你们干什么？你们还算捷克人吗？真不像话”时，他们其中的一个将我推到一边，另外两个抓住丽莎，将她推倒，两个人抓住她的手，一个人掀起她的裙子，粗暴地从她晒黑的腿上脱下她的白袜子。他们还一个劲儿地揍我，我大声喊叫着："你们干什么？你们这些捷克暴徒！"直到他们觉得凌辱够了才放手，像拿着什么白色的战利品一样，拿走了丽莎小姐的那双白袜子。我们穿过通道，来到一个小广场。丽莎哭成了泪人，嗓子也哑了。"你们这些暴徒，竟然凌辱一个来自赫普的普通德国教师！"我觉得自己很高大，她拉着我的手，我为自己左找右找也找不到我的雄鹰协会会员证而生气，我本想找出来立即将它撕掉的。她突然泪水盈眶地看我一眼，走到街上又大哭起来，将她的脸贴在我的脸上，紧紧地依偎着我。我明白，我必须保护她，免遭这些狂人的欺侮，哪怕是动她这小个子女孩一根毫毛。她是赫普一家名叫"阿姆斯特丹城"饭店的老板的女儿，而赫普在去年秋天作为帝国领土被占领了，整个苏台德区[1]重又划回给了帝国。如今，在雄鹰精神笼罩下的布拉格却与这些可怜的普通德国人过不去，这是我亲眼看见的。这证明了苏台德区被划走的原因，既然日耳曼人的生命和尊严都遭到威胁和践踏，在布拉格也该遭此下场。我也受到牵连，不仅被巴

1 苏台德区为北波希米亚和摩拉维亚的一部分，第一次世界大战结束时，作为特区并入捷克斯洛伐克，居民以德国人为主。1938 年慕尼黑会议参加者意、英、法屈服于希特勒，将苏台德区割让给德国。第二次世界大战后，苏台德区才又归还捷克斯洛伐克，境内大部分德国人被遣返到德国。

黎饭店解雇，而且哪儿也不肯雇我当服务员。我每次找工作，都是第二天便来通知说，我是有德国人思想的捷克人，甚至说我是找了个德国体育教员做对象的雄鹰协会会员。直到德国军队到来之前，我一直找不到工作。他们不仅占领了布拉格，而且占领了整个国家。这期间，丽莎小姐消失不见了两个月。我徒劳地给她甚至她父亲写信。在布拉格被占领的第二天，我去老城广场转悠，看到帝国的军队在锅里熬汤，一碗碗地发给居民。我看着看着，发现一位手拿汤勺，身穿条子衣衫，胸前佩着红徽章的姑娘，她是谁呀？丽莎！我没叫她，我盯了她一会儿，看着她如何面带笑容将一勺勺汤舀到碗里。我突然清醒过来，立即站到队列里。等轮到我领汤时，她将一碗热汤递到我手里。等她一瞧见我，倒是没有吓一跳，可却高兴坏了。她穿着这身前线卫生护士装还蛮骄傲的哩，这也算制服？我对她说，从那次被解雇后还没找到过工作，也就是从那次在布拉什纳门前为捍卫她的尊严跟暴徒们斗争的时候起，我没找到过工作。她让人替她一会儿，立即挽着我的胳膊笑着乐着。我和她都觉得，就因为她的白袜子被人剥下，就因为我在巴黎饭店被人吐了一脸痰，帝国军队才占领布拉格的。于是，我们一道沿着普希科普大街漫步，全身制服的士兵都向丽莎小姐致意问好，我也每次都向他们鞠躬致意。我突然冒出个想法来，大概丽莎也一样：我们拐到布拉什纳门后面，走过丽莎曾被打倒在地，被暴徒们扯下白袜子的人行道上，然后进了巴黎饭店。我装作在找座位的样子，餐厅里坐满了德国军官，我和穿着护士制服的丽莎小姐站在一起，服务员和领班斯克希万涅克先生的脸都白了。他们默不作声地接待着德国客人。我坐到窗边一张桌子旁，用德语叫了一杯咖啡，维也纳白咖啡外加一小杯罗姆酒。这是我们过去根据萨谢饭店的一个品种提供给客人的。当老板布朗德斯先生进来向大家鞠躬，特别客气地向我鞠躬时，我的感觉良好。他突然与我交谈起来，谈到那次不愉快的事件，还给我赔不是。我对他说我不能接受他的辩解，说我们后会有期。当我给斯克希万涅克先生付款时，我对他说："你侍候过英国国王又能帮你什么忙？"说完，站起身来，从一张张饭桌间走过。德国军官们跟丽莎点头打招呼，我也向他们点点头，仿佛他们的那些招呼是对我打的。这个晚上，丽莎小姐带我到她那儿，先是跟她到普希科普街上的一个军营里，那是一座褐色的屋子，我们为占领布拉格而喝了香槟酒，军官们跟丽莎也跟我碰了杯，每次她都向他们介绍说我勇敢地保护过她，在一群捷克暴徒面前捍卫了她的日耳曼民族的荣誉。我鞠了鞠躬，感谢他们的问候与举杯，可我并不知道，根本也不可能知道，那些问候只属于丽莎，他们根本就没把我放在眼里。我在他们眼里只不过是丽莎——军队护士长的一件附属品。护士长这个称呼，我是在干杯的时候听到的。我为能参加这种场合，能跟这么些军官在一起而感到惬意。在这帮年轻人中间，也只是我有这么蓝的眼睛，颜色这么浅的头发。我虽然德语说得不够好，可我有一个德国人那样的感受，跟童话中的野玫瑰姑娘一样需要与丽莎小姐会面，踩一下她的黑便鞋……这一切使我感到美滋滋的。后来，我们又从欢庆中到一个我还没去过的地方。丽莎求我去看看我的家谱，说那里面一定会有一位什么日耳曼族的先辈。我只是对她说，我爷爷的墓碑上写着“约翰·蒂迪尔”[1]几个字，说他曾经给财主当过马厩总管。我一直为这个马厩总管而感到害臊，可丽莎一听到这个名字，便觉得我在她眼里立即高大了许多，仿佛我比一位捷克伯爵还要了不起。看来，蒂迪尔这个名字推倒了分隔我们俩的所有大小墙壁。她一路上都沉默不语，随后打开一座旧楼的门，我们一层楼一层楼地往上走，每上一层楼她都要久久地亲吻我、抚摸我。当我们跨进她的小房间时，

1 蒂迪尔是书中主人公的爷爷的姓，是德语“孩子”的音译。就是说，他爷爷曾有一个德文名字。

她打开了台灯。她的眼睛里、嘴里、全身都湿漉漉的，她眯缝着眼睛，将我推倒在长沙发上，又是久久地亲吻、舌头的抚摸，像被风儿吹得时开时闭的门那样呻吟着，随后，自然不可能不发生我所期待的那种事。这不像以往那样出自我的渴求，而是出自她的需要。她需要我，允许我的一切举动。她慢慢地脱去衣裳，也看着我把内衣脱下。我本以为，既然在军队里，准有一种特别的制服内衣裙裤。临时医院的护士们肯定有统一配发的内衣。可是她所有的，跟那些到巴黎饭店去供阔老板们玩弄的小姐们一个样，跟天堂艳楼小姐们穿的一个样。随后，我们的身体便紧紧地贴在一起了。丽莎小姐颤抖不止，我第一次认识到：我恋爱了。这跟以往完全不一样，彼此都是那样地心甘情愿，那样地投入，那样地怜爱对方……后来，我的目光无意中落到近处的一张桌子上，那里有一束鲜花：春郁金香，嫩白桦枝叶和几根松树枝。像梦里一样，也许最初还不是回忆起了什么，这回忆到后来才出现。后来，我真的回想起一个反复出现的想法。我摘下小枝叶，将它分成小块，在她肚子上摆成一个圆圈。美极啦！她偷偷看我一眼。我弯下身去，亲吻她那摆着花圈的部位，我的嘴已感到了扎人的针叶尖。她两手紧抱着我的头，激动到极点，她痛痛快快地叫了一声，左右翻动着，急促地喘着气。我以为她出了什么事儿，生命垂危呢，然而既非其一也非其二。她弯身对着我张开十指，吓唬我说要挖掉我的眼睛，要抓破我的脸和全身，她是如此的感激和满意。她的十指又张开过一次，然后又痉挛地收回去，她在精神过度紧张之际带着轻声的哭泣瘫下了，之后又从轻声的哭泣转到悄悄的微笑。我累了，也安静了。后来，又有过一次高潮，她如此激烈，根本不在意松枝针叶有多么扎她，也许这就是日耳曼人的习性吧！我对丽莎都几乎有点儿害怕了。当她的舌头在我的肚皮上爬行时，像蜗牛一样将一道唾沫留在我身上。她吻我的时候，满嘴的松子和针叶，可她不觉得这有什么不洁之处，恰恰相反，她把这视为顶峰，视为弥撒的一个组成部分。这是我的身体，这是我的血水，这是我的唾液，这是你的和我的汁液，它将我们联系起来，而且永远永远连在一起，就像她所说的，连汁液和毛发的香味都彼此交融了。

够了吗？今天就到此结束吧！

四

我没有找到她的脑袋

我的新职业是在山中杰钦那个地方的一家旅馆里当餐厅服务员，后来当领班。当我刚到这家旅馆时，几乎吓了一跳。这不是我原先想象的一家什么小旅馆，而是一所整个坐落在森林和林中温泉之间的小而又小的城市，或者说一个大村庄。这里的空气非常新鲜，简直可以把它装进酒杯里来喝。你只需转过脸来对着清新的微风，像鱼儿扇动着鳃一样慢慢地吞咽着，你就会相当清楚地感到混合着负离子的氧气如何流过你的呼吸器官，你的肺和内脏如何慢慢地吸着气。你仿佛在来到这儿之前，还在下面的时候，你的轮胎被扎了个洞，早已漏气，直到来了这里，你才在这行车更安全也更舒服的环境里自然而然地补足了气。丽莎用军车将我送到这里，她在这里自如得就像在家里一样。当她带我驶过组成主要庭院的林荫道时，她一直在微笑。院落里有些德国式的粗犷雕塑，国王和皇帝的雕像，一切都是用新开的大理石或白色的方解石砌成，像晶体糖一样闪光。其他楼房也用这些材料建造。这些楼房由一条主要柱廊分开，犹如洋槐叶子。那里到处还有其他一些柱廊，你在进到每座楼房之前，都可以或者说都必须经过带有粗犷雕塑的柱廊。所有墙壁都以表现光辉的德国历史为题材的浮雕作装饰，画面上的人物都还拿着斧子和穿着兽皮，有点儿像伊拉塞克[1]的《捷克古老传说》中的情景。不过，服装是日耳曼民族的。丽莎向我解说着一切，我简直惊讶得反应不过来。我突然想起了宁静旅馆中的大个子杂役来，他经常爱说一些不可置信的事情。这里的一切也让人不可置信。丽莎骄傲地向我讲述着，说这里有中欧地区最有利于健康的空气。在布拉格附近奥霍里契基和波特莫夏尼也有这么个地方，说这里是欧洲第一个优质人种培育站。她

1　伊拉塞克（Alooskorásek，1851—1930），捷克著名历史小说作家。

还说纳粹党在这里建立了德国姑娘和纯血种党卫军军人的第一个优质血液基地。说这一切都建立在科学的基础上。说这里不仅每天都在以老日耳曼人的突击式性交完成着国家社会主义[1]性交，更主要的是未来产妇的子宫在这里孕育出新的欧洲人。孩子们先在这里待上一年，然后再分散到蒂罗尔、巴伐利亚和切尔尼莱斯[2]，或者海边去，以便在那里的幼儿园和小学继续接受新人教育。当然，他们已不再留在妈妈身边，而是在新学校的照看监督下成长。丽莎还将外形像农舍的一座座漂亮小房子指给我看。在房子的窗口、平台和木廊上都是花。我看到那些未来的母亲，那些体壮如农家金发姑娘的母亲，仿佛不是这个世纪的人，而是我们的胡姆波列茨[3]和哈纳[4]地区这样偏僻小乡村的人。那里的人还穿着条纹衬裙和从前妇女们穿的低圆领泡泡袖衬衫，或者像鲍日娜[5]画像中的那种衣服。鲍日娜出来洗衣服的时候，奥德希赫骑马经过，对她一见钟情。这里的姑娘胸脯都很美，一切都很美。她们老爱出来散步，散步时总是穿过这

1 即纳粹主义。

2 捷克的地区。

3 为捷克民风民俗保存得很好的偏僻山村地区。

4 为捷克民风民俗保存得很好的偏僻山村地区。

5 鲍日娜为捷克童话中的美丽村姑。

些柱子，仿佛这是她们的一项任务。她们边走边看着那些英猛勇士的雕塑，或在那些英俊的国王和皇帝塑像面前久久停留，也许她们正将这些面孔和形象，以及这些名人在过去年月里的光辉历史，深深印到脑海里。后来，我从一个培训班的窗口听到和得知了这一切。在这培训班的课堂上讲授着这些传奇人物的故事，并对这些未来的母亲进行考试，看看她们是否记住了这些历史，能不能背出来，因为这些妇女必须知道这些。丽莎这么告诉我说，这些姑娘脑海里的这些画面，渐渐渗透到她们整个身体，最初只是渗透到她们的黏液里，然后到蝌蚪一样的东西里，然后就类似雨蛙或癞蛤蟆体内，最后就到小人胎里。这小人儿一个月一个月地长大，当他完全长成人的时候，所有这些知识和图像就会毫无疑问、天经地义地表现在这新生命里。丽莎跟我一道走遍这个地方，甚至还拉着我的手。我还注意到当她用眼睛瞟一下我的浅色头发时，步子立即变得更加轻盈。她向她单位的领导介绍我时，称呼我为蒂迪尔，就是我爷爷墓碑上那个姓。我也看出来，丽莎也希望在这儿住上九个月或更长时间，也想给帝国献上一个纯血种的后代。我一面想象着他们如何为了要个未来的孩子，就用类似母牛和公牛、母羊和公羊的配种方式来完成任务，一面看着柱子、雕塑连绵不断的林荫道。到最后，我发现我什么也看不见，而所见到的只是一块包围着我的充满着莫大恐惧的乌云，让我担惊受怕。可我一想到我曾经是个微不足道的小人物，尽管我和个子高的人一样玩双杠和吊环，可雄鹰协会的队组却不接受我。想起我在巴黎饭店那次丢失金匙时的遭遇，想起我只因与一位日耳曼族的体育教员谈恋爱而遭众人啐唾沫，而现在，高贵的国家社会主义营地的指挥官亲自跟我握手，我看到他在打量我那干草般的头发，仿佛看到一位美丽的姑娘，喝了最合他口味的美酒一样和蔼地对我微笑，我就感到心理平衡了。尽管我现在并没戴上与燕尾服配套的硬领子，我也头一次觉得：一个人用不着个子高，而要自己感觉到高大。于是，我开始平静地环顾四周，我不仅不再是小跑堂的，而且也不再是什么店小二，命定要渺小到死、任人呼来唤去、挨骂的小堂倌。现在我是赫尔·蒂迪尔，对于德国人来说，小堂倌已从这个名字里消失了。他们准是拿这名字与别的什么完全另样的东西联系起来。其实他们在德文里没法将这名字与任何东西联系起来。因此我在这里开始成为一个受尊敬的人，原因是我的名字叫蒂迪尔。就像丽莎对我说的，连普鲁士和波莫尚尼贵族都会羡慕我有这样的名字。在他们的名字里，总有着斯拉夫根的痕迹。我，赫尔·蒂迪尔，餐厅五区服务员，那里有五张餐桌的午餐晚餐由我负责招待。总共五名怀了孕的德国姑娘。她们只要一按铃，我会立即给她们送去牛奶，一杯山泉水，蒂罗尔甜圆饼或一碟酱肉，总而言之这里菜谱上的一切。

我在宁静旅馆或巴黎饭店积累的好经验，在这里全都得以开花结果。于是，我便成了这些怀孕的德国女人的大众情人。巴黎饭店酒吧间的小姐也是这样对待我的，尤其当每个星期四那些富商带着她们分别进到单间的时候。不过这些德国女郎都跟丽莎一样，总爱用爱慕的眼光看着我的头发，我的燕尾服。后来，丽莎逼着我在星期天过节的时候，挂上那条蓝色绶带和那枚中间嵌着刻有维利布斯、乌尼迪斯字样的红宝石，金光四射的勋章。我到这里才得知，在阿比西尼亚也有玛利亚·特莱齐亚钱币基地[1]……在我工作的这座小城里，各个兵种的士兵每晚都到这里享用美餐，喝莱茵葡萄酒[2]和摩泽尔葡萄酒[3]，而姑娘们只喝牛奶，好让男人们在科学的监督下能一夜又一夜地纵情

1 特莱齐亚钱币也叫玛利亚·特莱齐亚钱币，这是上面带奥地利女皇玛利亚·特莱齐亚（1717—1780）像的奥地利钱币。作为黎几特（第一次世界大战前地中海东部诸国通称）钱币也通用于非洲东北部，即包括阿比西尼亚以及阿拉伯半岛的一部分。

2 按莱茵河取名的一种白葡萄酒。

3 根据流经德、法、卢的摩泽尔河取名的一种葡萄酒。

寻欢，以满足性欲，直至最后一刹那。我这个曾经侍候过阿比西尼亚皇帝的餐厅服务员，在这里就跟曾经侍候过英国国王的斯克希万涅克领班先生一样，手下也有一个年轻的服务员。我也像斯克希万涅克先生训练我一样地训练他，让他知道这个或那个士兵大概是哪里人，可能点些什么菜。我们也拿十马克打赌，也搁在折叠小茶几上，而我几乎总是赢他，可说是十拿九稳。这种胜利的感觉影响着你的一生。你即使有时灰心失望，它也会使你不至于打不起精神来，特别是当自己在自己的祖国被人当小人物看待，当永远的小堂倌看待的环境里。眼下，我却受到德国人的尊重和赞扬。每天下午，如果是晴天，我就将一杯牛奶或者冰淇淋，有时根据点菜单改为热奶或者茶，送到蓝色游泳池去。那些怀孕的德国女人披散着头发、赤身裸体地在游泳。我被当成仿佛其中的一位医生。我也乐得这样，因此可以大大方方地看着她们怎样一伸一缩，披散着头发做着各种漂亮的游泳动作。可我并不怎么在意她们的身体，我从呆若木鸡的惊叹中清醒过来，深深地喜欢上她们漂在水面的秀美长发，仿佛是漂浮在她们身后一道淡淡的烟雾。每当她们手脚猛力一划，那秀发便伸得直直的，片刻间仿佛停住没动，发尖儿微微起些波浪，宛如一道帷帘。上面是灿烂的阳光，下面是蓝绿小瓷砖的池底，手脚每划动一下，便将金灿灿的阳光和彩色瓷砖交相辉映的波浪划成碎片。池壁上美丽的靓影，水中游动着的女人身姿，汇合成一幅优美动人的图画。等她们游完泳，就收回双脚，站起来，露着乳房和肚子，滴答着水，活像一位水仙女。这时，我立即将杯子递给她们。她们慢悠悠地喝着吃着，养精蓄锐以便再次下水。她们像做祈祷似的合上双手，然后快速拨开水面。她们不是为自己，而是又在为那些未来的孩子游泳了。几个月下来，我在这里，在室内游泳池里看到：不仅母亲们在游泳，连那些小不点婴儿，三个月大的娃娃，也跟着那些年轻母亲们在游泳，像母熊带着小熊或者当天刚刚出生的小海豹或水鸭子一样。只是现在我已明白：这些在这儿怀上孩子，挺个大肚子并在这里游泳的女人，都把我当作一个地地道道的乡下放牛娃看待，即使我穿的是燕尾服，她们也只是把我当作一个小乡巴佬，甚至仿佛我这个人根本不存在，只是她们的一个什么衣帽架而已，因为她们在我面前毫无羞色。我只不过是一个侍童，类似王后身边的小丑或小侏儒而已，而她们爬出水面时，只注意别让栏杆外面的什么人看见。有一次，闯进来一个喝醉的党卫军人，她们吓得尖叫，用毛巾盖着肚子，胳膊遮住乳房，慌忙逃到更衣室里，可每当我端着装了一杯杯饮料的托盘走进来时，她们若无其事地赤身裸体站在那里聊天，一只手扶着立柱，另一只手慢吞吞地擦拭着长满金黄细绒毛的肚子。她们的动作那么悠闲自在和仔细，擦了好半天的胯下，然后再擦半边屁股。我站在她们旁边，她们接过杯子，喝上一口，仿佛我就是那个推食品的折叠小茶几。我想看她们哪个部位就可以看哪个部位，一点也打扰不了，一点也破坏不了她们的宁静。她们继续用毛巾认真仔细擦拭着胯下，然后伸着手臂，仔细擦拭着乳房的各个部位，仿佛我根本就没站在那里……赶上一次突然有飞机打游泳池上空低低飞过，她们便连笑带叫地躲进了更衣室，过后又继续保持着原来的姿势擦来擦去。这时，我却一直端着渐渐冷却的饮料站在那里……当我有点儿空闲的时候，就给丽莎写上一封长信。这时她的地址改成了他们占领了的华沙，后来又改到巴黎。再后来，也许是因为节节胜利，这里的规章变得宽松了些，在小城郊外建造了一些蜡像馆、靶场，有旋转木马和秋千的游乐场，跟布拉格的集市一样，有很多精彩项目。所不同的是，在我们的小木板房上通常画的是女妖、半兽半人、各式各样寓意的女人和动物，而这里的打靶场射击牌、旋转木马和秋千上画的全是戴着古代钢盔的日耳曼军人。我从这些图画中学习德国人的文史地理知识。整整一年，我从第一张画走到另一张画学习。空闲的时候我就向文化专员请教。他很乐意给我解释，称呼我为“我亲爱的赫尔·蒂迪尔”[1]，他的蒂迪尔叫得那么亲热，使得我一次又一次地请他通过这些画面来给我讲解德国历史，好让我也能生出一个日耳曼血统的小孩来，就像丽莎与我商定的那样。她带着已经战胜法国的心情来到这里对我说，她将向我求婚，但她得向她的父亲——赫普镇上的阿姆斯特丹城饭店的老板去请求应允。于是，又发生了一件不可置信的事情：我在赫普必须接受当地最高法院的法官和党卫军医生对我进行的体检。在我的书面申请书上，我将自己的亲属关系一直交代到我那位埋在茨维科夫坟地的爷爷约翰·蒂迪尔为止。在这份申请报告里，我引证了我爷爷高贵的日耳曼人身份，并表示恭敬地请求能与丽莎·伊丽莎白·巴巴涅克结婚，按照帝国法律，我请求做一次体检，以查明我作为其他民族的人，按照纽伦堡法规是否能够交媾，并能够使配偶孕育出高贵的日耳曼血统的孩子。就这样，正当在布拉格、布尔诺以及其他地方所有有权处决的法庭在处死我们的同胞时，我却赤身裸体站在医生面前，任凭他用棍子抬起我的生殖器。我还得转过身去，让他借助棍子察看肛门，然后又掂掂我的睾丸的分量，对记录

1 此处原为德语。

员大声口述着他看到了什么，判断出什么和摸到了什么。然后，让我手淫，以便给他送来一些精子做科学检验用。因为他说的是一口带有地方方言的德国话，我无法听懂，可我非常清楚地感觉出来，他暴跳如雷地说了些什么。他说一个他妈的臭捷克佬还想讨个德国老婆，至少他的精子得比赫普镇最后一个旅馆里最后一名杂役工的精子要珍贵两倍才行。他还补充说，这种德国女人朝我啐出来的痰对她来说都是一种羞辱，对我来说却是一种荣耀……我突然在这遥远的地方看到了报上的新闻，就在德国人枪杀捷克人的同一天，我却在让人摆弄我的生殖器，好让自己够格与一个德国女人结婚。我突然感到莫大恐惧，那边在杀人，我却抓着自己的生殖器站在医生面前，阴茎始终无法勃起和流出几滴精液来。后来，有扇门开了，里面站着这位大夫，手里拿着我的那份文件。他现在才清楚地读到我的名字，知道我是什么人，因此他对我说话也变和气了，说："赫尔·蒂迪尔，你怎么啦？"并拍拍我的肩膀，给我一些照片。灯亮了，我望着这些色情照片。这些照片我过去见过。每次，在我观看这些照片之前，我便全身发僵。我越看这些色情照片，就越是仿佛看到报上的大标题和消息：这些人和另外四名被判处死刑者被执行枪决。每天都有新的一批无辜的人被……而我却站在这里一手握着生殖器，一手将色情照片放到桌子上去，可总也达不到让我和丽莎——我的德国妻子怀上小孩的那种要求。到最后，不得不走来一位年轻的护士，由她来动几下。这时，我不能也不必去想任何事情，年轻护士的手是如此熟练，乃至不到几分钟就得到了我的两滴精液珠儿。经过两个钟头的化验，之后被认为是优质精液，完全可以进入到高贵的阴道而使之怀孕。捍卫日耳曼荣誉和血统机关，对我娶一个高贵的日耳曼血统女子为妻已提不出任何反对意见，重重的几枚印章使我得到了结婚许可证，而此时此刻，捷克的爱国者们在盖上同样印章的情况下，被判处了死刑。婚礼是在赫普举行的，在市政府的红色大厅里，到处都是带有弯钩十字徽号的红旗，连公务员的褐色制服上也斜披着一条红色肩带，带子上印着那弯钩十字徽号。我穿的是燕尾服，胸前仍旧斜挎着那条阿比西尼亚皇帝赐予的蓝绶带。新娘子丽莎穿的是猎人装和饰以橡树枝的短外套，翻领上有红底的弯钩十字徽号。这压根儿就不像婚礼，而像一项类似国家军队里的活动。讲话中净是什么血统、荣誉和义务之类的词，最后，也是由那穿制服、高筒靴以及褐色衬衣的市长，让我们这对新人走到一张桌子跟前。那儿挂了一面带有弯钩十字徽号的旗子，桌子上摆着一座从底下亮着灯光的、皱着眉头的希特勒半身塑像，照得黑影四射。市长先生将我和新娘的手放到这面旗子上，然后与我们握握手，表情很庄严。现在，结婚仪式开始了。市长对我们说，从这一瞬间起我们彼此结合了，我们的任务是：只想着国家社会主义党和养育一个同样在该党精神的哺育下成长起来的孩子。随后，市长几乎含着眼泪隆重地对我们说，让我们俩不要因为自己不能在为建立新欧洲的斗争中牺牲而感到难过，因为有他们，士兵们和党在这一斗争中坚持到最后胜利……随后，留声机演奏德国纳粹党党歌，大家都跟着留声机一起唱，连丽莎也不例外。我突然想起，我以前唱的是“在斯特拉霍夫城堡”[1]和“我的故乡在哪里”[2],可我还是跟着他们轻声地唱着。丽莎的胳膊肘轻轻碰我一下，眼里闪烁着光亮，于是我继续同他们一道唱着纳粹党党歌，而且还唱得相当起劲，到后来，仿佛我已是个德国人。当我注意观察谁是我婚礼的见证人时，发现那些上校们，赫普的最高党政领导人都来了。我知道，我要是在我家里举行婚礼，肯定会像什么事也没有那样无声无息。可在赫普，这简直成了一桩历史事件。因为丽莎在这里是有名望的。后来，婚礼结束，当我伸

1　捷克爱国歌曲。

2　捷克国歌。

手去与前来祝贺的客人握手时，不禁开始冒汗，因为不管是普通德军还是党卫军的军官，都没有向我伸出手来。对于他们来说，我仍然是那个小堂倌，那个捷克矮子。所有的人都拥向丽莎，只对她表示祝贺，而让我一个人站在那里，谁也不来跟我握手，这使我很受刺激。那位市长拍拍我的肩膀，我立即将手伸过去，可他也不跟我握手，于是我就这样尴尬地站了一会儿，我因为握手一事而全身发僵了。市长扶着我的肩膀，将我领到办公室，让我签字和支付举办这次活动的出租汽车费用。我又试了一次，多付了一百马克到桌子上。一个职员对我说，这里不收小费，这里既不是酒楼，也不是餐厅、小酒家、小饭铺，而是新欧洲建造者机关。还说在这里，起决定作用的是血统和荣誉，绝不像在布拉格有的只是恐怖手段、贿赂和其他资本主义和布尔什维主义的行为。婚宴是在阿姆斯特丹城饭店举办的。我又看到，大家虽然也为我干杯，可实际上都在围着丽莎转。我虽然已经接受被用于培养纯种的艰辛任务，可我始终是个捷克佬，尽管我有一头漂亮的金黄头发，胸前披挂着绶带，旁边别着金光闪闪的勋章，也完全无济于事。可我脸上没有表现出来什么，仿佛我什么也没看见。我面带微笑，甚至还感觉良好。不是吗？我居然成了这位有名望的女人的丈夫。所有军官，倘若他们还没结婚的话，肯定也会向她求婚或者可能向她求婚，可如今谁也没有得到她，只有我把她迷住了。那些大兵大概也就会穿着高筒靴往女人床上扑，为的只是保住他们的血统和荣耀，根本不去想床上还有爱情、游戏和乐趣，像我早知道的那样，像我在天堂艳楼想到要用菊花、仙客来花枝在一位姑娘肚子上围成一个花环那样。两年前，我甚至还在这位有觉悟的德国女人、军队护士指挥官这一高职位女党员的肚子上摆了个花环。她如今在这里接受着他们的祝贺，可他们谁也想象不到我所见到的，那次她赤身裸体仰面躺着，我将绿松枝在她肚皮上围成一圈儿时，她也感到同样的荣幸，甚至比这一次市长将我俩的手放到那面红旗上面，并为我俩不能为新欧洲、为这一国家社会主义新人的斗争牺牲而惋惜感到更加荣幸。当丽莎看到我在微笑，并接受了这个机关迫使我就范的这种游戏时，不禁端起酒杯望着我，大家都被这一场面惊愕了。我立即站起身来，好让自己再高一点儿。我俩端着酒杯面对面地站着，这些军官目不转睛地盯着我们，以便能看得更清楚。他们一个个目瞪口呆，猜测着，仿佛我们在被审讯中。丽莎笑了，就像我俩在床上我对她用法语献殷勤时那样笑了。我们彼此凝视着，仿佛她和我都赤裸着身子，她的眼睛又像那次一样蒙上了一层薄雾，迷迷茫茫的。当女人们的眼睛这样似醉茫然的时候，这并非晕眩，而是甩掉了最后的障碍，心甘情愿地走向在她面前敞开的别样世界，一个爱恋与万般柔情嬉戏的世界。她当着所有的人将我久久地、久久地一顿狂吻。我闭着眼睛，俩人手里仍然端着香槟酒杯。在我们接吻之时，酒杯倾斜，香槟酒徐徐流到桌布上，全场的人都哑然无声了。从这个时候起，所有的人都惊愕不已，他们已经开始带着一种恭敬的眼神看我，甚至一个劲儿地细细观察我。通过这种仔细观察，他们确定，日耳曼血液对斯拉夫血液的享用，远远多于斯拉夫血液对日耳曼血液的享用。我在几个小时之后，成了一个外国人，一个大家都带着轻微的妒忌与仇视、表示尊重的外国人。那些娘儿们甚至这样看我，琢磨我要是跟她们上床大概能折腾出什么花样。她们接受了我，肯定觉得我能玩点什么特别的游戏而且很粗野。她们甜蜜蜜地叹息着，对我频送秋波，开始与我攀谈，我虽然连德语的性数格[1]都变不好，她们得用慢得令人难受的德语跟我交谈，像在幼儿园一样地一个字一个字拼给我听，还得对我的回答表示赞赏，将我在德语会话中的缺点当作一种魅力来欣赏。这种

1 根据德文文法，名词、形容词、代名词都有阳性、阴性、中性、单数和复数，以及表示在句子中的位置和其他词的关系的格之分。

迷人之处引得她们发笑，这魅力中透着斯拉夫平原、白桦和大草原的诱惑……但是不管党卫军还是别的德国军队的士兵，都对我表示冷漠，几乎生气，因为他们非常清楚地知道，我所倾心的漂亮的浅发姑娘丽莎，不是为了荣耀和血统，而是为了肉欲和美丽的爱情……尽管他们身上佩着出征波兰、法国的勋章，可他们却无权像我……

喏，当我们结婚旅行回到我当餐厅服务员的杰钦小镇时，丽莎想要生个孩子，这可不合我的脾气。我作为一个典型的斯拉夫人，什么都喜欢随意，我干什么都凭一时的心血来潮，可当她对我说什么要我做好准备，我的感觉就跟那次那位帝国的医生，按照纽伦堡法规要求我给他往白纸上挤点儿精子一样。丽莎对我说，让我做好准备，说这一晚她可能怀上这个新人，这个新欧洲的未来建造者，因为她已播放了一个星期瓦格纳[1]的《洛亨格林和西格弗里德》[2]唱片。她说她已经选好了名字，如果生个男孩，便取名叫西格弗里德·蒂迪尔。她整整一个礼拜都漫步去看长廊里的那些雕像。黄昏中，当那些德国国王、皇帝、

---

1 瓦格纳（Richard Wagner，1813—1883），纳粹分子们所推崇的作曲家，他的音乐着重表现人的侵犯行为和情欲。

2 该歌曲为瓦格纳所作，内容为歌颂洛亨格林和西格弗里德两位日耳曼民族神话中的英雄。

英雄和半人半神耸立于蓝天之中，她便站在那里久久地凝视他们。而我却在想着怎样在她肚皮上摆一圈花瓣儿，想着我俩首先要像孩子一样地嬉戏，尤其当我们成了蒂迪尔家族成员之后。丽莎这天晚上穿了件长袍，眼睛里没有情爱，只充满着义务，对他们的血统和荣誉的义务。她向我伸出手来，用德语嘟哝了句什么，两眼望天，仿佛从这天花板和穿过这天花板，日耳曼苍天上的所有人，所有尼贝龙根人[1]，甚至丽莎所祈求的瓦格纳本人都会看着我们。丽莎祈求他们帮助她按其愿望怀上孕，按照日耳曼的新荣誉，让她的肚子孕育出一条新人的新生命。他将按新血统、新观点、新荣誉的新规范来生活。我一听到这些话，不禁感到男人所拥有的男性的一切都开始离我而去。我只是这么呆呆地躺着，望着天花板，向往着失去的天堂，向往着结婚前曾经有过的美好的一切，向往着我曾经像一条杂种狗一样与所有女人相处的情景。而现在，我却被安置在如同一条高贵的公狗和一条高贵的母狗所要完成的任务面前。这种情况我知道，也曾经见过那些养狗人，如何左等右等，等着那个难得的一刹那的受罪劲儿。记得有一次，一个养狗人从共和国的另

1　日耳曼古老传说中的宝库卫士。

一端带着一条母狗来到我们这儿，可不得已又要返回去，因为那条高贵的狐狗偏偏看不上这条母狗。后来，他们又第二次回到这里，把母狗搁在牲口棚的小筐篓里。女主人得戴上手套抓着公狗的生殖器强制它们交配，还在它们头顶上举着短鞭子逼着它们交配以怀胎。在这种处境下，血统高贵的母狗自然只好听天由命许身于任何一条杂种狗。还有，司令部的一个军官养了一条圣伯纳狗[1]，整个下午都找不到一条从舒玛瓦山区来的母狗跟它交配。因为母狗比这条公狗高大。最后，工程师马辛把它们带到一座花园的小坡上，在那里挖了这么一个台阶，花了整整一个小时为这条圣伯纳狗修整婚床，一直忙活到傍晚，累得筋疲力尽。等到培完最后一铲土，便开始进入正题。让大个子母狗站在凹下去的一级台阶上，使两条狗的高度正好相当，这样才完成了交配。可这种结合是强制的，不像公狼狗与马达克斯母狗，或者爱尔兰的母塞特狗与一条公哈巴狗自然结合那样兴致盎然。我现在就好比……于是，不可置信的事实终于发生了：一个月之后，我去让人给我扎针，强身针，总在我屁股上扎上一组粗如钉子的针，好让我的心理状况得到加强。在我

1 一种体形高大的狗，常训练作山区救生犬。原养于阿尔卑斯山区的圣伯纳教堂，因此得名。

这样扎了十次之后，终于，丽莎按规定怀了孕……接着，她也得开始去扎这种强身针，因为大夫们担心这新人会流产。于是，我们全部的情爱，这一国家社会主义的交媾中，剩下的只是长袍下的一种什么行为。丽莎甚至都没碰过我的生殖器，我只能按照新欧洲人的规定和制度，被准许与她接触，这使我感到很别扭。反正与这孩子有关的一切都离不开科学和化学，主要是打针。丽莎的屁股被这些粗如钉子的针扎得面目全非了，弄得我一心只想去治疗她的伤口而不再考虑别的。可是我扎针后的伤口总在流水儿，为的是让我能有一个漂亮的新生儿。这时期，我还遇上一件很不愉快的事情：我已经好几次注意到，在讲授古代日耳曼人光辉历史的教室里，现在开始了俄语课。连这里的士兵，在完成他们的生育任务，让那些美丽的姑娘怀上孩子之后，还要到这里来学俄语，学一些基本的句子。有一次，长官见我在窗底下驻足细听，便问我对学俄语这件事怎么看。我说看情况是要跟俄国人打仗了。他开始喊叫，说我在造谣惑众。我说这里只有他和我，谈不上惑众。他嚷嚷说我们和俄国有联盟公约，说我这是在散布谣言。直到现在，我才注意到这位长官曾经在婚礼上给丽莎当过证婚人，这正是那个不但不跟我握手，而且也没向我表示祝贺的人，可是他在我之前向丽莎求过婚，我却赢了他，现在是他拿我出气的时候了。我站在这座培植新欧洲人的小镇指挥官面前，他一个劲儿地训斥我，说我在胡说八道，说我得上军事法庭，说我是捷克沙文主义者。兵营里响起警报，这位指挥官一拿起电话，脸唰的一下白了，原来将要发生我预见的战争！指挥官在走廊上只问了我一句："您是怎么猜到的？"我谦虚地说："我曾侍候过阿比西尼亚皇帝。"一天之后，我有了个儿子，丽莎送他去洗礼，取名叫西格弗里德。根据拱形长廊里的雕像和从瓦格纳乐曲中得来的灵感取的，而我却接到了辞退通知。让我休假后转到捷克天堂的小筐旅馆去上班。这个旅馆位于捷克天堂石壁悬崖的谷底，确实像个小筐。整个旅馆都浸没在早晨的浓雾和中午洁净透明的空气里。这个小旅馆是专为恋人们和小两口开设的。他们双双对对游览过山岩峭壁，观赏过美丽风光之后，便手拉手或胳膊挎胳膊地回到这里吃午饭和用晚餐。我们客人的一切举动都很放松很安静。但这个旅馆也用来接待德国士兵、党卫军人和他们的军官。他们在开往东方战线之前，在这里与他们的妻子、情人作最后告别。这里的情况与那培育新人种的小镇完全相反。在那里，士兵们好像育种的公马或良种公猪去上一个晚上或两天，好让日耳曼种的女人科学地怀上一个小崽……然而，在小筐旅馆里情况完全不同，更合我的口味。不过这里没有欢乐，只有忧郁和悲伤，还有一种我在军人身上从来没见到过的梦幻情调。几乎我们所有的客人都有点儿像还没有开始写诗的诗人。这倒不是说他们真的是诗人，他们当然跟其他德国人一样野蛮、粗暴和傲慢。尽管德国军队的一个师在这次高卢[1]之役中已经倒下了三分之一，可他们还一个劲儿地为打败了法国而干杯。摆在这些军官面前的是另外一条道路，另外一种任务，另外一种战斗，因为上俄国前线完全是另外一件事。这条战线于十一月份曾以楔形一直插到莫斯科跟前，可再也没有往前了。队伍节节溃退，一直退到沃罗涅日，继而退到高加索。而这一遥远的距离，从前线传来的消息，特别是从前线那一边传来的消息，说是游击队在通往前线的道路上给他们找麻烦，结果前线变成了他们的后方。就像丽莎所说的，她从前线回来，跟这些俄国人作战没有半点轻松的。她还给我提来一口小箱子。我一点儿也不知道它的价值有多大，可这口小箱子装满了邮票。我以为她是随随便便找到的，可丽莎说她在波兰甚至在法国专门搜查犹太人的房间，在华沙搜查被驱逐的犹太人时就缴获了这些邮票。

1 古罗马对高卢人居住地区的称呼。

她说等到战后，这些邮票的价值会大得足够我们在任何地方买上任何一座饭店。可跟我待在一起的我那个儿子是个奇怪的小孩，他一丁点儿都不像我，也不像丽莎，甚至也不像古代日耳曼先烈厅这种环境所许诺的那个样子。在这孩子身上，根本看不出瓦格纳音乐的痕迹，恰恰相反，这是一个刚刚三个月就得了惊厥[1]的胆怯的小孩。我招待着来自德国各地的客人，后来我竟能绝对准确地估计和猜出：这个德国兵是来自波莫尚，还是巴伐利亚，还是来自波利尼。我也能准确地分辨出这个士兵是在海边还是在内陆长大的，是工人还是农民……这已成了我的一大乐趣。我从早到晚甚至到深夜马不停蹄地招待着客人，一点儿空闲也没有，因为我除了估计谁会点什么菜、是哪里人等等之外，已经不会别的娱乐。客人中有男有女，女顾客也是带着秘密任务来到这里的。但这任务是痛苦、恐惧和一种庄严的忧伤。我一生中从来没见过夫妻和恋人们彼此之间是如此地温柔体贴，他们的眼睛里有如此多的忧郁与柔情，就像我们故乡的姑娘们在唱“黑眼睛啊你们为何哭泣……”或“群山在哀诉……”[2]时那样。在小筐旅馆四周，无论什么天气总有一对对

1 中医称惊风。小孩以抽搐、意识不清、双目上视为主症之病。

2 均为忧伤的捷克民歌。

男女在散步，总是一个穿着制服的军官和一个年轻的女人，他们默默无声互相紧紧地依偎着。我这个曾经侍候过阿比西尼亚皇帝的人从来没见过这种情况，也没猜测出来他们为什么这样。直到现在我才恍然大悟。可能这一对伉俪从今以后永远不会再见面了哩！这种可能性将这些人变成了高尚的人，这就是那种新人，而不是那个因胜利而得意扬扬、大喊大叫和骄横傲慢的人，恰恰相反，是一个温顺和忧郁的人，而且有着一双类似受惊的小动物那种美丽的眼睛……我也有了一双这些恋人们的眼睛，因为这里，连在前线视角控制之下的夫妻们都成了真正的恋人，我也学会用他们的眼睛看风景、看桌上的花、看正在玩耍的孩子、看时间，觉得每一小时都是一道圣餐礼，因为上前线前的一个白天和夜晚，恋人们都不睡觉，不是说在床上缠绵，在这里有着比床更重要的东西，有眼睛和人与人之间的关系。在我当餐厅服务员的一生中，都没见到过像我在这里所看到和体验到的人与人关系中如此巨大的力量。我在这里，不管是当餐厅服务员或有时当领班，实际上像是坐在一个大剧院或电影院观看爱情悲剧或电影……我在这里还看到，人对人最富人情味的关系是默默无言，如此静寂的一小时，然后是一刻钟，再后是最终的几分钟。这时，带篷马车，有时是军用敞篷马车或者汽车开来了。两个默不作声的人站起来，久久地互相凝视着，叹息着，最后的一吻。那位坐在带篷马车上的军官站起来，一会儿便又坐下。车子朝着小山坡方向渐渐离去。最后的一回头，头巾在挥动。随后，车子像太阳落山一样慢慢消失在山后，整个无影无踪了。只有小筐旅馆门前还站着一个女人，德国女人，一个泣不成声的泪人。她还一直在那里招手，指头一松，手帕飘落出去……她转身回屋，忍不住大声痛哭地沿着楼梯跑进她的小房间，犹如一名渴望在修道院见到男人的孤独而忧伤的修女，啪的一下扑在被褥上，捂着脸久久地失声痛哭……第二天，这些红肿着眼睛的妻子、情人便搭车离去。又一批妻子、情人从天南地北各个角落，从所有城市与乡村，坐着同样的车子来到这里与即将开赴前线的男人作最后告别。从前线传来的消息坏得使丽莎对那“闪电战”越来越忧心忡忡，说她在这里已经待不住，说要把儿子西格弗里德送到赫普镇阿姆斯特丹城饭店去，说她也要上前线，说她在那里也许还安心一些……

于是，又发生了一件不可置信的事情：我已经不在小筐旅馆了。我是在一年前离开那里的。我也如此同她告别，我也如此挥过手，当开往前线的车子翻过山坡消失之前，我也如此大声号哭过。后来，便坐火车到了一个新的工作单位。我将那些珍贵的邮票同干粮一起放在一口很普通的箱子里，是我从人家丢掉不要的东西中捡来的一口化纤制品箱子。我翻了一下集邮书，发现有些邮票价值连城。我立即知道自己再也用不着攒钱——用一百克朗的钞票摆满我的房间了。我即使用百元大钞来糊墙壁当壁纸用，将百元大钞贴满整个天花板，贴满前厅、厕所甚至厨房，将整个一套房子都贴满那绿色的百元大钞，也比不上我有朝一日将这些邮票拿到市场上去卖掉的钱数。根据那集邮价目书上说的，我只卖掉那里面的某四张邮票，就可成为一位百万富翁。于是，我暗自盘算着，有朝一日我再回到家乡去会是个什么样子。德国人已经吃了败仗，因为每一个高级军官不管从什么地方来，一进旅馆门，我就能从他脸上读到整个局势，我的战地新闻和消息就是从这些脸上读来的。即使他们戴上一副单片眼镜，我也能看得出来，即使他们戴的是黑眼镜，我也能了如指掌，即使他们脸上戴着像黑色面具一样的面罩，我也能从这位将军的步伐举止猜出战场的形势……我正在月台上漫步，突然想起要照照镜子。我一瞅自己，突然发现自己像一个陌生人，像我平常猜测出来的那些来自各个地区，带着各种职业烙印、各种疾病和爱好的所有德国人一样，因为我曾侍候过阿比西尼亚皇帝，因为我归根结底还受过那位曾经侍候过英国国王的领班斯克希万涅克先生的培训。我端详着镜子里的我，通过这一敏锐目光，我看到的自己百分之百的是我从来没有看到过的自己：如此的一个雄鹰协会分子，正当捷克的爱国人士被纷纷处死之时，他却让纳粹主义的大夫检查身体，看看是不是能够与一个德国体育教员发生性关系。正当德国人在向俄国宣战，我却在举行婚礼，高唱纳粹党歌。正当人们在受苦受难，我在德国饭店旅馆却过得很好，为德国军队、党卫军的官兵当餐厅服务员。等到战争一结束，我恐怕任何时候也回不了布拉格啦。我看到，我将不是被绞死在某个地方，而是自己吊死在第一盏路灯杆上，在最好的情况下，也只能再给自己十年或多一点的时间……我就这样站着，在晨曦中空荡荡的火车站上望着自己，就像望着一位朝我迎面走来然后又远去的客人。可是，曾经侍候过阿比西尼亚皇帝的我，不得不正视事实，我曾经好奇地观赏过别人的苦难，现在也以同样的方法来观察自己。用这样的目光来看自己时，使我实在不好受，特别是当我曾经有过要当百万富翁的梦，我曾想向布拉格这些饭店老板显示我是他们中间的一员，而且不只是随随便便的一员，说不定还在他们之上。现在对于我来说，关键只在于我怎么让自己回家去买下那个最大的旅馆，不仅跟什罗贝克先生，而且跟布朗德斯先生，跟那些曾经蔑视我的雄鹰协会的铁杆儿较量较量。对他们只能靠力量来说话，靠我那口箱子的实力来说话。只需用上那口箱子里的四张邮票，丽莎从华沙或伦贝格[1]弄来的战利品，就可买座旅馆……就叫它蒂迪尔旅馆吧！或者到奥地利或瑞士去买座旅馆。我正和镜子里的我这样商量着，在我身后悄悄开来了一列快车，是从前线开来的野战医院……火车停下后，我从镜子里看到一排拉下的卷帘窗，这时，其中的一扇帘子已经卷上，是一只握着绳子的手将它拉上去的。只见一个穿着睡衣的女人躺在床上打个大呵欠，连下巴颏儿都快打掉了。她揉揉眼睛，又轻轻擦了一下，睡意十足地瞅瞅外面，想知道火车停在什么地方。我正往她那儿瞧，她也正往我这儿看。这是丽莎，我老婆啊！我见她跳下床，蹿出包厢，下车朝我飞奔过来。我还没来得及反应，她就已经搂住了我的脖子，像结婚前那样热烈地吻我。曾经侍候过阿比西尼亚皇帝的我发现她变了，像所有从前线回来在小筐旅馆与妻子或情人度过柔情一周的军官一样地变了。丽莎肯定也跟他们一样看到和经历过很多不可置信而又成了事实的事情……仍然是这位体育教员，由她护送着

1　今俄罗斯境内的利沃夫。

一批伤员去到我正要去的地方——霍莫托夫，湖边的一座野战医院。我只带了那口箱子上车。火车开动了,我进了丽莎的包厢。拉下窗帘关上包厢门之后，我便脱下了她的衬衣，她像婚前那样颤抖着，因为大概是这场战争又使她变得像位温顺的未婚姑娘。随即，她帮我脱下了衣服。我们赤身地躺在一起，她任凭我亲吻她的腹部，甚至一切，随着火车的行驶节拍，徐徐颠簸。

担架、板车以及许多大轿车，那种六轮流动医院都已在霍莫托夫车站上等候。我没有听丽莎的，而是站在腾空的月台尽头。他们允许我待在那里，因为我是跟着我这位向车站指挥官报到的丽莎一块儿下车的。她随后向我介绍说，这一车运来的是一批刚刚受伤还经得起长途运送的残疾军人。他们没法走路，都是被截断了一条腿或两条腿的人。所有这一类伤残员都装在这些大汽车或专运列车上。满月台的残疾人，我看着他们，一个也不认得，可我知道，所有这些人都仿佛在杰钦小镇待过，所有这些人都仿佛在小筐旅馆和亲人道别过，而这是他们的笑剧、电影的最后画面。我随第一辆运输车来到我被指定工作的地方，即军医院餐厅。小箱子搁在我膝上，我把那口皮制的箱子扔到小花园中一个屋顶上，跟那些破烂的军用背囊堆在一起。这一天，我只是到郊外和营地里转了转。这个营地设在一个小山脚下，一个樱桃果园里。果园一直延伸到矾水湖。这湖当时还真有点儿像加利利海[1]或恒河，因为护理员们将这些截肢后带着溃烂伤口的残疾人送到湖里，这个没有一只昆虫、一条小鱼的湖里，它们都在水里死掉了，在这一直从矾石断面冒出来的湖水里是不会存活什么生物的。伤残员便躺在这矾水湖里，他们的伤口在这里慢慢地愈合。他们缓慢地游着，有的断了一条腿，有的在膝盖以下截断了双腿，有的在臀部以下截了肢，根本没有腿，只能像青蛙一样靠两只手在水里划一划。他们头露在蓝色的湖面上，看上去像是在杰钦的游泳池里一样，仍然是些帅小伙子，可等到他们一游完泳，按照医生的安排在湖里泡了相当久之后，就由别人将他们拽上来，像乌龟一样爬到岸上，躺在那里等着。护理员将他们安放到浴衣和暖和的毯子里，然后又挨个将这好几百号人送到沐浴在阳光中的大汽车上，一直运到餐厅前的一大块空地，那儿有个女子乐队在演出，就在那里吃饭。最让我感动的是，脊髓残疾部的伤病员，他们拖着整个下半截身子，无论在陆地还是水里，都像一条美人鱼，然后是那些只有一个短小躯体而没有腿的人，他们还特别爱打乒乓

1　见《圣经·新约》“马太福音”第15节中“治好许多病人”一段：“耶稣……来到靠近加利利的海边……带着有残疾的和好些别的病人……他就治好了他们。”

球。他们有一种残疾人专用的折叠车，坐着它行动快得可以踢足球，只不过不是用脚而是用手罢了，实际上是打手球。他们只要稍微一复原，无论是缺一条腿的，还是缺手的，乃至头部烫伤的，都非常热爱生活，踢足球，打乒乓球，扔手球，一直要玩到天黑。我给他们吹小号，以此来通知他们吃晚饭。当他们坐着这些轮椅或拄着拐杖到我这儿来的时候，一个个容光焕发，因为在我供应饮食的这个部门，已经是所谓的功能部，而在其他三个部门里，医生们还在给那些从前线下来的伤员做手术，还要加上电疗和电离子渗入疗法。有时我看着这些残疾人，不禁产生出一种相反的幻觉：仿佛我老是看见那些失去了的四肢。结果出现这样一种现象：那些不在了的四肢我看见了，而那些存在着的四肢却在我面前消失不见。我吓了一跳：我究竟看见了什么呀？然后，我总是将手指放在额头上，对自己说：你为什么看成这个样子？因为你曾经侍候过阿比西尼亚皇帝，因为你受过曾经侍候过英国国王的斯克希万涅克领班的训练。我和丽莎每个星期到赫普的阿姆斯特丹城饭店去看望一次儿子……丽莎现在又游上泳啦。这是她的爱好，总在湖里扑腾。游泳使她变得又结实又漂亮，活像一尊青铜雕塑，我迫不及待地想要和她在一起。到时候，丽莎将光着身子在房间里走来走去。我们把窗帘一拉，而丽莎的的确确变了。她从一个叫弗列或者弗克的帝国运动员那里买了一本书，那是一本崇尚裸体的书。因为丽莎的体形很美，于是她开始拥护裸体主义者，虽然她与他们从来没有任何接触。早上给我送咖啡的时候，她只穿了条裙子，有时就这么光着身子。每当她一看我时，我便心满意足地点点头，微微一笑，好让她在我的眼睛里看出我喜欢她，她是多么的美……可是跟我们的儿子，这个西格弗里德可真叫受罪。任何东西一拿到他手里便扔掉，直到有一次，当他在阿姆斯特丹城饭店地板上爬来爬去时，抓到一个榔头，外公开玩笑地给了他一个钉子。这小男孩将钉子竖在地板上，一榔头就将它打进地板里。就这样，当别的孩子都在玩哗啷棒儿和小熊，当别的孩子已经满地跑了时，而西格弗里德却在地板上爬，一个劲儿地哭喊着，直至得到榔头钉子，把钉子打进地板为止。当别的孩子已经开始牙牙学语，我们的儿子不仅不会走路，连妈妈都不会叫一声，只会一个劲儿地捶榔头。榔头一举,阿姆斯特丹城旅馆便一震,满地板都是砸进去的钉子。为此，他的右手也大受锻炼，老远就能看见他的粗胳膊。每次回去看他，我都有点儿忍受不了，反正这位公子既不认识我也不认识他妈,别的不要只要榔头钉子,那也只好给他。钉子要凭证供应，或者到黑市去买，后来，我还得到处去给他找钉子。他左一榔头右一榔头不断地往地板上捶，每捶一下我都要抱着脑袋吓一跳。后来我才想到，我才看出来：我这儿子是一个，或者将会是一个弱智。当别的跟他那么大小的孩子已经要去上学的时候，西格弗里德恐怕才开始走路。等到别的孩子学习结业走出学校门时，西格弗里德恐怕才勉勉强强学会认字。等到别人已经要结婚了，西格弗里德恐怕才学认钟点，帮家里拿拿报纸，然后就得在家里待着了。因为他没什么用，顶多能钉一下钉子……我就这么看着自己的儿子。每次来探望都发现地板上又添了一些钉子。我正确地推算着，地板上的钉子还会越来越多。因为我不把这个男孩当我儿子，而把他当我的顾客来看。这个像中了魔，整天往地板上钉钉子的男孩的问题还不仅是玩钉子，而含有别的意义。当他钉钉子时榔头捶声一响，其他孩子就吓得立刻躲藏起来，西格弗里德却因此而感到开心，扬扬得意。别的小孩吓得尿了裤子，西格弗里德高兴得直拍巴掌，哈哈大笑，活蹦乱跳的，一下子变得那么美，仿佛他的惊风病和脑子里的迷糊劲儿都没有了。就这样，榔头捶打钉子的声音总是伴随着他欢快的尖叫声……而曾经侍候过阿比西尼亚皇帝的我也为这而感到高兴，觉得我的儿子虽然傻，但还没有傻到能够预示所有德国城市的未来。我却心里明白，这些城市的下场准会跟这旅馆各个房间的地板一样。于是，我买了三公斤钉子。西格弗里德上午将钉子钉到厨房的地板上。下午，当他到各个房间去钉钉子时，我就费劲地将厨房的钉子拔出来。我一想起特德[1]元帅的飞毯曾经根据计划准确地将炸弹砸进地里，心里就暗自高兴，因为我儿子能照直将钉子打进地板，角度完全正确……斯拉夫血液又赢得了胜利。我还为这个男孩而感到骄傲哩！因为他虽然还不会说话，但他已经开始了走路，而且还跟那比沃伊[2]一样，手里总牢牢抓着一把榔头。

现在，我脑子里突然冒出一些我早已忘记的画面来。这些画面突然又清晰又准确地浮现到我面前：我端着一个装着好几杯矿泉水的托盘闪电似的飞快行走，只花几秒钟就到了矾水湖边。我还回想起了兹登涅克的模样儿。兹登涅克就是宁静旅馆的那位领班，他好玩耍，只要有空儿，就把身上的钱都花得一干二净，一花就是好几千块呀！我脑子里浮现的画面，是他叔

1　特　德（Tedder，Arthur William Teldoler，Ist Baron，1890—1964），英国皇家空军元帅。第一次世界大战后留在皇家空军，1941年任皇家空军中东司令部司令，后来指挥在北非和意大利所有盟军的空中作战，对在北非打败德军和盟军、在西西里登陆（1943）做出了贡献。后又指挥盟军在西欧的全部空军作战。他轰炸德军的运输网，加速了盟军在第二次世界大战中最后几个月的推进。

2　斯拉夫神话中的英雄人物。

叔的肖像。他叔叔是一位军乐队的指挥，后来已经退休。这位乐队指挥在自己的一块林中空地上劈柴，旁边还有一所周围长满了鲜花和松树的小房子。他这位叔叔，正因为曾经是奥匈帝国的一名乐队指挥，所以即使劈柴也总穿着那套制服。他曾经写过两支加洛普舞曲[1]和几支华尔兹舞曲，一直被乐队演奏着，可是，已经无人知道谁曾经是这乐队的指挥，大家都以为他已经死了。正当我们坐着辆马车出去度那一天假日时，兹登涅克偶然听到一曲吹奏的军乐。兹登涅克在马车上站起身来，让马车立即停住，然后朝那音乐的方向走去，原来那里演奏的正是他叔叔写的华尔兹舞曲。那里已经停了好几辆大汽车，整个军乐队的人一会儿就要坐上车子离开这里到别处去参加军乐比赛。兹登涅克把军乐队指挥劝说通了，将随身带着的四千克朗都交给他，说是让参加的士兵喝啤酒用，恳请他们按照他的安排办一件事。于是，我们俩下了马车，坐到第一辆大轿车上。行驶一个小时之后，我们便在森林里下车。一百二十名穿制服的器乐演奏家，带着各自闪亮的乐器慢慢走在林中小路上，然后拐到另一条种满嫁接灌木丛的小路，小路上方是高高的松树枝。兹登涅克打个手势让他们停步，他跨过一节倒掉的木栅栏，

1 四分之二拍的环圆舞。

消失在灌木丛中的空地里，然后又走回来，向大家说出自己的计划。他一暗示，所有士兵一个挨一个地钻进灌木丛。兹登涅克像前线指挥官一样命令大家将坐落在灌木丛中那传出阵阵劈柴声的小屋包围起来，于是，整个乐队都悄悄地围在那个木墩子和身着军乐队指挥穿的奥匈帝国旧制服的老人周围。兹登涅克一打手势，大声下令，全乐队的人便从灌木丛中站起来，拿起闪亮的乐器，奏出了兹登涅克叔叔创作的加洛普舞曲。他们正准备用它去参加比赛。老指挥像那块劈成两半的木头一样，愣在那里一动也不动了。乐队又往前走几步，可仍旧半截身子隐没在松树和橡树丛中，只有乐队指挥拿着金灿灿的指挥棒站在没到膝盖的灌木丛里。他挥动着指挥棒，乐队演奏着加洛普舞曲，乐器在阳光下闪闪发亮。兹登涅克的叔叔，那位老指挥动作缓慢地环视一下四周，脸上出现了一种绝妙的表情，仿佛已经离开人世升上了天堂。乐队演奏完这支加洛普舞曲之后，接着奏出华尔兹协奏曲……老指挥激动得快要支持不住了。他把斧子放在膝盖上，放声大哭起来。拿着金色指挥棒的乐队指挥走到老人跟前，碰了碰他的肩膀。老人一抬头，指挥将那指挥棒交给他。兹登涅克的这位叔叔站起来。像他后来对我们说的，他以为他已经死了，来到一个天国的乐队中，他以为，在天国演奏军乐，上帝是这乐队的指挥，并将指挥棒交到了他手里……后来，老人指挥了他自己谱写的这个曲子。演奏完毕，兹登涅克从灌木林中走出来，跟叔叔握握手，祝他身体健康……半个小时之后，乐队成员们又坐上大轿车。轿车开动时，大家为兹登涅克奏起欢乐曲，响起了喜庆的铜号声。兹登涅克站在那里，心情激动，直向他们鞠躬表示感谢，随即，一辆辆大轿车和乐声渐渐消失在山毛榉枝叶和灌木扑打的林中小路上……总而言之，兹登涅克就是这么一位天使，我们在一起度过的空闲时间，他差不多都是这个样子。他成天琢磨着怎么来花掉那几千克朗。正当我关起门来满地摊着百元钞票，光着脚板像踩在瓷砖地板上，在这些纸币上走来走去，或者像躺在绿草坪上一样躺在这些纸币上时，兹登涅克有一次却在给一个什么石匠的女儿举办婚礼。另一次，我们一同到服装店去买些白色海军衫，给孤儿院的每个小朋友穿上。还有一次，他跑到庙会给所有旋转木马和秋千付了租用一整天的钱，让所有来玩的人都能免费享用。有一个假日，我们将布拉格最美丽的鲜花和好多瓶甜酒买下来，挨个走访公共厕所，给打扫厕所的老太太们祝贺命名日和生日，尽管那一天既不是她们的生日也不是她们的命名日。赶上哪位老太太真在这一天过生日或命名日，兹登涅克就感到非常幸福……有一回，我暗自说，我得到布拉格看看去，特别是要辆出租车到宁静旅馆去打听一下兹登涅克还在不在那里，如果不在那里，大概会在哪里。我还要到我跟外祖母曾经住过的地方去一下，看看那里的那所小房子还在不在。记得那小房间的窗外常常有衬衫内裤飘过，那是住在查理温泉旅馆的客人从厕所窗口扔下来的。外婆将那些脏内衣裤洗净修补好之后，卖给建筑工地上的工人与泥瓦匠……就这样，我便站在了布拉格的火车站上。当我找到去达博尔的火车时，我扒开袖子想看看几点钟了。我一抬眼睛，发现兹登涅克站在报亭旁边。我都惊愕了，真是想什么有什么，不可置信的事情又成了现实，我挽着袖子站在那儿发呆。我看到兹登涅克正在那里东张西望，仿佛已在那里等了许久，然后抬起了手，肯定是在等一个什么人，因为他也想看表。可突然有三个穿皮大衣的人走到我跟前，抓住我的手。我的手还一直放在表上。我看见了兹登涅克，他瞅我的样子像在梦幻中。他的脸唰的一下白了，手足无措地站在那里看着我，看着德国人把我塞进车里带走了。我奇怪他们不知要将我带去哪里，为什么要带走我。他们将我带到了庞克拉采[1]。大门一开，他们便把我当作罪犯扔进了单号子牢房……

1 布拉格的一座监狱。

我突然因为刚刚发生的这件事而有些异想天开，我甚至几乎有些高兴得发愣了。我真不希望他们随随便便放掉我，因为战争反正快要结束了，我希望自己被关起来，待在集中营里。我曾希望自己恰恰被德国人关起来。德国人，我这幸运之星为我闪烁着光芒。牢房门一打开，我被带去提审。当我说了所有的日期，来布拉格的原因之后，审讯者变得更加严肃起来，然后问我在等谁。我说没有等谁。随即，门一开，进来两个穿便衣的人，他们向我扑来，打伤了我的鼻子，打掉我两颗牙齿。我倒在地上，他们弯下身来一次又一次地问我在火车站等谁，谁给我送情报。我说我只是到布拉格来旅游玩玩而已。他们中间的一个弯下身子，一把抓住我的头发，揪着我的脑袋往地板上撞，审讯者大声吼叫，说什么我看表说明我跟谁已事先约好见面，说我与布尔什维克的地下活动有联系……然后，将我带走，把我同其他犯人关在一起。囚犯们帮我拔掉了那些打碎的牙，擦干净血迹，撕掉断了的眉毛，我却一个劲儿地笑啊笑的，什么感觉也没有。鞭抽，捶打，甚至受伤，我都没感觉。其他人望着我，仿佛我是太阳，是一位英雄。那些党卫军把我扔进牢房时，恶狠狠地骂我：“你这头布尔什维克猪！”他们的骂声在我耳朵里犹如悦耳的音乐，犹如亲切的称呼，因为我知道，这将是我再回到布拉格的入门券。既然我讨了个德国女人做老婆，站在赫普的纳粹大夫面前让他检查我的生殖器是否够格与日耳曼高贵人种通婚，这个污点只能用解铃须靠系铃人的办法来抹掉……我因为看了一下手表而被打伤的脸，这就是我有朝一日重被信任，作为一名反纳粹的战士再度进入布拉格的证件。最主要的是，我要让所有的什罗贝克们，布朗德斯们，总而言之，所有大饭店大旅馆的经理们都看到：我是属于他们中间的一员。因为只要我能活着，那我一定要买一座大旅馆，比方说如果不能在布拉格，那也一定要在别处买一座。因为，用那一箱子邮票，就像丽莎所想要的那样，我可以买两座旅馆，可以在奥地利或者瑞士也买一座。不过在奥地利或者瑞士旅馆经理们的眼里我啥也算不上，我也犯不上去跟他们比个高低。因为我跟他们没什么旧账要算，我不需要到他们面前去炫耀。可是在布拉格开个旅馆，参加饭店旅馆经理协会，再爬到全布拉格饭店旅馆经理协会秘书长的位子，那他们就得对我刮目相看了。他们即使不喜欢我，也得尊重我。我对未来别无其他打算……我在庞克拉采监狱总共待了两个礼拜。从后来几次提审中看出，他们是抓错人了。他们的确在等一个看手表的人，他们已经抓到一个联络员，从他那里已经得到他们所需要的情况，后来也弄清楚了要抓的人不是我而是另外的人。我想那一天，兹登涅克也要看表，兹登涅克是我的朋友，他也看到我实际上是代替他而被抓了。我想他一定是个重要人物，即使牢里有什么人想栽在我身上，兹登涅克也一定会为我辩护的。我受审回来，还没等到他们用拳头推我，我的鼻子又出血了。我又乐了，笑了。我高兴鼻子又在帮我的忙，又在出血……他们放了我。审判官对我表示歉意说（当然也只是轻描淡写一下），帝国的利益要求错杀九十九个无辜的人也不能漏掉一个有罪的人。于是，我在傍晚时分便又站到庞克拉采监狱大门外了。在我后面还有一个人也被放出来……那个刚放出来的人，身体虚弱得在人行道上坐下来。电车在紫色的黄昏中行驶，行人东来西往，年轻人手拉手地漫步，孩子们在暮色中嬉戏，仿佛没有发生过战争，仿佛这世界只有鲜花、拥抱和爱恋的目光。姑娘们在这温暖的薄暮中穿着小衬衫和裙子，显得那样妩媚，连我也兴致勃勃地观赏起这情景来。这纯粹是为男人的眼睛而准备的景色，一切都那么富有性感……“真美啊！”跟在我后面的那个被放出来的人像突然清醒过来似的感叹一句。我想帮他站起来。我问他：“坐了多久的牢？”他说：“十年了。”他想站起来，可没有气力，我只得搀起他。他问我是不是要忙着赶路，我说不。当他问我为什么被关进来时，我说因为地下活动之故。我们一道朝电车走去。我还得帮他上电车。电车里外到处都很拥挤，仿佛大家刚从一个什么舞会上回来或者正要去参加舞会。我第一次注意到，实际上布拉格女郎要比德国女人漂亮，她们也比较会打扮。而那些德国女人穿什么都像制服，她们那些衣服，墨绿上衣、猎装帽，总像什么军服似的……我就坐在那个灰白头发的小伙子旁边。他大概三十岁。我对他说，尽管他有一头灰白头发，可年纪就是不大。当我突然问他“您杀死了谁”时，他犹豫片刻，然后，久久地凝视着一位姑娘的乳峰，她正站在我们面前，一手抓着扶手。然后，他反问我一句：“您怎么知道的？”我说我曾经侍候过阿比西尼亚皇帝……我们一直坐到11路电车的终点站，天已经完全黑了。那个杀人犯让我跟他一道去他妈妈那里,让我护送他,说要不然他会在路边摔倒的。于是，我们一块儿抽着烟等候公共汽车。汽车很快就来了。我们坐了三站，在马拉磨坊那一站下了车。那个杀人犯对我说，我们最好从后面走，经过罂粟村能早些到家。他主要是想能给妈妈一个惊喜，要请我谅解他。我说我只送他到村子口，到他家门口，然后我再回到主路上去，再在那儿拦辆车走。我做这一切不是出于同情或什么好心，我只想增加一些说明我无罪的证据，等到有一天战争结束，它说不定什么时候就会结束……于是，我们走在月光下，沿着一条满是尘土的小路，经过一座完全没有灯光的村子，到了一片蓝得跟复写纸一样的地方。头顶上的一线弯月照射出橘黄色的光芒。我们的身影时而在前时而在后，时而落在旁边的排水沟里，细长得几乎看不见。后来，我们爬上一个小山坡，只能算在这儿歇脚的小土堆。他说现在从这里就该可以看见他出生的地方，他的小村庄了。可是，当我们爬到山坡顶上，却连一所房子都没见着。那杀人犯犹豫了，几乎吓了一跳。他嘟哝着说："这不可能啊！难道是我走错了？大概在那另一座小山坡后面？"可当我们走了一百米左右，我和那杀人犯都感到有些恐惧。这时，那杀人犯比刚出庞克拉采大门时还要哆嗦得厉害。他坐下来擦擦额头，真可谓汗如雨下。"你怎么了？"我问他。"这里曾经有座小村庄，怎么全不见了呢？我都快疯了！是我已经疯了还是怎么的？"杀人犯嘟哝着。我问："这个村庄叫什么名字？"他说："利吉采。"[1]我说："这个村子已经没了。德国人将它销毁了，村里的人也被他们枪杀了，剩下的全被送进了集中营。"那杀人犯又问："为什么？"我

1 利吉采（litice）是布拉格附近的一座村庄。"保护国"时期，纳粹德军为追捕、搜查一名"刺客"，居然将整座村庄烧光杀光夷为平地，制造了震惊世界的大惨案。

说："因为他们杀死了总督[1]，凶手跑到这个村子里来了。"那杀人犯坐在地上，两只手耷拉在缩到一起的膝盖上，活像两个脚蹼。然后，他站起身来，像一名醉汉在这月光下的大地上跌跌撞撞地走着，随后在一排桩子前面停了步，倒下了。他抱住其中的一个桩子。其实这不是桩子，而是一棵树干，上面挂着唯一的一根被砍断的枝子，仿佛一个被处死者吊在这树上。杀人犯说："这儿，这儿是我家的一棵核桃树，这儿是我们家的花园，而这里，"他慢慢地走着，"这儿某个地方……"他突然吓一跳，用双手摸出了被填平的住房和生产用房的地基，准是勾起了他强烈的回忆。当他跪在地上摸到他的故居时，他坐在一棵树干下大声吼道："你们这些杀人犯！"他紧握着拳头站起来，脖子上露出的青筋在淡淡的月光下依稀可见。他大吼了这一声之后，坐到地上，身子朝后仰着，两手抱在膝盖下方，像坐在一把摇椅上那么摇晃着。他抬头望着划破弯月的树枝慢悠悠地说，仿佛在自白："我有一位很英俊的爸爸，他比现在的我要漂亮，尽管我也够帅的，可跟他一比，我简直是个不合格产品。我爸爸喜欢女人，女人们更喜欢我爸爸。于是我爸爸跟女邻居好上

1　第二次世界大战中纳粹德国设在捷克—摩拉维亚保护国的总督。

了。我吃我爸的醋。妈妈很痛苦，我跟爸爸一样，都看见了，您知道吗？我爸爸抓住这根树枝，一摇晃，一松手，就到了篱笆的那一边。漂亮的女邻居在那边等着。有一次，我在等着我爸爸，等他飞过篱笆，我们便吵了起来。我用斧子砍死了我爸爸。我并不想杀死他，可是我爱妈妈，而妈妈在痛苦……如今，剩下的只是这核桃树干，而我妈妈，她大概也已经死了。”我说：“她也可能在集中营，很快就能回来。”杀人犯站起来说：“您跟我一块儿去吗？我们去打听打听看。”我说：“干吗不？我会德语。”于是，我们一道到克拉德诺去。快到半夜的时候，我们便到了克罗切哈拉维。我们向德国哨兵打听盖世太保[1]大楼在哪里。哨兵告诉我们说，从这边过去便是。于是，我们就站到大楼门前了。二楼上好像特别热闹，有碰杯的声音和女人的笑声。哨兵在换岗，已是午夜一点。我问执勤部队的长官，我们是不是可以见到盖世太保的司令官。他对着我一声大吼：“什么？”让我们明天早上再来。可这时大门开了，一批穿着军装喝得醉醺醺的党卫军人从里面出来，准备离去。他们说着笑着互相告别，仿佛刚刚参加完一个什么庆典，晚会或庆祝命名日、生日的聚

1 纳粹德国的秘密警察组织。

会，也让我联想起在巴黎饭店到了关门休息时间客人们心满意足离去的情景。最后一级阶梯上站着一个军官，手里端着一座插了好几根蜡烛的烛台。他喝得醉醺醺的，军服扣也解开了，头发耷拉在脑门子上，他正举着蜡烛跟大家告别。他一看见我们，就到大门口来，向正在对他敬礼的执勤官询问我们是什么人。执勤官说我们想跟他说话……杀人犯让我将他的话翻译给那个德国军官听：说他曾被关在牢里整十年，现在出狱回到家乡利吉采，可他既没找到房子也没找到妈妈，因此他想知道他妈妈出了什么事。那长官笑开了。滚烫的蜡油像泪水一样从倾斜的蜡烛上滴到地面……那司令官转身往上走，然后吼了一声："站住！"卫兵将门打开，司令官又走下来问道："为什么坐了十年牢？"杀人犯说因为他杀害了父亲。司令官拿着那一直在流泪的蜡烛，照着那个杀人犯的脸，仿佛有点儿酒醒，变得精神了些。这一天夜里，此时此地在这种情况下，命运将这个杀害了自己的父亲而来打听母亲下落的人送到了他面前，他自己却是那个或按指令或自作主张的大杀人犯，而我这个曾经侍候过皇帝的人，却常常成了那不可置信的事情变成事实的见证人。我看到了：一名帝国的国家级大杀人犯，胸前挂满了叮当响的勋章，他正一步步沿着台阶往上走。他后面跟着那个普通的杀人犯，一个杀死自己父亲的人。我正想离去，可执勤官抓着我的肩膀，猛地将我转过身来，指着楼梯，示意我上去，于是我就坐到了一桌残羹剩饭的宴席旁。一张很大的桌子上，就像刚刚举办过婚宴或一场盛大的毕业庆典，满桌是剩下的蛋糕，喝完和没喝完的酒瓶子。眼下桌子中间的一个座位正坐着这个喝醉的党卫军官。他重问一遍情况，我又将十年前在核桃树旁发生的事情给他翻译了一遍。这个军官最高兴的是庞克拉采监狱组织的严密性，乃至使囚犯们一点儿也不知道利吉采发生了什么、这个村子怎么样了。这个晚上还有一件不可置信的事情成了事实：我，这个竟然没被人认出来的，脸上有伤，鼻子被打破了的冒牌翻译却发现，这个盖世太保的司令官曾经是我婚礼的一位参加者，就是那个既不向我祝贺也不肯跟我握手的军官。而当时我还想要跟他碰杯。我端着杯子将手伸过去，想同他为我的幸福干一杯，可却没有得到回应。那次我深感蒙受了莫大的耻辱。我受不了这种耻辱，脸红得连头发根儿都变色了，就跟那次什罗贝克先生，甚至曾经侍候过英国国王的斯克希万涅克先生拒绝与我碰杯时的滋味一样……现在，命运又将那个不屑接受我碰杯善意的人送到我面前。此时他就坐在我面前，正为他能站起身来，去叫醒一个什么管档案的官儿而感到自鸣得意，然后给我们抽出一本档案，一页页翻阅着。就在这宴会桌旁，档案卷宗纸被桌上的菜汁酒水沾湿了，他终于找到那一页，那上面记载着的情况是：这杀人犯的妈妈在集中营，至今在她的名字下面尚未注上任何日期以及表示她死亡的十字架记号。

第二天，我回到霍莫托夫时，他们通知我已被解雇，因为他们已经得到了我被捕的消息，只需怀疑二字就足够让我提起箱子走人。我还发现一封信，说丽莎已到赫普的阿姆斯特丹城饭店我们的儿子西格弗里德那里去了，让我到那里去找她，说小箱子她随身带走了。于是，我搭车径直朝赫普驶去，可我不得不暂时等一等，因为赫普和阿什已经发出空袭警报。于是我和士兵们一块儿躺在壕沟里，我听到了轰鸣声，类似一种什么机器的有规律有节奏的声响。我仿佛看到，看到我的儿子，每天每天，当然也包括今天，因为我给他买了五公斤八英寸的钉子，在有节奏有规律地用榔头把一颗颗钉子狠狠捶进地板，仿佛在栽种小萝卜和密密麻麻的菠菜。后来，警报已经解除，我就搭上一辆军车继续走。当我们靠近赫普时，只见从城里走来一群唱着歌的人，那些德国老人唱着一种什么歌，快乐的歌，大概是因为他们看到什么受了刺激，疯了或糊涂了唱出来的，也许遇到不幸反而唱快乐的歌是他们的一种习惯。随即，便是朝我们滚滚而来的蒙蒙灰尘和金色烟雾。我们还看到壕沟里躺着死尸，街上的房子正在焚烧，担架队正在抢救被埋在废墟里的幸存者，护士们跪在那里为伤者包扎手脚和脑袋，四处一片呻吟和号哭。我想到自己就曾坐着车子经过这里去参加婚礼。那时大家把一切都与战胜了法国和波兰的形势联系起来。现在，我看到了这些被烈火吞噬的红色弯钩十字旗，烈火烧得这些大小旗子噼啪直响，仿佛这烈火吞噬它们时特别津津有味。熊熊烈火烧得红旗布片往上飞扬，等到烧焦时就变得黑乎乎的像只海马尾巴……就这样，我站到了正在燃烧着的阿姆斯特丹城饭店的一堵残壁面前。趁着一股轻风吹散了米色烟雾和灰尘的一刹那，我看到最后一层楼上，我的儿子正坐在那儿一锤一锤狠狠往地板上捶钉子。我老远就能看出他粗壮的右手，甚至可以说他只有那粗壮的手腕，网球运动员的下臂，运动着的二头肌，一锤就将钉子打进地板。对他来说，仿佛根本没掉过炸弹，仿佛这世界什么事情也没发生过……第二天，当人们纷纷从掩蔽所、防空洞出来，走回家去，丽莎，我的妻子，听人们说，大概一直待在那个院子里。当我问到那口小破箱子时，他们说丽莎一直将它带在身边。于是，我拿着一把十字镐，在院子里找了一整天。第二天，我将那五公斤钉子给了儿子，他欢天喜地将它们一个一个地往地板上钉，而我却在寻找我的妻子，他的妈妈。直到第三天，正当西格弗里德在大哭大闹，说他已经没有钉子，说谁也不给他送来，只好用榔头在已经钉到地板里的钉子上再捶一下的时候，我才碰到了丽莎的鞋。我慢慢地从废墟里、瓦砾里将我的丽莎挖出来。当我挖到她的一半躯体时，我看到蜷成一团的她当时如何用身体保住那口箱子的姿势。我将箱子稳妥地藏好，然后挖出了她的整个躯体，可是已经没有了脑袋。烈火狂飙将她的头刮走了。为这颗头，我又徒劳地找了两天，而我们的儿子却在继续捶着榔头，将钉子更深地捶进地板,如同捶进我的脑袋。第四天,我提起箱子悻悻离开废墟堆。在我身后，响着微弱的榔头捶钉子的声音。后来，我几乎整个一生都听得见这声音。就在这天晚上，有一个收留精神受刺激孩子的团体来收容我的儿子西格弗里德。同时，我们把丽莎埋在公墓里，虽然仿佛有个脑袋，不过是用一块布缠着的残躯而已，免得人们以为是别的什么东西。

听够了吗？今天就到此结束吧！

五

我是怎样成为百万富翁的

请注意，我现在要给诸位讲些什么！

那口装着珍贵邮票的小箱子给我带来了幸福。但并不是马上，而是在后来。事情的来龙去脉，说来话长。战争结束后，我举报了那个盖世太保司令官的地址，就是那个杀害了许多人然后跑到蒂罗尔隐藏起来了的德国军官。我在赫普从我岳父那儿打听到他的住处。兹登涅克得到美国一家机构的允许[1]，带了

1 因为“二战”刚结束时，捷克有些地区是在属于同盟国的美国军队占领和管制下。

两名士兵开车到蒂罗尔抓到他。抓他的时候，他正化装成当地人穿着蒂罗尔的衬衣和裤子在割草，而且还修了个络腮胡子。哪怕是我亲手抓到的这个德国军官，布拉格雄鹰协会的人同样会将我投进监狱。不是因为我讨了个德国老婆，而是因为我在成千上万捷克爱国者被处死之际，却站在捍卫日耳曼血统和荣誉的纳粹机关面前，心甘情愿地任他们检查我的生殖器是否有能力与高贵的日耳曼血统女人发生性关系。因此，根据我得到的法令通知，判了我半年徒刑。可半年之后，我便卖掉了那些邮票。卖掉邮票所得的钱，多得可以盖满我住宅里十间房子的地板。我用足够盖满四间房子地板的纸钞，在布拉格郊区买了一座有四十个房间的旅馆，可第一夜我就觉得在最高一层的阁楼房间，有人每分钟都将一颗钉子狠狠地捶进地板。后来，每一天不仅在这第一个房间，而且在第二个房间第三个房间，在第十个房间，最后乃至在第四十个房间里，都同时发出这捶打的声音。仿佛我的儿子，四肢着地爬进了每一个房间，仿佛我有四十个儿子，每个儿子都用重锤往地板上敲钉子，一个房间挨一个房间地，一直钉到四十号房间。到第四十天，当捶打声震得我的耳朵都快要聋了时，我便问别人是不是也听到了榔头捶钉子的声音。除了我，谁也没听见。于是我将这旅馆卖了，换成另一家旅馆，我故意挑了一家只有三十个房间的旅馆。可跟第一家旅馆一样，我每天都能听到这榔头捶钉子的声音。所以我断定，全因为这些卖邮票得来的钱是不义之财，是用暴力从某个人那里夺来的，也许那个人还当场被杀害了哩！也许这些邮票都属于一个神奇的犹太人，因为这些一锤一锤捶进地板的钉子，实际上是砸进我脑袋的钉子，每一锤我都能感觉到，仿佛那钉子在往我头盖骨里钻。第二颗钉子又砸进去一半，然后是全部。到后来，我的嗓子无法吞咽，因为那钉子尖儿已经一直扎到了我的喉咙里。可我没有因此而发疯，我的明确目标是拥有一座旅馆，与所有旅馆饭店的经理比个高低。我不愿意也不可以退让，因为我只为这一想法而活着。也许有一天，我能发展到饭店经理布朗德斯先生所达到的这一步。这倒不是说我也跟他一样要有三百套金刀叉，我只要一百套金刀叉，但我这里来往的将全是外国名人。于是，我开始建造、装修一座跟别的旅馆完全不一样的旅馆。我在布拉格附近买了一块空地，开始往里面填充装修一切这里曾经有过的，像宁静旅馆有的那样。旅馆的基本部分，原是一个有着泥土地面和两个烟囱的大锻造车间，我让那四个小铁砧按原来的样子摆在那里，让所有的榔头和钳子还挂在黑乎乎的墙上。我还添置了一些皮沙发和桌子。一切按照建筑师的主意办。他简直是个疯子，琢磨出个什么就在我这里付诸实践，也跟我一样狂热。在锻造车间翻修完毕之日，我就在这里睡觉。在这里，我将当着客人的面，通过这些烟囱，用这些打铁炉和铁叉来烤羊肉串和侠盗烧烤[1]。在这里的头一夜，我听到了捶打声，可声音轻极了，那些钉子像钻进黄油块里那么快地被砸进泥土地里，反射到我脑子里的声音就已微乎其微了，因此我起劲地继续装修客房，一间间小得跟船舱的小单间一样。这是由一座类似集中营的长条房子改成的。过去这里曾经是工人的更衣室和集体宿舍，我将它们改成了一个个小房间，总共三十间。我尝试着让他们给我装上粗瓷地板，像在意大利和西班牙，或者所有天气热的地方那样。头一天，我又试着听了听有什么声响。只听得有钉子在我脑袋上划一下，闪着火星。原来是瓷砖太硬，钉子进不去，徒劳地试了一下就只好作罢，再也没有捶打声。我的这病好了，我又开始跟过去一样能安安稳稳地睡觉了。修建工作进展得很快，两个月之后旅馆便开了张。我给它取名叫断裂旅馆，因为我身上像有什么东西已经截断，离我而去。这的确是一座一流的旅馆，

1　一般在野外烧烤出来的肉食。因为侠盗都在野外深山老林里烧烤肉食，故此得名。

这里只接受事先预订床位的顾客。旅馆坐落在森林里，所有房间围着这断面，空地中间底部形成一个水塘，绕成半圆形。耸出四十米高的悬崖为花岗石砌成的。我让登山运动员们在上面装饰些假山植物并种了些能在类似条件下生长的装饰灌木，且悬崖上面有条钢缆横跨水塘上方，它的另一端拴在对面山坡上。松松的钢缆朝下倾斜。每天晚上我都准备了精彩节目。我雇了一名杂技演员，他用一个滑轮，也就是这么一个钢轮子，在下面插进一根短棍儿，待他窥伺到一个合适的时机，便先返回一下，然后沿着钢缆一直往下滑，从高高的悬崖滑到水塘上空，身上的磷光服装一闪一闪，然后稍一停顿，来了个后滚翻，挺直身子，双手左右平伸，跳进了水塘，就穿着这套紧身磷光服自由自在地游到摆着桌椅的对岸。一切都是银白色的，我把什么都漆上白色。眼下这白色是我的特有的颜色，只有巴朗托夫[1]是这个颜色,十分独特。我可以与任何一座旅馆较量。我还得说，我们的一名见习服务员靠这个钢轮出尽了风头。有一天，他爬到山坡上，在那里抓住钢滑轮，踩着它直往下滑，滑到正中间，客人们都为他紧张得尖声叫嚷起来，站起身来或回到路德维希

1 布拉格一个电影制片厂的摄影棚和伏尔塔瓦河边的一座漂亮的饭店。

式的[1]小沙发椅上。小服务员站直身子，然后在空中翻了个跟头，穿着他的那身燕尾服扎进水塘，仿佛被水塘吞掉了。我在这一瞬间看到，这个节目必须天天演，在晚上，表演者必须穿上磷光衫。我绝赔不了本，即使赔了也值，因为这一招不仅在布拉格没有一个人有，就是在整个捷克、在全中欧都没有，后来我还觉得在全世界任何别的地方都没有。因为有一次人们告诉我说，一位名叫斯坦贝克[2]的作家曾在我们这儿住过，他的样子像位船长或海盗，他非常喜欢这里：那个由锻铁车间改成的餐厅，那熊熊炉火，那些当着客人的面奉献手艺的厨师们。等他们把肉烤好，客人们已经看得饿极了，就像孩子一样吃得有滋有味。而这位作家最喜欢的是用来捣碎花岗石的所有机器，那些满是灰尘的磨子和袒露着的脚手架。你可以看见里面的一切，仿佛置身于一个磨坊展览会，或在一个全部敞开、让你看得见发动机的汽车展览会上。斯坦贝克简直被摆在旅馆前小平地上的那些机器迷住了。从旅馆这儿可以看到野外的一切，那些机器像几十座雕塑一样立在那里。这么一些加工石头的车床如今扔在

1 法国国王路德维希十四时期的艺术风格。

2 斯坦贝克（John Steinbeck，1902—1968），美国小说家。小说《愤怒的葡萄》（1939）是他的名著。1962 年获得诺贝尔文学奖。

那里无人过问，仿佛是被一些疯疯癫癫的雕塑家们突然发现的。那位名叫斯坦贝克的作家也在这儿要个位子，配着几把白色半透明的沙发椅的白桌子。他每天下午、晚上都在这里喝一瓶法国白兰地，坐在这些机器中间，瞭望着下面那个磨坊，观赏大波波维采这单调的风光。可在这位作家的眼里，这风景却一下显得如此秀丽，这些机器是如此富有造型特色。他对我说，他从未见过这样的景色，也从未住过这样的旅馆，说这样的旅馆在美国也只有像加里·库珀或斯潘塞·特蕾西这样的名演员才可能拥有，在作家中也只有海明威才可能买得起，还问我想要卖多少钱。我说两百万克朗。他后来在桌子上算一下，就叫我到他跟前去，掏出他的支票册说他要买下，给我开一张五万美金的支票。我试探了几次，他总往上加价，六万、七万、八万美金……我看到了，知道了，这个旅馆即使出一百万美金也不能卖，因为断裂旅馆是我的力量和辛苦的顶峰。我如今已坐上所有旅馆经理中的第一把交椅。因为像布朗德斯先生、什罗贝克先生他们的那种旅馆，在世界上有成千上万，可是像我的这种旅馆谁也没有。于是，又发生了一件事：布拉格最大的饭店经理们，包括布朗德斯先生和什罗贝克先生在我们这儿订了一顿晚餐。餐厅领班和服务员们最细心最认真地给他们准备了餐桌。仅仅为了他们，我打开了藏在悬崖底部杜鹃花下面的十盏聚光灯，把整个悬崖照得通亮，让悬崖上锋利的棱角、奇特的影子、鲜花草丛都显得格外生动别致。我暗自想到，要是这些经理们有意与我和解，接受我为他们中的一员，让我参加他们的协会，那我也像他们一样忘记过去，将旧账一笔勾销。可他们不仅装作根本没看见我的样子，而且还背对着我给他们安排的这一切美妙景色而坐。我沉住了气，也感觉到我的胜利，因为我看到，他们之所以背对着我旅馆的独秀之处，是因为他们看到了，认识到了我如今已居于他们之上。来我们这儿住的不仅有斯坦贝克，而且还有莫里斯·切瓦里尔。他的许多女歌迷都来找他，住在我们旅馆附近，莫里斯一大清早还没脱下睡衣就得接待她们。这些女歌迷朝他扑来，脱了他的睡衣，将它撕成碎片，一人拿了一片去做纪念。要是有可能，她们真恨不得将莫里斯本人也撕成碎片，然后按照各人的喜好带上他的一小块肉回家去。不过差不多所有女歌迷首先想分到的是这位著名歌唱家的心，然后才是他的生殖器。这位歌唱家把多少新闻记者吸引到他的身边啊！于是，不仅在国内各家报纸杂志上，而且在外国的杂志上，都刊登了我的断裂旅馆的照片，我从《法兰克福汇报》[1]、《苏黎世周刊》[2]、《时代周刊》[3]，甚至《先驱论坛》[4]上都能看到关于我们旅馆的报道，少不了有这些疯癫女人围在莫里斯周围的照片。背景是那些摆在坪中的富有雕塑效应的机器，四周摆着白桌子，以及在靠背与扶手上饰以葡萄藤卷须的白椅子，椅子上这些装饰花纹都是由工艺铁匠师用铁片制作而成……说到底，这些饭店经理并不是为了与我和解而来到我这里的，他们心里不痛快只是因为他们所看到的比他们原来想象的更美妙更有诱惑力，尤其使他们不高兴的，是他们得知我这个地方没花多少钱就买下来。他们还眼红我保留了这里原来的样子，只是把旅馆内部装修一番。懂行的人便承认它也承认我，仿佛我是一位艺术家。这是使我成为一个没有白来这世界一趟的人的顶峰创作。我自己也开始把我这个旅馆当作一件艺术品来看。这是因为别人看到了这一点，我才把它当作我的一件作品来看，是他们开阔了我的视野。我虽然明白得较晚，但总算明白了，这些机器实际上就是一件件雕塑，很美的雕塑，人家

1 德国最具影响的报纸之一。据估计，它百分之九十的读者为德国社会最具影响的决策者。

2 用德文出版的著名的瑞士报纸。

3 美国报纸。

4 在德国汉堡出版的刊物，1946年创刊，内容涉及政治、公共事务、商业和文化。

拿什么来跟我换我都不会答应的。我甚至突然发现，我的断裂旅馆有点儿像旅行家霍卢普[1]、纳布尔斯特克[2]的收藏品。每一座机器，每一块石头和这里所有的一切被标上历史文物标签的一天必将会到来。尽管如此，我还是感到了这些旅馆经理对我的侮辱。尽管我已超过他们，可我仍然不属于他们之列，在这个行业里我们不是平等的。我常常在夜深人静之时偷着惋惜旧奥国[3]的不复存在。要是有个什么军事演习，即使不是皇帝光临我们旅馆，而是一位什么大公住到我们这里，我将会亲自去侍候他，为他准备餐宿，他就可能将我提升到贵族阶层，也不用多高，当个男爵便罢。我就这么继续梦想着……当出现大旱，地里的庄稼全都干死，土地干得裂了缝，孩子们将他们的作业本扔进了裂缝时，我却在做冬日之梦：等到一下雪，严寒来临之际，水塘将结上冰，冰上将摆两张小桌子，桌上放两架留声机，一红一绿各装一个大大的花形喇叭。我要再买些旧唱片，只放那些旧的华尔兹舞曲和有特色的间奏曲。在锻造车间里将烧着

1　霍卢普（1847—1902），著名的捷克医生和旅行家，三次去到中非，将很多珍贵收藏品带回国。

2　纳布尔斯特克（1826—1894），捷克实业家与文艺科学事业资助者，1848 年后侨居美国十年，回国后建立布拉格纳布尔斯特克博物馆，将自己的财产捐了出来，其中包括许多他收藏的中国艺术品。

3　指第一次世界大战前的奥匈帝国。

熊熊烈火，在水塘岸边的钢筐里将烧着大块劈柴。客人们将在塘里溜冰，我将去买一些或者定做一些旧式冰鞋，男士们将为夫人们扣紧冰鞋，将她们的脚搁在他们的膝盖上来扣鞋扣，递给她们热饮……我正在这么梦想着，而此时，各大报纸各个政党都在为谁该为这次旱灾来掏腰包的问题争吵不休，我却在梦想着如何在我的断裂旅馆举行冬季联欢会。连议会议员们和政府官员们也在争吵着谁该为这次干旱出钱出力。后来，他们达成一致协议：由百万富翁们来承担这义务。我举双手赞同这个决议，因为我也算作一个百万富翁。我想，这么一来，我的名字也就能作为百万富翁登上报纸，与什罗贝克和布朗德斯以及其他富翁列在一起了。这次干旱给我带来了福星，这种不幸的灾难却是我的一种幸福，它将使我到达我梦寐以求的地位，大公会将我提升到贵族阶层。而我这个一直长不高的小个子，如今也要成为伟大的百万富翁了……可是过了好儿个月，谁也没有给我寄来任何消息，谁也没想要我交付这个百万富翁的税款。我已经买了两架留声机，而且还置办了一架漂亮极了的自动风琴，我不仅买了那架自动风琴，而且还买了一座旋转木马，还有能够摇动的大鹿大马和驯鹿椅。我开始叫人安装这旋转木马，又将鹿、马、摇椅安在池塘旁路边石头的弹簧上。每位客人都可以带着夫人坐在这张类似长沙发的靠椅上，像法国椅子那样，面对面地安置着，而且每把长椅上可以坐两个人，可以互相聊天。我总是将两头鹿、两匹马挨在一起，两人并排而坐，仿佛一次温馨的出行，的确别有风味。客人们带着他们的夫人，总在这里坐得满满的。自动风琴为他们演奏着音乐，客人们摇呀摇地坐在这些铺着漂亮罩布的木制动物椅上消遣。这些木制动物的眼睛和一切都很漂亮，因为这是一个靶场和游乐场阔老板的德国旋转木马。有一天，兹登涅克突然来看我，他现在已是县里或州里的一位大人物，变化相当大，已经不是以前那个样子了。他摇坐着木马椅，环视四周。当我在他身边那把木马椅上坐下，他轻声地跟我交谈，然后拿出那张证明我是百万富翁的单子。我还没来得及阻拦，他便慢条斯理地将那张确定我为百万富翁，可以支付百万富翁税款的单子撕掉了。他站起身来，将那张对我来说至关重要的、认定我为百万富翁的通知单碎片扔进火堆里，带着忧伤的目光对我微微一笑，喝完那杯矿泉水——他原本是喝烧酒的，带着忧伤的笑容从我这儿离去。外面有辆大黑汽车在等着他，拉他到工作的单位去，可能是去一个他所在的什么政治单位，一个为他所信仰和能吸引住他的政治单位。这个地方既然能够替代他往日那种有钱就花掉的轻狂举动，那一定是很让他感到惬意的地方。以前，他一有钱就得想法来点什么善举，把它花个精光，仿佛这钱会烧着他，于是，便将这些本属于人民的钱归还于民。后来的形势急转直下。我按照原来的梦想，准备了一个棒极了的晚会：断裂旅馆的一个下午，有留声机播放的音乐，有溜冰，有锻造车间的和围绕着水塘四周的火光，可到来的客人一个个愁眉苦脸，或者强装快乐，仿佛从前那些去到小筐旅馆的德国人一样，他们在欢乐的时候可就已经知道，他们在小筐旅馆是与他们的妻子和情人最后一次相聚，然后就要从这里奔赴前线了。我的客人们也这样与我告别。他们同我握手，从轿车上同我握手，仿佛是最后一次从我们这里离去，再也不会回来了。他们来的时候，也跟那次的那些德国人一模一样，情绪忧郁而沮丧，因为有了二月事件[1]，一切都翻了个个儿，我所有的客人都知道，这意味着他们的末日，所以使劲挥霍，然而出自内心的欢乐已不复存在。他们的伤感情绪也感染了我，我已不再每天晚上关起门，放下窗帘，像玩扑克一样在地板上铺摆着我每日进款中百元一张的钞票。那些钱我每天都拿到银行里存起来，到这些天我正好已经

1 第二次世界大战结束后，捷克斯洛伐克组成了以捷共领袖哥特瓦尔德为总理的联合政府，1948 年政府内阁十二名非党部长提出辞职，从此政府内阁成员全为共产党员和其支持者，彻底实行社会主义制度。

存够了一百万克朗……春天来了，我的客人，像德国军官回到小筐旅馆一样，又回到了我们旅馆，但只是一部分人，我的有些常客恰恰再也没来过。我听说他们有的破产了，有的被关起来，有的逃越了边境……来了另外一批客人。我的销售额更大了，可我总在想，那些每个礼拜都到我这里来的客人都出了什么事呢？如今他们中间只有两位还来我们这儿。他们告诉我说他们那些没来的都是百万富翁，明天他们得准备好一切，带上结实的鞋、厚毯子、袜子、干粮，被送到一个收留营去，因为他们是百万富翁。我高兴了，因为我也是百万富翁，我把我在储蓄所的存款单拿给他们看，他们两人中一个是体育用品厂的厂长，另一个是假牙厂厂长，都是这次告诉我的。我给他们看了储蓄所存款单之后，就立即去做动身的准备：拿上背囊、结实的皮鞋、袜子和储备的罐头食品，我也准备着人家来接走我，因为那位假牙厂厂长对我说，布拉格的饭店旅馆经理都得到了这么一张传票。

到第二天早上，他们便哭着走了，因为他们没有勇气偷越边境，已经不愿做任何冒险。他们只是对我说，英国和联合国组织不会听任不管的，一切将会归还回来，他们又能回到自己的别墅和家庭去……我则等了一天，两天，然后一个礼拜，才得到从布拉格来的消息，说所有百万富翁都去了收留营。这是坐落在悬崖下圣·杨小城的一所大修道院，培养未来牧师的一所神学院。如今这些学生已经搬出去。于是，我决定要去为我的百万富翁身份做一番争取。就在县里来人的那一天，他们委婉地通知我说，人民委员会虽然没收了我的断裂旅馆，一切财产权转到人民手里，但眼下我还是旅馆的一名管理员。我一肚子怨气。我知道这大概是怎么一回事儿，准又跟兹登涅克有关。我立即前往县里找到兹登涅克办公室。他什么也没说，只是苦笑着，又从抽屉里拿出一份什么公文当着我的面撕掉了，并对我说他是个人担着责任来撕掉我这份材料的，让我别再惦着这旅馆啦，说这算是他对我曾经因为在火车站看表而代替他进了牢房的一种回报。我却对他说，我可没有指望他这样，还说我本以为他是我的朋友，可他却与我作对。因为我是一个一生什么别的也不想要，一心只希望有个旅馆，成为百万富翁的人啊！我离开他那里，到晚上我便站在灯火辉煌的原来的牧师培训学校大门口了。门口站着一名挎枪的民兵，我向他报告说我是一位百万富翁，断裂旅馆的经理，想要同这里的指挥官谈一件重要事情。这个民兵拿起电话，过一会儿就让我进了大门，然后到了办公室。里面又坐着一个民兵，可没带枪。在他面前摆着一份名单、一些文件和一瓶啤酒，他一直举着瓶子在喝酒。等他喝完了这瓶，又从桌子底下的啤酒箱里掏出一瓶，他打开盖子，像得了口渴病似的大口大口地喝着。我问他是不是还缺少百万富翁，说我没得到通知，其实我也是一名百万富翁。他看看文件，铅笔沿着人名走了一趟，然后对我说我不是百万富翁，让我放心回家去。可我说这一定是弄错了，我是百万富翁。他却抓着我的肩膀，将我带到大门口那儿，推了我一下，并大声嚷嚷说："我的名单里没有你的名字！那你就不是百万富翁！"我掏出储蓄所存款单来，指给他看我的存款单上有一百万零一百个克朗十个哈莱士，并得意地对他说："瞧，这是什么？"他瞅了一眼这存款单。我央求他说："您总不至于再把我撵走吧？"他于是发了善心，将我带进这所神学院，宣布我为被拘留者，并写上了我的生辰年月日和各种有关情况。这所原来的神学院的确有些像监牢，像兵营，也像一所专住贫困大学生的宿舍，只是在走廊的每个拐弯处，两个窗子之间的地方都挂着耶稣受难像，夹杂着圣人故事图，而且在每一张挂图上几乎都表现着一种苦刑，一种令人毛骨悚然的恐怖。画家们把这些图像画得很逼真，在这些图像的衬托下，让这四百名百万富翁四人一间或六人一间地分别挤在这些牧师小单间里，简直是再滑稽不过了。其实我也有思想准备，以为这里跟我在战后坐的那半年牢一样少不了恐怖手段和敌意，可恰恰相反，在这所圣·杨神学院里，可说是一部滑稽荒诞作品。在这修道院的餐室里有这样一个“法庭”，进来一批带枪的民兵，肩上斜挎着一条红布，他们的皮带老往下掉，他们的制服也不合身，仿佛是故意让大个子穿套小衣服，小个子穿套大制服，他们干脆不扣扣子敞着穿。审判是这么进行的：百万富翁每一百万判一年。我被判了两年，因为我的资金资产共估为两百万克朗。那位体育用品厂厂长判了四年，说他有四百万产业，什罗贝克经理判得最多，十年，因为他有一千万克朗。但最大的困难是不知这些刑期和个人履历该用一个什么表格来填写，再一个大难题是晚上清点我们的人数，因为每晚都有人缺席，原因是我们常常跑到隔壁村子里去打罐装啤酒，还有一个原因是看守我们的人经常喝得醉醺醺的数不清数，即使他从下午就开始点数，可还是点不清。于是他们想出了一个十人一组的点数法。每数到十，守卫中间就有一个人拍一下巴掌，另一名守卫便丢下一块小石子，免得数到最后不够数，如不够数，就将这块小石子也数进去凑成十个。尽管我们全都到了，但是每一天数出来的数字不是多了就是少了。但多次都是注上与这些被拘留的百万富翁人数相吻合的数字，大家也就松一口气。有一次，四个民兵端着几箱大罐啤酒来了。为了不点错人数，新的老的又重数一遍，且按照百万富翁的财产多少来分发，多一百万克朗多发一份……虽说这是一个拘留所，可没有栅栏，大门口坐着民兵，百万富翁们通常进花园和从那儿回来都必须再绕到前面经过这扇大门，每次都由民兵来开门，然后关门上锁。可修道院四周既没围墙也没篱笆，虽然民兵们也想通过花园抄近路，后来大概觉得不大合适，就又绕到大门那儿。他们是带着钥匙穿过花园绕到大门口的，打开门，进到大门里锁上门，然后再到宿舍。最大的麻烦是伙食问题，但也用不着多费心思，因为队长和民兵都乐意跟百万富翁们一块儿吃饭。这些百万富翁将民兵营里送来的饭菜拿来喂猪，这些猪是那个假牙厂厂长买的，最初是十只，后来增到二十只小猪，大家都盼着过宰猪节哩！因为有些被拘留者都曾经是大屠夫，他们答应做顿特别的美味给大家享用，惹得那些百万富翁都舔唇咂舌的，纷纷出谋献策，筹划着如何用猪肉来做特色菜。后来，这里的伙食便不像是在一个普通神学院做出来的饭菜，而像一个富裕的修道院里煮出来的饭菜，像得了十字架奖章的神学界人士吃的美味佳肴了。要是哪位百万富翁的钱花光了，民兵队长就派这个百万富翁回家去取钱。最初还派一个化装成普通老百姓的民兵跟着他去取，到后来被派去的人只需发个誓，说绝不擅自逃跑，便可自己到布拉格的储蓄所去取钱，从他的一百万或几百万的存款中取些钱出来，因为队长给了他们一个“该款用于公益事业”的证明。于是，在这个集体宿舍里，就有了经民兵队长批准的菜谱，并让其提出有益的意见，因为百万富翁们已把民兵们看作自己的客人。在修道院餐室里，百万富翁们和民兵们坐在一起用餐。有一回，百万富翁特纳拉被允许到布拉格去叫个乐队来，一个四重奏、维也纳式的小乐队[1]。当出租汽车将小乐队运到这里时，已是半夜，大门都关了，只得把门卫叫醒，可门卫睡得迷迷糊糊的打不开大门。那百万富翁只得从大门旁边经过花园走到大门里面,拿到钥匙又转到门外,然后打开大门。可那钥匙有毛病，打开之后又没法将大门锁起来，他只好又转到大门里面，从里面锁上大门，再把钥匙交还给门卫……我当时就想，可惜兹登涅克不是百万富翁，他要在这里可就如鱼得水了。那他不只会把自己的钱，而且也会把那些富有幻想的百万富翁的钱经他们同意拿来花个痛快。一个月之后，所有服刑的百万富翁都晒黑

1　这种乐队通常由两把提琴配上一架手风琴和一把吉他组成。

了，因为我们总在山坡上晒太阳，而那些民兵却一个个脸色苍白，因为一来他们总在大门里面，二来老得写情况报告。他们成天坐在这些小房间里连个名单都列不清楚，因为像诺瓦克、诺维这样的名字就有三个，而且他们老得全副武装，那枪支和子弹带老往下滑，叫人很不舒服，同时他们还得老用橡皮擦掉和重写那些情况报告单。到后来，每个旅馆经理各一份，像列菜谱似的。在这个天主教办的学校里还留下一个牲口棚，里面养了十头母牛，从它们身上挤出的奶还不够早上掺咖啡的。这里发的是白咖啡，按照什罗贝克从维也纳萨切尔咖啡店学来的方法往里面加点罗姆酒。于是，油漆颜料厂厂长又买了五头母牛，牛奶才算够了。有些人不爱喝白咖啡，早上只喝一杯罗姆酒，或者直接拿着罐子喝酒，是那种大肚罐儿，他们有时还在夜里吃东西,以消磨夜里的时光。每月一次的家属探望可真棒！民兵队长买了几根晾衣服的白绳子，圈成一道想象中的围墙，绳子不够了，就接着用鞋跟画道线，用这绳子与白线将学校与外界隔离开。百万富翁们的老婆与孩子们带着一袋袋食品、匈牙利腊肠和外国公司的罐头来到这里。尽管我们装成可怜巴巴受苦受难的样子，可仍旧不像，因为我们一个个红光满面的，气色很好。如果有人弄不清实情，还以为那些来探望的人是囚禁者，牢房在外面哩！因为看得出来，家属们不能像这样一些百万富翁那样适应这里的拘留生活。送来的东西吃不完，我们就与民兵们分着吃。他们什么都爱吃，于是去劝说队长同意每个月的探望由一次改为两次，也就是半个月探望一次。后来发生了这么个情况：如果凑到一块儿的钱不到三万五万，队长便允许我们中一些有专业知识的人，到我们所在的这座修道院的图书馆去挑选一些珍贵的书籍，用汽车运到布拉格的旧书店去卖掉。我们常在这座修道院旁边的小山坡上晒太阳，睡午觉，后来我们又想起可以将原来神学院学生的床上用品、睡衣及服装拿出去卖掉。可这个算盘几乎已经是多余的了，因为那些名副其实的百万富翁早已知道了这一点，他们早就把那些漂亮的床单以及用山区纺织厂织出的布做成的睡衣找出来，连同十二打漂亮的毛巾什么的用箱子装走了。这些东西仓库里多的是，因为从这里毕业出去的未来牧师都得有一整套装备，没有一个人去监督和检查这事儿，恰恰相反，被民兵和百万富翁们利用上了，还说卖掉这些东西是为了不至于在这百万富翁收留营里发生什么传染病，比方说霍乱或者痢疾、伤寒什么的……后来，又出现了一种新情况：连百万富翁也开始有了休假日。民兵们很相信我们，知道我们不会逃跑。要说逃跑，只发生过两次，还带回来一位也是百万富翁的熟朋友，他想摆脱家庭，到我们这儿来休息一下。民兵们脱下制服换上便装，而我们却换上了民兵的制服，由我们自己来看守自己。每当我们这些被拘留的百万富翁得到在星期天或从星期六到星期日值班的任务，我们都欣喜若狂。因为这往往是一场连卓别林也想不出来的滑稽剧。整个下午，我们都在演出一场“废除百万富翁收留营”的戏。化装成民兵的百万富翁特纳拉担任门卫队长，他郑重宣布拘留营被废除，百万富翁们可以回家了，可是百万富翁们却偏要往里钻。化装成民兵的百万富翁就劝他们出去，说外面如何如何自由，在外面用不着受民兵的气和过苦日子，可以享受百万富翁自由自在的生活，可是由民兵化装成的百万富翁们根本不愿听这些话，于是化装成民兵队长的百万富翁特纳拉便采取强行废除收留营的措施。我们这些化装成民兵的人将那些化装成百万富翁的人，从拘留室里拖出来。那些有过八百万一千万财产，在这里要待上八年十年的百万富翁，到处寻找开大门的钥匙，可找到后又无法从里面打开大门，于是就绕到前面大门外把门打开。大门打开之后，他们又从原路绕回到大门里面。我们大声笑着，看着假民兵们怎样押着假百万富翁们走出大门，收留营的大门在他们身后徐徐关上。假百万富翁们一直走到小山坡上，当他们环顾四周，就又改变主意走了回来，一个劲儿地捶打大门，这些假百万富翁们跪着请求化装成民兵的人给他们提供避难所……我也跟着在笑，其实我心里笑不起来，因为我虽然跟百万富翁们待在一起，但我实际上根本打不进他们的圈子。尽管我甚至和什罗贝克经理睡在一间房子里，他对我却像对一个陌生人一样，我甚至没法将一把掉到地上的勺子捡起来交给他。我拿着勺子，在他面前举着，站在我们食堂里，就像几年前我端着酒杯，谁也不肯跟我碰杯一样。饭店经理去找了另一个勺子来喝汤，用餐巾布将我摆在他刀叉旁边的那个勺子厌恶地一推，掉到了地上。大家都看着这经理先生用脚将那勺子踢得离自己老远，一直弹到放置牧师袍的修道院餐桌底下……我虽然也在笑，可我真的没什么可开心的，因为只要我一谈起我的百万家产，谈起我的断裂旅馆，所有百万富翁便不作声了。他们的眼睛瞅着别处，不承认我的那两百万克朗家产。我明白了，他们虽然容忍我和他们生活在一起，但又觉得我不配作为他们中的一分子，因为他们那些百万富翁早已有了他们的数百万之财产，在这场战争以前就有了，而我却是一个发战争财的家伙。他们不仅不愿意，而且也不可以接受我作为他们中的一分子，因为我同他们根本不在一个档次上。像我曾经梦想过的那样，若是大公把我提升到贵族阶层，封我为男爵什么的，我同样成不了男爵。因为其他贵族不会接纳，就像百万富翁们不能友善地接纳我为他们中的一分子一样。恰恰相反，一年前，当我还游离在外面，我还能抱着幻想，认为他们总有一天会接纳我为他们中的一员，我甚至坚信，作为断裂旅馆的经理，我和他们的地位相当，他们会向我伸出手来，与我友好地交谈，可这一切只是表面看来如此罢了，正好比是每个富翁都竭力想取得某个旅馆或酒楼服务员领班的好感，甚至求他多倒一杯酒，以便能与这领班碰个杯，可假如这个富翁在大街上碰见自己的服务员领班，那他是不会停下步来与他交谈一下，也就是寒暄几句的，而跟别的旅馆的餐厅服务员领班或老板搞好关系，这倒是非常重要，因为这影响到他端来的饭菜酒水的好坏，服务的周到与否，彼此碰杯的一句祝酒词，几句好听的话，就能赢得他对你的隐私的缄默……而且我也知道，他们的百万家财是怎样得来的。他们像布朗德斯先生让职工常吃土豆面疙瘩那样节省每一个小钱，又像他们在拘留营里将那些上好的毛巾、床单塞到箱子里带出拘留所的大门，拿回家去一样。并非他们需要这些东西，而是他们百万富翁的本性不允许他们放弃摆在他们面前任何一点获利的可能性，或者让他们得以训练一下自己，如何凭空得到这些给未来牧师们预备的漂亮东西。派给我的活儿是照看这里的鸽子，这里留下了两百对信鸽。队长让我给这些鸽子打扫鸽舍，给它们准备饮水和谷秕……每天午饭后，我都推着辆小车到厨房里去取剩饭剩菜。我差点儿忘了说一件事儿：民兵队长肉吃得太多，于是想换换口味吃土豆饼，后来又想吃李子煎饼，就是撒奶酪碎末和浇酸奶油的那种。开缝纫厂的百万富翁巴尔达正赶上有家属来探望，就向民兵队长推荐说他老婆来自农村，可以到这里来当厨师专做这些面食。于是，我们这里就出现了第一名妇女。说是因为我们都吃肉过多，于是又有三名妻子来到拘留所，三位百万富翁夫人加上面食大厨巴尔达太太。自从释放了那些证明自己有奥地利和法国国籍的百万富翁的时候起，便空出了十个小房间。于是，百万富翁们又想到可以将这些房间租给他们的老婆住。她们可以每个礼拜来探望一次，因为如果有人结了婚，却不让他与自己的合法妻子同房，这是不人道的啊！于是，每次都换十名漂亮女人来这儿间小屋里住。后来我甚至发现，来的并不是他们的老婆，而是从前的酒吧女郎。我自己就认识我从前的两位饭店顾客。已经有些年份了，可她们仍然那么漂亮，就是每逢星期四到巴黎饭店去供那些资本家老头们摆弄作“体检会诊”的那些美女……可我还是喜欢我的那些鸽子。这两百对鸽子可守时哪，一到下午两点，就都停在修道院的屋脊上，从这里可以一直望到厨房。我每次都推着车子从这厨房里走出来，车上放着两袋谷秕和装满土豆以及剩菜的锅，而我这个曾经侍候过阿比西尼亚皇帝的人，正在喂养这些谁也不肯喂养的鸽子，这活儿不适合百万富翁们白嫩的手。我必须在敲过两点钟之后立即出门。要是不敲钟，赶上晴天，那就视阳光照射到修道院的墙壁而定。我一出门，四百只鸽子一齐飞下屋脊，直朝着我冲来。黑压压的一片影子，加上羽毛和翅膀的扇动声，仿佛从口袋里撒出面粉或盐粒的声音。这些鸽子纷纷拥挤着蹲在我的小车上。小车上若挤不下，就蹲在我的肩膀上，落在我头顶上，它们的翅膀在我耳边扇得呼哧直响，几乎把我挡得什么都看不见了，仿佛我被裹在一条巨大的拖地长裙里。我被这条由扇动的翅膀和八百只黑果般美丽的眼睛组成的拖地长裙，遮得严严实实，我得用两手抓住辕杆。百万富翁们看见我埋在鸽子堆里那副样子，都开心得哈哈大笑。我得一直这样将车子拖到院落里，鸽子们便开始大啄起来，一直啄到两只口袋空空如也，几个平底锅像被洗过一样干净为止。有一回，我出门晚了点儿，因为队长在有滋有味地喝着锅里撒了硬奶酪渣的意大利汤，我必须等他腾出那口锅给我。我刚一听到大钟敲过两下，还没等我反应过来，大群鸽子就已从敞着的窗口飞进厨房。一只不差，足足四百只，把厨房里的人都包围起来，撞掉了拘留营大队长手里的勺子。我只得赶快跑出来，鸽子们在土台上将我团团围住，用它们温柔的鸟嘴轻轻地啄我。我用双手捂着脸和头逃跑着，鸽子们追在我后面，停在我身上。我坐下来，看着自己如何处在鸽子包围之中，它们在我身上亲热地蹭来蹭去。我对它们来说，犹如赐给它们生机的上帝。我回头看看自己的影子，现在我看到自己如何被上帝的使者们——鸽群包围着，仿佛是位圣人，仿佛是苍天大老爷的意中人。这时，百万富翁们却在笑话我。我听见了这笑声、喊叫声和议论，可我仍旧沉湎于鸽子使者们的抚爱之中。现在我相信，不可置信的事情又成为了事实，我即使拥有一千万克朗、三个旅馆，也换不来鸽群对我的这般亲热，这是苍天直接派来的。苍天大概对我格外疼爱，就像我在神龛画和装饰着耶稣受难场景的图中所看到的。只可惜我曾经视而不见，听而不闻，一心只想着成为百万富翁。即使我已拥有两百万元的财产，是双倍的百万富翁，可我却永远都不能如愿以偿得到人们的真心承认。我第一次看到，这些鸽子是我的朋友，预言着那仍旧在等待我的一种信息，如今出现了像索尔一家人碰上的那种事情：当他从马背摔下来时，上帝在他的面前出现了……我拨开了八百只鸽子翅膀的拍打，像从柳树枝间跑出来一样，从晃动着的羽毛中跑出来，拉着装有两袋谷秕和剩菜锅的小车。鸽子们又蹲在我身上，我就在这些拍打着翅膀的大群鸽子的护送下，拉着车朝院子走去。半路上我还遇到一个梦中奇迹：兹登涅克在我面前出现了，不是以一个政治干部的身份，而是作为当年在宁静旅馆的那位餐厅服务员的领班。记得有一次赶上假日，我们一道出去散步，在一片白桦小林子里，看到一名小个子男人吹着哨子在树林里飞快地跑动。他一边吹哨，用手指着什么，推开树林，并对它们嚷嚷说：“您又在干什么呀,希哈[1]先生？您要是再犯一次规,就得罚你下场了！”说着，继续在树林中跑来跑去。兹登涅克看得很开心，我始终不明白那人在搞什么名堂。到了晚上，兹登涅克对我说这是一位足球裁判，名叫西巴。那时，谁也不愿给斯巴达对斯拉维亚这场球赛当裁判。当一天到晚都在招募人去当裁判，而谁也不肯去时，西巴先生就说他去吹哨子……他在白桦小树林中演习裁判，跑来跑去，假设这些白桦树打球犯规，他指责它们，还威胁布尔

1 为过去的捷克足球队员。

克[1]、布拉英[2]说要罚他们下场。他对希哈先生嚷得最多，说只要他再犯一次规，就要罚他下场……这天下午，兹登涅克从轻度精神病患者医院找一些该去小村庄透透气的病人，将他们装在一辆大轿车上。因为正赶上当地过守护神节[3]，因此这些穿条子衣服、戴硬礼帽的轻度精神病患者可以坐旋转木马，打秋千玩。兹登涅克在饭铺里给他们买了带开关龙头的大桶啤酒，还借来些半公升的容器，将他们拉到白桦小树林里，拧开啤酒桶让他们喝。西巴先生在白桦林中奔跑着，吹着哨子，疯子们看着他，后来居然明白了，并给比赛双方加油。他们大声嚷着，喊着斯巴达和斯拉维亚球队所有名角的名字，到后来，他们甚至看见布拉英踢着了普拉尼切克的脑袋，他们大声嚷嚷着一直坚持到把布拉英罚出球场才罢休……到后来，当裁判西巴三次推开希哈，三次向他提出警告时，便不得不罚他离开在耶兹贝尔这场激烈的球赛。疯子们齐声喊叫。我们喝完这桶啤酒时，不仅他们，连我也把这些白桦树看成了正在跑动的红色运动衣，而且都和小个子西巴先生跑得一样快。他吹一声哨子，疯子们将他扛在

1 为过去的捷克足球队员。

2 为过去的捷克足球队员。

3 各地教堂有自己的守护神节，当地群众为庆祝这一节日通常举行宴庆游乐活动，有点像中国的庙会。

肩上走出球场，离开了这场裁判技艺高超的足球赛。一个月之后，兹登涅克将一篇关于罚下布拉英和希哈的裁判西巴先生的报道文章给我看，说由于他充满活力的哨子，挽救了一场球赛。

慢慢地，不可置信的事情成了事实：范围开始缩小，我开始回到我的童年和少年时代，我又是那个小堂倌，我怎么远离的他，又怎么回到原处。又有好几次，我直面自己，并不是我想要这样，但一件件事情逼着我去认识自己的一生。比方说，我曾经和外婆在磨坊小屋那个敞着的窗口旁，等着从我们上方的查理温泉旅馆厕所窗口飘下脏内衣裤，那是那些跑生意的人每逢星期四或星期五换下来不要的。它们在黄昏黑色背景的衬托下，张开两只袖子，像钉在十字架上的白衬衫、白裤衩，然后径直朝着磨坊大轮子往下掉。外婆用钩子将它们钩进来，洗净修补好，卖给建筑工地的工人。在这个百万富翁拘留所里，我们得到消息说，我们将是最后一个星期待在这里了。然后，将给我们分配工作，那些年纪最大的将回家歇着去。于是，我们开始准备最后一次告别宴会，我们得想法去尽量多找些钱。我被批准和假牙厂厂长一块儿到他的乡间小舍去，他在那里藏着钱……这也是我一次不可置信的经历。我们夜里才抵达他的乡间小舍。我们架上梯子，打开天花板上的门，借着手电光亮看到好几只箱子，可那厂长已记不清他那十万块钱放在哪只箱子里了。于是，我便开始打开那几只一模一样的箱子。我打开最后一只大箱子，用手电筒一照，不禁吓一大跳。尽管我可以估计到在假牙厂厂长这儿会看到类似的东西，可还是看得我毛骨悚然。在这只箱子里全是假牙和牙床，粉红色的硬腭配上白牙齿，好几百颗假牙哩！我站在梯子上惊恐地看着，这些咬得紧紧的假牙活像食肉植物。有的牙床半张开着，有的全张着，仿佛在打呵欠，整个牙床都露到嘴巴外面来了。我吓得仰面摔了一跤，先是觉得自己摔散了架，随后觉得在我手上脸上都有这些牙齿冰冷的吻。我这一跤摔得够狠，还有一盏带玻璃罩的灯掉到我身上。我倒在地板上，那些牙齿一直在往我身上掉。我的胸脯堆满了一口口假牙。我吓得想叫都叫不出声来。我总算翻个身，后来我快得像只什么动物，像只蜘蛛一样从这些牙齿中爬出来……那十万块钱就搁在这只箱子底部。假牙厂厂长又细心地将这些牙齿收集起来，扫到铲子里，再放进箱子，然后用根绳子把箱子捆起来，仍旧把它放回原处。我们重又将顶楼锁上，不声不响地回到火车站。我们那次最后的晚餐几乎跟在巴黎饭店举办的婚宴差不多。我到我在布拉格的那间小房里取出那套新燕尾服，主要取出了从阿比西尼亚皇帝那儿得来的那枚勋章和斜挎在胸前的绶带。我们还买了些花和几束文竹枝子来装饰一块黑板。整个一下午，饭店经理什罗贝克先生和布朗德斯先生都在布置牧师餐厅的饭桌。布朗德斯先生为他再也得不到那些金刀叉而感到遗憾。我们还邀请了所有民兵和我们拘留营的队长。这是一位善良的老爸爸。昨天晚上他在村庄附近遇上了我们，当他问我们去哪儿时，布朗德斯先生说："队长，跟我们一块儿走吧！我们跳跳舞去。"可他没去，只摇了摇头，像扛着一根钓鱼竿似的扛着枪走了。他很讨厌带枪什么的，他不习惯，甚至幻想着回去当他的矿工，只等这个拘留营一撤销他就打算走。晚宴上，我又成了一名餐厅服务员，重又穿上燕尾服，不过跟我以前穿的那种不一样，有点儿像一般套装，大概我又换了地方。我不仅在身侧别了那颗红星，还在胸前挎上了蓝色的绶带，不过我没使劲伸长脖子，也没抬着头去使自己高上那么几厘米。我已经不在乎这些，我甚至不想去跟那些旅馆饭店经理比高低了，总而言之，我有点蔫儿了。我已从另一个角度来看这场宴会，我兴致索然地上着菜，即使什罗贝克和布朗德斯两位饭店经理都穿着燕尾服跟我在一块儿也无济于事。当我想起我的断裂旅馆，我也不因为得到通知说它已不再是我的而感到遗憾。这其实是一顿悲伤的晚餐，大家都像

《最后的晚餐》那张名画上的人物一样忧伤和严肃，也像我在许多画作中看到的那样。在我们这修道院的餐室里，就有一张一面墙那么大的图。我们头一道菜上的是蘑菇肉丁，喝的是摩拉维亚的白葡萄酒。慢慢地，开始只有我，后来，其他人也都抬起眼睛看着那张《最后的晚餐》，觉得我们越来越像那些圣徒。我们在烧烤的时候，就已开始变得忧郁寡欢起来。我们这次告别宴会有点儿像在迦拿的婚筵[1]。百万富翁们喝得越多，仿佛变得越冷静，喝咖啡和白兰地时都沉默不语。那些民兵们单独开了一桌，在神学教员和教师们那一桌附近，连他们也开始忧伤起来，因为他们明白，到半夜我们彼此就再也见不着了，他们觉得这段时光真的很美好，有的甚至希望我们这样相处到永远……突然，在原来有三十个修道士，如今只剩下一个瘸腿杂役僧的修道院里，半夜的钟声撞响了。这个瘸腿是留下来照顾天主教百万富翁的，一共只有几个人，他们已将自己的箱子和背囊收拾好，可这个瘸腿杂役僧刚用酒杯祝福过信徒们之后，突然放下酒杯，他一抬手，管风琴声响起，他便开始高唱“圣瓦茨拉夫啊，捷克国土的大公”，他的歌声和管风琴声响彻整

1 见《圣经·新约》“约翰福音”的在“迦拿的婚筵”，耶稣将水变成了葡萄酒。

个修道院餐室。我们大家都望着《最后的晚餐》那张画上的主，不分天主教徒与非天主教徒，大家都被我们的忧伤情绪感染着。我们一个挨一个地站起来，全都站起身……我们跑着穿过院子和敞开的大门，跑进一座灯光暗黄的小教堂里，不是从容跪下，而是嗵的一声跪倒在地，不是自己跪倒了，而是碰到了一个比我们百万富翁更强有力的什么东西。在我们心中也有一种比金钱更有力的东西，一种渐渐升高、等了好几千年的东西……别让我们和未来灭绝吧！……我们唱着、跪着，有的还磕头。我跪着，看到那一张张脸，这完全是别样的人了，我都认不出来他们了。在任何一张脸上，都看不出百万富翁的特征，而所有这些面孔都在一种什么更高更美，甚至人所拥有最美的东西的光芒照耀之下……这个瘸腿的人仿佛也不瘸了，其实他还是瘸的，仿佛拖着一双沉重的翅膀，他穿着那件白长袍，活像一位在铅翅的重压下瘸着走路的天使……当我们正在跪着磕头，那个修道院的杂役僧举起酒杯祝福我们，之后，端着金杯子从跪着的人群中走过。经过院子，他的衣袍在黑暗中发着光，仿佛断裂旅馆的那个杂技演员的磷光运动衫在闪亮。想当初，那杂技演员曾经踩着钢轮从悬崖溜到水塘中被水吞没，就像这位杂役僧在为我们祝福之后吞掉圣饼一样……后来，钟声响了十二下。我们开始道别，走过敞开的大门时，民兵们和他们的大队长与我们一一握手，久久地抖动着，这都是些从克拉德诺矿井来的矿工。很快，我们就消失在黑夜中，直朝火车站奔去。因为拘留营已解散，我们被通知各自回家去，根本不分谁该待十年或只待两年，谁有一千万谁只有两百万……一路上，我只想着那两百对鸽子，到下午两点钟时它们又会等着我，可我却不会再回去了。我就这样满脑子装着鸽子回了家，不是回布拉格，而是去断裂旅馆。我踏上小路，在林子后面，我本该看得见亮了灯的旅馆，可那里却一片黑暗……当我见到那些"雕塑"和磨石坊时，我一点儿也不感到吃惊，断裂旅馆已停业，用新木板拼成的大门上挂了一把大锁。我绕着栅栏，翻过开满帚石楠花的小土坡，进到断裂旅馆中心。到处都是乱七八糟，椅子上满是油污，翻倒在地……我一扭锻造房的门把手，门就开了。连一点儿餐厅的影子都见不着，大概所有的东西都被搬到别的什么地方去了。只是锻铁炉里的余火还在冒烟。厨房用具一扫而光，只有几只咖啡杯……我边走边幸灾乐祸地想：这座美丽的断裂旅馆，斯坦贝克曾想开五万、六万、八万美元的支票买下它，可我没有同意，我做对了。眼下既然我当不了旅馆老板，那就让这个旅馆也跟我一道靠边站吧！现在有人大概把它变成了一个游泳场，因为那里没有厨房用的抹布而只有毛巾，从房子的这个角拉到那个角的绳子上搭了好多游泳衣。唯一一件原来没有而我现在发现的东西是：呈水平位置吊在天花板上的一具不知从哪个服装店弄来的赤裸女体模型……我走过走廊，地毯已经没有了，每扇玻璃门的水晶玻璃吊灯也没有了。我打开房门，打开灯，里面空空如也。我愣了，我原以为我离开的时候是什么样现在还将是什么样哩！这倒好，实际上整个断裂旅馆同我一道消失了。任何人也无力将它恢复成我当时建造的那样。所有见过这里曾经样子的人，只要愿意，都可以回忆起这里曾经有过的情景。根据自己的梦想，来安排自己的断裂旅馆。根据自己的幻想，来设想在我的旅馆里与他最美丽的姑娘相会。或者，我过去的每一位房客，还可以幻想像杂技演员那样踩着钢轮从七十米高的地方滑到中间水塘的上方，停顿一下，然后钻进水里。或者还允许作这样的设想：从上面一溜下来，吊在水塘上空，像拍打着翅膀的鸟儿一样环顾四方，学小云雀的本领，在微风中吊在半空，然后再倒回去，像倒放的电影似的，退到悬崖边上。

就这样，我心满意足地离开这里。当我回到布拉格时，有个消息等着我，有两条路由我挑：或者去服刑，到庞克拉采监狱去。或者根据我的考虑和兴趣，到森林里去劳动，但有一个条件，必须去边境。下午，我便立即去到办事处接受了他们给我提供的第二份活儿，而且感到很幸运。当我发现我的鞋跟儿掉了，磨破的鞋子里面那块皮子底下藏着的最后两张邮票还在时，我甚至觉得幸福了，因为这就是我最后剩下的一笔大钱啊！这是我老婆丽莎留给我的，她这些邮票是从利沃夫趁烧毁犹太区，毁灭犹太人的时候弄来的。我走在布拉格街上时，连领带也没打，我不想再增加什么身高，也不再关心我曾经想要买下的在瓦茨拉夫广场和金融街上的旅馆饭店。我甚至幸灾乐祸地对自己眼下的处境感到高兴，因为我今后的道路只是我自己的道路，我用不着再去对人点头哈腰，向人请早安、日安、午安、晚安。我也用不着去注意雇员的活儿干得怎么样。当我自己被雇佣时，我得当心别让老板看见我在坐着、抽了根烟或者偷吃了一小块熟肉。我只盼望着，明天去到老远老远的地方，远离人群。虽然那里也会有人，但那里也会有我一直相信的东西，像所有总在电灯光下面工作的人一样，相信有朝一日能够投入大自然的怀抱。有朝一日，等我退了休，便要去看看森林是个什么样子，看看那整天、整个一生都照着我的脸，让我不得不用帽子盖着脸或躲到阴影底下去的太阳是个什么样子。我当餐厅服务员时，喜欢所有的门房、房屋看守、烧暖气的。他们每天至少一次跑到楼房前面去兜一圈儿，站在布拉格街道旁看看蓝天，看看乌云，看看不是由钟表而是由大自然测量出来的时辰。那些常常成为事实的不可置信之事没有把我抛弃，我相信这些不可置信之事，相信意外的惊喜，这就是我的星星，它引导着我走过我一生的道路，也许只是因为想向它自己证明，什么地方总有什么惊喜的事情在等着它。而我，越来越相信这颗星星，之所以越来越相信它，是因为它将我一直举到百万富翁的位置。而今天，当我重新从空中跌到地面，我发现我的这颗星星比别的时候更加明亮。直到现在，我才能看到它的正中心，它的心脏。我的眼睛不得不因我所经历的一切而衰弱，弱到使我能更多地体验和承受生活。大概是我想要更多地见识和认识，就必须熬得身心俱衰。事实就是如此！因为当我来到这里，在森林中步行了十公里，到了离克拉斯利采很远的地方，当我已经开始感到绝望的时候，前面出现了一座破旧的猎舍[1]。我见到它，简直高兴得要发疯了，它让我多么的激动啊！这是德国人留下的，就像一个生长在城市，长期生活在城市里的人所想

1　通常为守林人或猎人休息的地方。

象的那种林中小屋。我在一簇野葡萄藤下的条椅上坐下来，靠着木椅背，还真听到小木房里有嘀嗒嘀嗒的钟摆声。这种钟是我从来没见过的。我听到它的木质机械和轮子的运转声、链条的哗啦声和钟摆晃动的声音。我透过两个小山坡之间的空隙瞭望这地区的景色，已经不见种过庄稼的田地。我步行时猜测过这里曾经种过土豆、燕麦和大麦，可如今已经杂草丛生，荒芜了。村庄也是这样，就像我步行时路过的一个名叫西天庄的村子，就在一个十字路口旁边。到处都是倒塌的建筑和篱笆，偶然伸出几根大树干和长满熟透了的醋果的枝子。我鼓起勇气想走进这些破旧房屋去看看，可终究没有进去。我心惊胆战地站在那里，没法跨进里面什么都被打得稀巴烂的那房间门槛，那里面家具桌椅全都翻倒在地，仿佛有人曾在这里砸过一通，将椅子按得双肩着地……有人用斧子砍了横梁，另一只斧子砍了锁着的木箱……另一个村子里有一群母牛在吃草。正值中午时分，大概牛群都在朝家走。我跟在它们后面，走上一条老菩提树林荫道。菩提林中露出一座巴洛克宫堡的塔尖……树木闪开到两边，一座漂亮的宫堡，上面有用钉子在生水泥里画出的一块块方形，我想大概是文艺复兴风格的。牛群撞开大门进了宫堡，我跟在这些母牛后面，暗自想道，它们大概是迷路还是怎么的。可是，没想到它们的牛棚就在这里，在一间宽阔的骑士厅中。有一条宽大的台阶通到这个大厅。牛群便待在二楼这座大厅的水晶玻璃吊灯和反映牧人生活的美丽天顶图画下面。可这些画上的景致仿佛是在希腊。那些男男女女的穿着打扮与这里的景致一点儿也不相吻合，倒像是在欧洲南部或更远一点什么地方的某块福地，因为画面上基督和人的衣着都像是欧洲南部人。大厅的各个窗子之间嵌着镜子，这些母牛颇有兴致地久久望着它们自己。我踮着脚尖走出牛棚下了台阶，同时也发现，这大概是又一桩成为事实的不可置信的事情。我对自己也感到很得意。我看到，如果不是我，换了别人，恐怕什么也看不见，可我还就是喜欢看到点什么，甚至我还为能看到使我毛骨悚然的这种荒芜而感到高兴。这就像每个人都害怕罪行，避免发生不幸，可一旦什么地方出了什么事儿，则每一个人，只要做得到，又都要去看一看，仔细盯一盯砍在头上的斧子，轧在电车底下的老太太，只不过我现在是以正常的步子走着，而不像其他人那样跑着离开出事的地方而已。我很高兴能是这个样子。我甚至还发现，这种不幸、苦难和丑恶之事，对我来说并不算多，本来对我、对这个世界还可涌来更多的不幸与丑恶的……我坐在那林间小木舍的前面，随后走来了两个人。我看出他们是住在这里的。我将和他们在这里一块儿住上一年甚至更长的时间。我向他们介绍我是何许人也，是怎么来到这里的。那个灰白胡子的男人用一只眼睛瞟着我喃喃地说：他是一位法国文学教授。还介绍我认识了一下旁边那个长相还不错的姑娘。我一眼就看出她准是从劳教所放出来的，或者是站在金融街普拉什纳门附近招引男人的那种女孩，并且常去我们那种高级饭店。从她的动作里，我可以想象出她脱光衣服时会是个什么样子，她胳肢窝底下的毛又会是啥样的。这个金黄头发的姑娘甚至勾起了我已经丧失多年的一种欲望。我渴望着即使不能真正地，但也至少用我的目光慢悠悠地脱去她的衣服。连我自己都对自己的这种欲望感到吃惊，我把它当作是一个好兆头。她告诉我说，她是因为晚上喜欢出去跳舞而被罚到这里来的。她名叫玛采拉，是马什内利巧克力糖厂出了师的技工。她穿着一条男裤，上面沾满松树脂和针叶，头发里甚至全身都沾满了针叶。而那位教授，也跟她一样，穿着一双胶筒靴，从里面露出了包脚布，也是全身沾满了松树脂和针叶。他们两人身上都散发着一股松明和木材的气味。我跟在他们后面，走进了林中小屋，里面乱七八糟的，还不如被德国人糟蹋过的房子哩，这些德国人总是用斧子来寻找财宝或者撬开大门，好去翻箱倒柜。小屋的桌上堆满了烟头和火柴棍儿，地面也是这样，仿佛有人只用肘子一扫，把桌面的垃圾扫到地上。教授对我说我将睡在楼上，并马上将我领到那里。他开门的方法也特别，用穿着胶筒靴的脚往门上一踢就是。我于是进到了一个很美的房间。全是木制的，有两个小窗户，窗子四周还爬着野葡萄藤枝干和卷须。我打开又一扇门，就来到一条外廊上，也是木头做的。我可以绕着小屋走一圈儿，四面八方都能看见，还可不时地碰着那些野葡萄藤。我在一只被撬开的木箱上坐下来，双手放在膝盖上，高兴得真想痛痛快快地大喊一声和做点什么。我打开箱子，为表示我对看到的一切和等待着我的这一切的喜悦心情，我披上了蓝色绶带并别上了那颗金星，走下楼去。教授的脚跷在桌上正抽着烟。那女孩在梳头，听教授给她讲述什么。他称呼她小姐，几乎每说一句话都要重复一下小姐这个词，喊得都有些发抖，我以为他在跟她约定什么……于是，我走进去，因为一切，一切有价值之物在我看来都无所谓。我装腔作势地走来走去，还举起双手，仿佛在做时装表演，从各个角度展示一番。然后，我坐下来问道，下午要不要跟他们一块儿去干活儿。教授笑了，他的眼睛很漂亮，对我说："你这个坏小子，二百五！有罪的家伙！"仿佛根本没注意到我身上佩戴的绶带勋章，说我们一个小时之后就得去干活。说罢，接着跟那小姐对话。我并不奇怪他对她说着法文：桌子、椅子、房子[1]……她跟着学，可总是把重音说反了。他便极其和蔼地对她说："你这个笨丫头！我要把腰带解下来，不是用这根皮带，而是用皮带上的扣儿抽你一嘴巴！"然后，又温柔地重复那些法文，非常耐心，仿佛他的眼睛和声音都在抚摸她。这个来自澳利约卡城马什内利巧克力厂的丫头，大概把这几个字读得很糟糕。我觉得这个玛采拉有点儿成心不好好读。她不想学，但认得这些字，只是故意这么读，好让教授温和地骂她一声"你这个坏丫头！笨蛋，有罪的家伙"。我顺手关上门时，教授在我身后说了声："谢谢！"我将头伸到门扇中间说："我曾侍候过阿比西尼亚的皇帝。"并用手抚摸了一下蓝色绶带。他不得不把一双备用胶筒靴借给我，因为这地方很潮湿，早上的露水多得像串珠儿窗帘一样，每一片草叶上都是满满的一串露珠儿。你随便碰一下哪一片叶子，就能掉下一大串水珠儿，像扯断的珍珠项链一样。我第一天的工作就已显得很了不起。我们来到一棵半截被埋在砍落的碎枝下的漂亮云杉前，继续将一些枝杈砍下。枝杈堆越码越高，直

---

1 桌子、椅子、房子，几个词原为法语。

到伐木工人带着锯子来到。教授对我说，这不是一般的云杉，而是一棵有共振功能的云杉。为证明这一点，他从皮包里掏出一个调音器，这调音器的声音很好听，能发出一种充满密集音色环的清亮声音来。然后，他让我将耳朵贴在树干上，细听这十分美妙的声音……于是，我们站在那儿，抱着那棵云杉。那姑娘则坐在树墩上抽烟，她并没有装出漠不关心的样子，可看得出来这一切都使她感到厌倦和生气。她转过脸去，眼睛望着天空，仿佛在那里抱怨。在这世界上，她究竟厌恶谁呢？我蹲下来，半跪着抱住树干，只听得里面的声音响得比无线电报机里的还要厉害。后来，等到伐木工们蹲下要开锯的时候，我就爬到那一堆码得有半棵云杉树高的树杈上聆听锯子如何锯树，云杉的怨诉声如何越来越高，而又多么和谐，这和谐之声又如何被锯声所打乱。我听到树干在为它的躯体遭受锯杀而哭诉……后来，教授朝我吼了一声，让我下来。我连忙溜下，霎时间，云杉弯下身，摇晃一下，就这么倾斜着停顿了一下，然后便哀号着迅速倒掉，仿佛敞开双臂在摆放齐整的枝杈搀扶下倒在了地上。这些枝杈延缓了树干往下倒的速度，防止了它被摔碎乃至失去这云杉美妙的音乐，因为像这样的云杉为数不多，这时便要求我们将它认真地做一番修剪，锯成长段，然后再将它小心地放在软被子上运进厂里。厂里将长段云杉锯成大木板、小木板，用来做提琴和大提琴等弦乐器……但特别要认真挑选那些始终保持着那音乐的小薄板……我在这里已经一个月，然后两个月，我们专为云杉木材准备运走时用的铺垫物，好让这些有音乐共振性能的木材不被震坏，就像妈妈将孩子放进被褥里去那样细心。每天晚上，我都听着教授怎样骂我们，不仅用那些最粗鲁的语言骂那姑娘，而且也骂我，说我们都是白痴、傻瓜、斑鬣狗、尖声喊叫的臭鼬，为的是让我们好好学习法语单词。我在厨房里的山村瓷砖灶上做晚饭，点燃煤油灯的时候，只听得那几个漂亮的法文字总是被那姑娘错读出来。她从巧克力糖厂被送到这里来劳动是因为她爱玩，爱换着个儿跟男孩睡觉，这是她自己对我们说的。她的自白跟我从街上那些野姑娘嘴里听到的没什么两样，所不同的是，这个姑娘心甘情愿这么干而且不要报酬，仅仅出自爱，出自因有人在片刻间或者在一整夜里喜欢过她而获得的片刻欢乐。这对她来说就完全够了，就已经感到幸福了。而在这里，她必须劳动，晚上还让她学法语单词。并不是她想学法语，只是因为无聊，不知怎样打发这漫长的夜晚。要让她孤身一人，不能跟一个什么人在一起，那简直要她的命……到了第二个月，教授开始给我们讲二十世纪的法国文学，如今这变化可大啦，我和她都很高兴。玛采拉开始表现出兴趣，教授整晚给她介绍超现实主义者，讲德斯诺斯[1]、雅里[2]、里贝蒙特 - 德萨格内斯[3],讲巴黎的美女俊男……有一天，他拿来一本原作，名叫《大众玫瑰》……每天晚上都给我们朗读和翻译一首诗。干活的时候，我们就细细分析这首诗，一幅画面接着一幅画面，一切都是那样的模糊不清。然而我们就这么一句一句地分析着，到最后总能把它的内容吃透。我用心地听着，现在连我也开始读起书来，还读一些我从来不喜欢的难懂的诗。我现在读着它，也弄得比较明白了，还要常常解释几句，连教授都不禁问道："你这阉牛，你这白痴，你怎么会知道的？"我像一只被人在脖子下面搔了搔痒的猫，受宠若惊。教授这样骂你，就是赞许你呀！大概他开始喜欢我了，因为他现在已像骂玛采拉一样地骂我。现在他跟她干活时只用法语交谈……有一回，我带着这些可做乐器的木材去到工厂，交

---

1 德斯诺斯（Desnos Robert，1900—1945），法国诗人，由于他有进入似睡非睡状态叙述自己的梦想、写作和绘画的本领，便成为超现实主义运动中最有才干的成员之一。第二次世界大战后，与艾里雅、阿拉贡一样成为讴歌人类希望的诗人。代表作有《自由或爱情》《肉体与财产》《方托玛的悲歌》《清醒状态》等。

2 雅里（Jarry Alfred，1873—1907），法国剧作家。代表作有《于布王》，被视为荒诞派戏剧早期的一部作品。

3 里贝蒙特 - 德萨格内斯（Georgcs Ribemond — Dessaugnes，1884—？），法国画家和作家，他将超现实主义运用于戏剧中。

完木材之后就拿到了报酬。我买些吃的，还买了一瓶白兰地和一束石竹花。可刚到工厂拐弯处就遇上了倾盆大雨，于是我只得在一棵树下躲雨，然后又跑到一个破旧厕所里去避雨，因为雨实在太大了。雨点儿打在盖着这座厕所屋顶的小木板上。可这并不是厕所，该是个什么军事哨所。我还注意到，这所小房子两侧的洞眼也是用这些小木板来遮盖着的，免得灌风……我坐在这间小屋里，四下打量一番，敲了敲这些盖着屋顶和两侧的小木板。等到雨停之后，我又回到这家乐器厂。他们两次把我撵出来，可到最后我还是想法子见着了厂长。他把我带到工厂后面的一个堆着乱七八糟的仓库里，又在那里见到了十块这种珍贵的小板子。已经有好几十年的时间了，有人在许多年前就用它们来遮挡这小房子的过堂风。“您怎么会发现这是些有音乐共振性能的木材？”厂长惊讶地问道。“我曾经侍候过阿比西尼亚的皇帝呀！”我回答说。厂长哈哈大笑了，并在我背上啪地拍一下，他笑得都咳嗽起来了，然后说：“这事儿您干对了！”我也在微笑，因为，或许我大概变化很大，乃至谁也没认出我真的侍候过阿比西尼亚皇帝。

可我的想法完全不一样。我已经学会自己寻开心了，每当只有我自己一个人时就能做到这一点，有很多人在场反倒使我感觉不自在。我感到后来我不得不只跟自己对话，觉得这将是我最亲切最合心意的伙伴，是我的另一个我、我的探索者，是我越来越乐意与之倾心交谈的我心底里的培育者。也许是因为我从教授那里所听到的一切对我产生的影响。他的话语总跟咒骂连在一起，任何一个马车夫也不会像这位法国文学和美学教授这样骂马和骂人。与此同时，他却向我们讲解了一切他自己感兴趣的东西，每天晚上都给我们讲授。在我开门回自己房间去之前，在他入睡和我们大家都入睡之前，直到最后一刹那，他都在讲解，什么是美学，什么是伦理学。他还谈哲学和哲学家。关于哲学家他是这样解释的：基督耶稣也不排除在外，这是强盗、流氓无赖和杀人犯中的一帮匪徒。说要是没有他们，人类会更好过些。可又说人类都是些坏小子、傻瓜白痴、犯罪者。也许是那位教授使我坚信有必要一个人独处，晚上看见的是星星，中午只能看见深井……于是，我决心离开这儿。有一天，我一起床就同大家握手，感谢他们为我所做的一切，然后回布拉格去了。我在这里几乎多待了半年时间。教授先生和他那位姑娘彼此之间现在只用法语交谈，而且总有得可谈。这教授连睡着的时候都在跟她说话，不管走到哪里，他都在准备着怎样尽量多地去咒骂那越长越美的姑娘，以便用下次为她讲授的内容来给她以更多更多的惊喜。就像我所看到的，他已在这荒野里生死不渝地爱上了她。因为我曾经侍候过阿比西尼亚皇帝啊！我已看出来，那姑娘将使他不幸。因为有朝一日，待到她知晓了一切，学会了她本不愿意学的一切，那些突然使她净化，让她变得美丽的一切，她将离他而去……她也会在完全另一种意义上重复教授先生给她读过的亚里士多德的一段什么语录。他们曾指责亚里士多德是从柏拉图那里剽窃来的……亚里士多德说过，当小马驹吸干了母马的奶，便会反过来踢它一脚。也确实是这么回事儿。当我办完我最终一行职业的最后手续后（我想这将是最后一行职业，大概也真会是最后一次了，因为我了解自己，因为我曾侍候过阿比西尼亚皇帝呀），有一次，我沿火车站走着，玛采拉迎面朝我走来。她沉思着，头发编成一条小辫子，小辫上扎了根紫色发带。她若有所思地走着。我看着她，可她却神不守舍地打我身边过去，其他行人也跟我一样回头张望她。她腋下夹着一本书，这个曾经在马什内利巧克力厂做过工的野丫头……我只需瞧一下这低着的脑袋，就知道她那本书的名字叫《超现实主义史》。她漫着步，我不禁笑笑，也兴致勃勃地跨着步，我曾经见过这个执拗的无教养的姑娘像她习惯了的那样跟教授谈话，这位善良的教授却教会了她与一个有教养的女士相称的一切……她现在打我旁边走过，犹如图书馆里那些尚未开化的大学生。我很准确地知道这姑娘将来不会幸福，可她的一生将是忧伤美丽的，跟她一起生活对一个男人来说，将既是一种折磨而又充满着……

这个玛采拉，这个来自马什内利巧克力厂的姑娘，她在我脑海里常常是我遇到她腋下夹着那本书的样子。我总想着那本书，想着从它的书页里大概灌输了些什么到这个沉思而执拗的脑袋里。我仿佛总看见这个长着一双美丽眼睛的脑袋，这双眼睛在一年之前还并不漂亮，可这一切都是那教授的功劳。那教授将这姑娘变成了一位看书的美女。我看着她的手指如何虔诚地怀着敬意翻阅着书页，像拿取圣饼一样地用她干净的手指一页一页地翻阅着它。我曾看到，她在拿起这本书之前，总要先去洗一洗手，而她拿书的那种方式，透着一种彬彬有礼和谦恭的庄严肃穆感，像那次她在沉思中行走的样子，又犹如那富有音乐共振性能的云杉。她整个的魅力就是一部从里到外，由一双眼睛传音给另一双眼睛的调音器。这另一双眼睛能够看到这个突然变化了的她，仿佛通过瓶颈将她的美好特性流到瓶子的另一端。我回忆起这位巧克力姑娘一幅幅活动着的半身像。要是有可能，实际上我真愿意用牡丹花瓣和花朵把她整个地装饰起来，给她的脑袋插上云杉枝和槲寄生藤[1]。我这个对女人向来只看下半身并注意她的腿和肚子的人，对这位姑娘我却将目光和渴求移向上方，移到她美丽的脖颈上，她翻着书本的美丽的手上，她放射着美丽光芒的眼睛上。这美丽的光芒是因为她的变化而产生的，而这变化坦然地洋溢在她整个的少女的脸颊上，在每一道轻微的波纹上，在她眼睛的挤动上，在她丝丝的微笑上，在她用可爱的食指从左到右拨弄着鼻子的明显动作上。她的脸更加富有人情味儿，这都得归功于那些法语单词、法语句子乃至法语对话，归功于她对英俊的青年男士，那些发现人类奇迹的诗人们复杂而优美的诗句的深刻领会。所有这一切，对我来说都变成了现实的不可置信的事情。我用我臆造出来的圣母马利亚之花在这位来自马什内利工厂的巧克力姑娘的头像四周围了一个框儿，将她装饰起来……在火车上，我一路都想着这位姑娘，微笑着和她站在一起。我在所有车站上，在所有行驶着的火车或停在旁边铁轨的火车车厢上贴了她的海报，我甚至自己抓着自己的手，仿佛我在拉着她的手。我环视一下四周旅客们的脸，他们谁也不可能知道我斗胆在想些什么，谁也没

1　圣诞节作为象征幸福的一种植物。

从我脸上看出我心里的活动。当我在最后一站下了车，然后搭公共汽车经过一个酷似我曾经伐过共振云杉的地区，我曾为它们像铺鹅绒被似的垫上高高的一堆枝杈，这时，我更多地回想并细细思量这位来自马什内利工厂的姑娘的样子，我看到她的熟人在怎样地冲她喊叫，他们怎样千方百计用从前对待她的态度来对待她，他们在怎样地引诱她像从前那样，只用肚子、大腿和以她裤头松紧带为界的整个下身与他们对话。谁也不明白，她现在更看重她这松紧带以上的身体啊……我在狍庄一下车便去问路。我告诉人家说，我要到离这儿很远很远的地方，几乎在深山老林里，谁也不愿去的一段公路上当一年养路工。下午，我便领到一匹小马驹和一辆四轮车。他们还建议我买一只山羊，并送了我一只狼狗。于是我就坐着马车出发了。车上放着我的行李，车后面用绳子拴着羊和狼狗。狼狗和我成了朋友，我买香肠给它吃。我们的路慢慢地朝上延伸，一路上的云杉越来越大，松树越来越高，小幼林和草木丛交替着长在倒塌的板条篱笆间，篱笆桩子在逐渐腐烂，变成腐殖质，上面长出了覆盆子和黑莓丛。我让小马拉着一步一步往前走，这是一匹矿井里常用的那种小马。我想，这匹小马肯定曾经在地底下待过，因为它有一双美丽的眼睛，就像我常见到的锅炉工和那些白天也在电灯或煤油灯下面工作的人那样。他们从矿井或锅炉房跑出来，为的是朝上看看天空有多美，因为对于这些眼睛来说，每块天空都是美丽的。当我们走进更加荒凉的地区时，一些已经离开这里的德国工人的林中小屋从我眼中一掠而过。每经过这么一所小房子，我都要停下车来，站在荨麻和野生覆盆子长得高到我胸口的门槛上，看看里面杂草丛生的厨房和睡房，几乎每间屋子都有电灯泡。我沿着电线一直走到小溪旁，那里还有用一个微型滑轮发动的小不点发电站，是在这里的伐木工人亲手做的。他们曾经生活在这里，又不得不离开这里……他们被迫离开这里，跟那些富翁、那些搞政治的人一样被驱逐。我对那些富翁和政客们非常了解，他们傲慢骄横，粗暴、自夸和残忍。对这些人这样做我能理解，可我不明白，为什么这些有一双劳动的手的工人也得搬走，现在没有任何人替他们来干这份活儿。可怜这些人，他们除了在山坡上的一小块田地和林中的辛劳之外，真是一无所有。这些工人也没有时间去骄横傲慢，他们一定很恭顺，因为我所观察到的，如今正朝它走去的这种生活教会了他们这一点。我突然有个主意：打开箱子，从里面掏出装着那枚金星勋章的盒子和蓝色绶带，将绶带斜挎在我胸前，金星别在侧翼，闪闪发光。我随着小马一步一点头的节拍朝前走着。小马一会儿一回头，看一眼我的那条蓝绶带，山羊咩咩叫一声，狼狗跟在后面快乐地汪汪着，它都快要碰着我的绶带了。我们又停下来，我解开拴着山羊的绳子，走去看看另一所遇到的小房屋。这是一个小饭店，是林子里那种有间大堂屋的饭店，出奇的是它还很干燥，且窗子很小。一切都摆放得大概跟原来一样，包括隔板架上的半公升装啤酒、原木板上带龙头的啤酒桶……我从屋里走出来的时候，感到有双眼睛在瞅我，原来是留在这里的一只猫。我叫它过来，它喵呜叫着，我回到车子那儿去拿了块香肠来给它。我半蹲着逗它玩，它想让我摸摸它，可是长期的孤独和对人的味道不习惯，又使它躲闪离去。我将香肠放在地上，它狼吞虎咽地吃着。我再将手伸过去，它却又跳开了，毛全竖了起来，而且恶狠狠地发出嗞嗞声……我走出这所房子，只见山羊在溪边饮水，我提着水壶打些水给小马喝，等它们喝够了水，我们又上路了。到了拐弯处，我回头望望，想从反方向看这地方风景如何，就像我往常回首欣赏美丽的姑娘那样。我看到小饭铺那只猫跟在我们后面走，我觉得这是个好兆头。我一扬鞭，一吆喝，心中充满了欢乐，情不自禁地唱起歌来，不过唱的声不大，因为我这一生都几乎没唱过歌。我整个一生，整个这几十年都没想到过要唱歌……如今我却在唱，自己想出来的字句，配上这支曲子……狼狗开始尖叫，它蹲在那里，叫了好长时间。我给它一小块香肠，它在我腿上蹭了蹭。可我还是继续歌唱着，我的这种歌唱，并非歌，实际只是一种尖声叫嚷，只不过我以为是歌而已，跟那狗叫没什么两样。然而我却觉得借助这歌唱，把我装满在盒子或抽屉里的过期票证、无用的信件和明信片全倒了出来。我歌唱的嘴巴在吹走撕破了的、粘在一块儿的海报碎片，球赛的、音乐会的、展览会和管乐演奏的各类海报混杂在一起，内容变得荒唐至极。这些东西就像烟雾滞留在吸烟人的肺里一样，让人难受。我这么歌唱着，犹如从堵塞的咽喉里往外吐往外咳，犹如饭铺老板在用开水蒸馏洗烫啤酒瓶。我就这样地越过旷野，谁也不能再听见我的声音。不管我往哪里瞧，到处只是一片茫茫旷野。从山坡上，我看到的只是森林。人和人的劳动所留下的痕迹，渐渐被森林一步步吞噬掉。原来的田地只剩下碎石块，野草和灌木丛长进了房屋，接骨木枝干掀开了水泥地板，并在上面铺满树叶和小树枝。它的力气比千斤顶、水压起重器或压榨机还要大。我沿着一堆堆碎石和石板路基走到一座大房子那儿。我绕过这座房子，看到我在这里，在这条路上干活大概还不错。虽说让我来铺石板路基和养路，可眼下不见任何人开车打这儿过，大概以后也不会有人打这儿过，因为只有出了什么事或者在夏天需要运送木材的时候，才需要养护它。后来，我听到有人在哀诉，还有小提琴演奏的音乐，哭泣般的歌唱。我朝着这凄凉的声音走去，甚至没注意到我那匹解了缰绳取了轭的小马和山羊与狼狗都跟在我后面。我终于找到待在一起的三个人。这是将由我来替换的茨冈人。我所看见的真有些像神奇的巧遇，成了现在不可置信的事情……那位茨冈老妇像所有游牧民一样蹲在小火堆旁，用根棍子在一口双耳架在两块石头上的锅里搅和着。她一只手在搅和，另一只手的肘部撑在膝盖上，手掌托着前额，黑发辫条耷拉在她手背上……茨冈老汉则伸直两腿坐在路上，用一把锤子在狠狠地敲打铺在路上的石板路基。他旁边站着一名穿着腿上系有铃铛的紧腰黑长裤的小伙子，他弯着腰，正用小提琴演奏一段激情的沉思曲，一首典型的茨冈曲子。它使老人情绪激动地唱起了声音很尖、音调拖得很长的忧伤歌曲，把烫得快要焦了的一把柴拽下来扔进火堆，接着捶他的路基。他的儿子或者是侄儿仍在演奏音乐，老妇人在煮着什么食物。我看到眼前这情景，知道等待着我的是什么。我将独自一人在这里，没有任何人给我烧饭，也不会有人给我拉小提琴，陪伴着我的只有小马、山羊、狼狗和始终对我们敬而远之、与我们保持一定距离的猫……我咳嗽了一声。老妇人回过头来，像看太阳一样地眯缝着眼睛瞅着我……老汉停下手上的活儿，那年轻人放下提琴，向我鞠躬致意。我对他们说，我将在这儿开始劳动……两位老人都站起身来，对我鞠躬，同我握手，并对我说他们什么都准备好了。直到这时，我才看到灌木丛里停着他们的车子，一辆后面有两个高轮子的轻便茨冈车。他们还对我说我是他们在这个月里见到的第一个人。我问他们：“真是这样？”可我不相信。年轻人从车上取出提琴盒，像把婴儿放到摇篮里去一样，小心翼翼地将提琴放进盒子里一块绣了艺术字体词曲的丝绒布上。他又看看这把提琴，摸一下丝绒垫布，然后才关上了琴盒，跳上那辆搬家用的车子，抓起缰绳。老养路工也坐到车上，旁边坐着他的老伴儿，从这条破损而已经修好的公路出发了。车子走到他们房子前停下来，他们从里面抱出毯子、被褥、几个罐子和几口小锅。我使劲劝他们在这里住一夜再走，可他们已经迫不及待地要走，就像他们所说的，以便至少还能看到人。我问：“这里冬天怎么样？”“哎呀呀呀！”那位茨冈老人说：“很糟！我们把山羊吃了，然后又把狗和猫杀掉吃了。”他举起一只手，伸出三个指头发誓说：“三个月没见到过一个人。大雪……将我埋住了。”老婆婆哭着重复一句说：“大雪将我们埋住了。”

然后就哭开了。年轻人掏出小提琴，又演奏了一支忧伤的歌曲。茨冈老人扯一下缰绳，连那匹小马也使劲往前一拽。年轻的茨冈人站着拉琴，一脸忧愁，演奏着茨冈浪漫曲。茨冈老奶奶和老爷爷轻声地哭泣着，脸上布满了苦难的皱纹，对我频频点头。他们用双手示意对我的怜悯，但也表示了对我的遗憾，用他们的双手将我并非从他们身边而是从生活中抛开。这一双双手仿佛将我埋葬起来……他们来到小山坡时，老汉在车上站起身，又拽掉一把头发，大概是他陷入绝望和对我同情的表现吧……我走进荒凉的客栈一个大房间里，想看看我将住在哪儿。我在客栈里转了一圈儿，又绕着牲口圈、柴火棚、干草房走了一趟。我甚至没有注意到，我四处转悠的时候，小马、山羊、狼狗甚至那只猫都跟在我的后面。当我走到水泵那儿去想洗一洗的时候，小马、山羊、狼狗和猫也都寸步不离地跟着我。我回头朝它们一看，它们也都在望着我。我看出来了，它们是担心我会将它们扔在这里哩！我对它们微微一笑，挨个地摸摸它们的头，猫儿本来也想让我摸摸的，可是，过分的胆怯又让它闪开了。

我负责养护的这段路，用我亲自捶碎的小石子填充的这条路，很像我的一生，在我身后的野草长疯了，只有我正在干活的这一小块地方还能看得见我双手留下的痕迹。暴风和大雨冲走了泥土，连同沙子和碎石子，将我在这路上辛辛苦苦干出来的活儿全抹掉了，可我并没有生气，没有咒骂，甚至没有埋怨命运，而是耐着性子拼命干活儿。整个夏天，我又靠轮子和铲子将沙子和碎石运走，不是为修路，而是为了能坐着马车活动活动。有一次，大雨之后，整个山岬被冲坏，我差不多整整干了一个礼拜，才干到我在一个礼拜之前干活的那块地方，而且从早到晚专心致志地干着。我从一大早就开始，一定要修复到公路另一端的目标，减轻了我的疲劳。等到一星期之后，我又推着车子走在公路上时，我感到骄傲，我看着自己干下的活儿，仿佛我什么也没干，一点儿进展也没有，只是恢复到公路原来的状态。谁也不会相信我干了什么，谁也不会夸奖我一句，谁也不会承认我这六十个小时的劳动，只有我的狼狗、山羊、小马和猫知道，可它们又拿不出什么证据来。被人们的眼睛看到和得到他们赞赏的日子已经离我而去。于是，我几乎一个月时间所干的活儿，只是保住公路在我接手养护维修时的状态。反正我越来越觉得，养护这条公路与养护我的生活关系密切。这生命的轨迹往回呈现在我面前，仿佛与我无关，是发生在别人身上的事情，仿佛我迄今一生是一部长篇小说，一部别人写的书，只不过唯独我拥有打开这本书的钥匙。尽管我的道路从头到尾都长满了杂草，但也只有我自己是我这一生的见证人。而我像用十字镐和铁锹养护马路一样，用回忆养护着我往回通到往昔的生活之路，以便我能通过怀念回到我愿意回忆的地方。当我干完了一天的养路活儿之后，我磨磨镰刀，到山坡上割些草，晒了晒草饲料和再生草。要是天气好，我就在下午将干草运到草房里，准备过冬。听人家说，这里的冬天几乎有六个月之久……我每个礼拜套上马去买一次东西，回来的时候，便赶着大车慢悠悠地走在几乎谁也没走过、被我修好的路面上。我一回头，看到车轮轧过的痕迹和小马在雨后踩上的马蹄印。经过两座荒凉的村子，我就上了大路，我看到卡车在它脸上轧出的皱纹。在小酒店附近，我看见了自行车、摩托车、伐木工人以及回来路过这里或出去上班、放哨的士兵们的交通工具轧上的车轮印。每当我买完罐头、香肠和一大块面包之后，就在小酒店里歇歇脚，酒店老板有时来我这儿坐一坐，问我喜不喜欢在这偏僻的山里待着。我总是热情洋溢地给他讲述一些在这里发生过而任何人都从来没见过的事情。我讲述这些事情时的样子，仿佛我只是一个乘车路过这里、在这里住了两三天的人，仿佛我是一个旅游者，一个酷爱大自然的人，一个一到乡下便罗曼蒂克地胡吹一气说森林如何美、山峰耸入云霄、恨不得一辈子住在乡下的城里人。我在这酒店里也颠三倒四地说，这美也有它另外的一面，它要求一个人要善于去热爱一切令人不舒服的、荒凉的东西，去热爱那些没完没了下雨的日子，天黑得很快的日子。当你坐在炉灶旁，以为已是晚上十点钟，可实际才是下午六点半钟。它还要求你去爱那自己开始跟自己对话的感受，去对小马、狼狗、猫儿以及山羊讲话，但更主要的是自己跟自己说话。开始只是轻声地，只是一种独自对往昔一个个画面的回忆，可到后来，就像我那样，开始对自己讲话、出主意、提问题，自己给自己回答，讯问自己，想听到自己那最隐私的东西，像检察官一样对自己提出起诉，然后进行辩护，就这样交替地通过与自己的对话寻觅到生活的意义。不是谈论早已发生过的事情，而是朝前看，看我走上一条什么样的路，将要走一条什么样的路，是否还有时间通过这种思考去达到一种宁静，它能确保你不受那种渴求逃离孤独、摆脱那些需要你有勇气和力量来面对的最本质问题的烦扰。而我，这个每星期六都要在小酒店坐到晚上的养路人，在这里坐得越久，给大伙儿花费得就越多，也就更加惦记着站在酒店门外的小马驹，想着洋溢在我这个新家的孤寂。我看到，所有人都怎样地在遮掩我希望知道和看到的事情，大家只是这样瞎聊聊，跟我一样。我也看到，大家尽量拖延不去问那些直到有一天非问不可的问题。要是能在临死之前有时间问及这些，那就算有幸了。实际上，我在这酒店里就已经悟出：生活的实质就是询问死亡。等到我的那个时刻到来，我将会怎么对待。我还悟出，这死，不，这一对自己的询问，实际上是在无限与永恒的视角之下的交谈。这死亡问题的解决，是在美丽之中和在关于美的思考的开始，因为用品尝自己那过早离开人世而告终一生的荒诞，那种对毁灭自己的享受与体验，就会使人饱含着苦涩并充满着美感。这样，我已成了这酒店里的取笑对象，我在这里向每一个客人都发问：他想埋在哪里？大家先是吓一大跳，然后便笑话我这问题，笑得眼泪直流。他们反过来问我想埋在哪里。那要看我有没有这份福气，人们能不能及时找到我。顺便说明一下，因为在我前面有一个养路工，他死了之后，人们到春天才找到他。这时，他已经被鼩鼱、老鼠和狐狸啃得所剩无几。人们只埋葬掉他的一小把骨头，大概像放到骨头汤里去的一把芦笋或龙须菜吧！我津津乐道地描述着我的坟墓。我要是死在这里，只剩下一块没啃完的骨头和脑袋壳，我也愿意埋在一座小山顶的坟墓里，我想要恰好埋在这个山顶的脊背上，让我的棺材被这峰脊分成两半断裂开，让我的残骸被雨水冲下两个方向：一半冲进小溪，流到捷克的土地上。另一方向的那一半，通过国境线的铁蒺藜，经小溪流进多瑙河。我即使在死了以后，也愿意当个世界公民，希望从布拉格流到易北河，再从易北河流入北海。而我的另一半残骸则流经多瑙河进入黑海，这两个海再汇进大西洋……酒店里的顾客们听得鸦雀无声，都愣愣地看着我，而我总是昂首挺胸的。这都是一些使全村爱听的话题。我一来，他们就得给我提这个问题。我几乎每次都是这样回答的。有一次，他们问我："要是您没死在这里而死在布拉格呢？死在布尔诺，或者死在佩尔赫希莫夫，那会怎么样呢？要是您被狼吃掉了呢？"而我总是按照那位法国文学教授所教的做出回答，说人无论从精神上肉体上都是不灭的，只会变成另一种物质。有一次，我和玛采拉一起分析过一首诗，诗人名叫桑德堡[1]，这首诗谈道，人是由什么变来的，说人体里有磷，用这些磷可做成十盒火柴；人体中有铁，用这铁能打出一颗足可以吊住一个人的大铁钉。人体中有水，用这水足可煮十公斤肚丝汤……我对老乡们说这些，他们害怕了，甚至也害怕我，面对等待着他们的这些怪事，全都吓得挤眉弄眼做怪相。所以，他们宁可让我给他们讲讲如果

1　桑德堡（Sandburg Carl，1878—1967），美国诗人、历史学家、小说家、民俗学家。

他们死在这里将会怎么样。有一回夜里，我们来到山顶这块坟地，我将这块空地指给他们看，说他们如果埋在这里，那么他们躯体的一半将被雨水冲入北海，另一半将流入黑海，最重要的是，要与山脊线相垂直埋着，就像与屋顶脊背相垂直一样……后来，我带着采购的东西回家了。一路上我都在琢磨，在跟自己交谈，我把我这一天所说的话和做过的事情重新唠叨一遍。我问自己，是否说得对，做得正确。我只承认，我按照法国文学教授教给我那些东西所说的话是对的，而并非像一个孩子或醉鬼所说的那些东西。“把聊天当作一种形而上学的需要，如果你觉得有意思，那就对了嘛！你这个白痴，坏小子，笨蛋，犯罪的家伙！”他就这样对我们说并且骂我们，就想让我们到达他所期待的地方，让诗歌，美好事件中的东西成为我们的消遣。而美是总有其效果和趋向的超然存在，也就是无限与永恒之中所能及的范围。在我住处，在这个曾经同时是舞场的小酒店里，当我已经不能有别的活法时，我就渴望有个人能跟我在一起，希望有个什么人能来。于是，入冬之前，我便在村子里买了一块旧的大镜子。有好几块是人家白给的，他们正想处理掉这些东西。他们说，当他们朝镜子里瞧时，看见里面有德国人的像。我用毯子和报纸垫在镜子下面，将它们带回家。我往墙上钉了一整天的挂扣，将镜子用螺丝拧上去，挂满了一面墙，然后我就不只是一个人了。我回到家里，就感到高兴些，等我自己对着镜子走去，在镜子里自己对自己鞠躬，致晚安，直到我去睡觉之前，我都不会只是独自一人。我们是两个人，两个人的动作，但我可以更加实在地询问自己。即使我要从这儿走开，转过身去背对镜子，镜子里的那个“我”也会转过身来，然而只是这个实在的我离开了这房间。这种情景我始终想象不了：为什么当我离开的时候，我就看不见自己，为什么只有当我再转过身来，我才又看到自己的脸，而不是我的背。我大概还得有一面镜子。于是，我开始产生了对看不见但又存在的东西的明显感受。不可置信的事情又成了事实。不管我哪一个星期六领了钱买完东西回家，都在小山坡的坟墓下方驻足，走到小溪那边。这条小溪是从山坡上的好几口井和几条更小的小溪里流进来的。在这块地方连悬崖也不断地涠水。我每次都在这溪里洗一洗脸，溪水又凉又清。我看到从上面的坟地里一直往这溪水里流着那些掩埋者的体液残渣，肯定已经流到了我这里，被这美丽的大地所蒸馏，挤榨成碎末。这块土地可以从尸体中提炼出铁，制成足够大的钉子让我在上面吊死。许多年之后，有人又将用我洗过脸的清水，我的变体来洗他的脸。有人将使用由我躯体上的磷做成的火柴……而我绝不会予以抵抗。我痛快地喝着这从坟地里流出的泉水。开始，我像饮酒行家那样品尝着，像巴德斯托贝和伯格斯特尔·瑞斯林这些葡萄酒行家一样，当一天驶过几百家天天都酿酒的葡萄园的火车打他们身旁开过，他们能分辨出火车头沾上的香味，我也早就尝到埋在那山坡上面死人的味道。大概像我之所以得到那几块镜子，是因为里面还保留了几年前就已经走掉的德国人的影像。他们虽然已经走了，但他们的气味还残留在镜子里。我每天都要将这块镜子端详许久，在镜子里漫步，就像在渗着亡人体液的水里一样。我漫步着，在镜子里的画像上乱划拉着，也只有像我这样总是遇上不可置信的事情成为事实的人，才能勉强看得见这幅画像。连我也胡乱画出了一幅穿着德国民族服装的姑娘画像，在她后面是家具和德国家庭成员……乡亲们送给我镜子，我便让他们到坟地上等着，在他们的镜子里看上一眼，以此作为回报。他们在万灵节前夕用枪打死了我的狼狗。我教会了它（实际上是它自己学会的）用嘴叼着我的提包跟我出去买东西。可我看到它完全是自己跑到了村子里。于是，我试着将我所需要的东西写在一张纸条上。它叼着字条、提包走了。两个钟头之后，它跑回来，将装着买好东西的提包放在我面前……于是，我不再赶着小马去采购了，而是几乎每隔一天便派狼狗叼着提包去买东西。有一次，当人们又一回徒劳地盼望我的到来，看到的却仍旧是我那只狼狗来替我买东西时，就用枪打死了它，好让我不得不再上酒店去。我哭了，为我的狼狗伤心地哭了一个礼拜，随后，我只好又套上小马。下了第一场大雪，我起程去领工资和为过冬而足足地采购一通。我原谅了村民们的一切过失，因为他们是出于对我的想念才这样做的。他们已经不拿我开玩笑了，即使开，也是别的趣味高雅一些的玩笑。总之，他们在酒店里离了我便没法过。没什么可企盼的了，就像他们对我说的，他们甚至不希望我死，想让我每个礼拜去跟他们聚一次，因为上教堂路太远，而我比教堂牧师更善于交谈。我那条狼狗的肺被他们打穿，可它还是叼着装了东西的提包回到了家。我还摸摸它，并给它拿来一块糖作为奖赏，可它没有拿这块糖，却将头枕在我的膝盖上，慢慢地死去。站在我身后的小马低下头嗅了嗅狗，山羊和那只常跟狗睡在一块儿的猫也来了。可它还是从来不让我摸它一下，即使让我摸，也是站得离我远远的。它大概最喜欢我，我对它讲话时，它就仰躺着，扭曲着身体，翻滚着，看着我，将爪子伸给我，仿佛我在抚摸它的脖子和皮毛，可当我真的向它伸出手去，每一次它都吓得以它特有的一股野劲儿跳到我手指够不着它的地方。这只猫这时走过来，像它平常习惯的那样，蜷缩在狼狗身旁。我向它伸开手掌，它却望着狼狗渐渐瞑目。我抚摸着它，它便又看看我，它把我的抚摸看成是一件很可怕的事情。不过在它的朋友死去之时它也顾不上这些了，干脆闭起眼睛，将小脑袋埋进狗的皮毛下面，免得看见它又害怕而又渴望的事情。

后来的一天下午，正当我边沉思边走到井边去打水，一步步往上走时，先是感觉到，后是发现了森林边缘，兹登涅克手扶树木站在那里。这位曾几何时的著名餐厅服务员，这位我在宁静旅馆的同事，他如今正直瞪瞪地看着我……而我这个曾经侍候过阿比西尼亚皇帝的人知道，他不过是仅仅这样来看看我。他跟我不是不愿意而是不需要谈话，他只是看看我，看我怎样融入了这孤独的生活，因为兹登涅克如今是位政治生活中的显赫人物，有很多人围着他转，但我同时也知道，他恐怕也是孤独一人，跟我一样……我从井里抽水，小动物们看着我干活儿。我进而感到，兹登涅克在观察我的每一个动作。我还继续抽我的水，仿佛没被人看见，然而我也知道得很清楚：兹登涅克也明白我知道他在这片森林里。随后，我慢慢弯下身来，抓起水桶把儿。我留了点儿时间给兹登涅克，因为我听得见几百米以外的每一个动作，每一个声音。我等待着兹登涅克，看他是否想跟我说点儿什么。可他什么也不需要跟我说，只需知道我们还在这世界上。他想念我，就像我经常回忆起他一样，这对我对他就足够了。我提起两只水桶，下山回屋去了。小马跟在我后面，山羊和猫跟在小马后面。我小心翼翼地走着，桶里的水不时溅到我的胶皮鞋上。我知道，等到我将水桶放到土台上，回过头去看兹登涅克时，他已不在那里，已经满意地离去，回到他的那辆停在森林外的公家小轿车上，再回到他的工作中去。他的工作比我逃向孤独要更艰难。我又想起了法国文学教授对玛采拉说过的话：只有懂得成为隐姓埋名者的人，只有能够摆脱虚假的我的人，才算得上真正的世界公民。我放下水桶，回过头去，兹登涅克果真已离开了森林。我同意，就这样挺好的。尽管我们各在一方，只用这唯一的方式交流，彼此默默地道出自己心里的话，表述了我们的世界观。这一天，开始下雪了，雪花像一张邮票那么大，静悄悄地落着，到傍晚就变成了暴风雪。清泉和总是冰冷的水继续流到地窖用劈开的石块做成的槽子中，牲口棚就在厨房旁边。根据老乡们的建议，我用存放在牲口棚的马粪来生炉子，跟暖气一样暖和。三天来我都在观看那飘飞的雪花，它们像小蝴蝶、像小母鸡一样沙沙作响，像天上掉下的花朵。我的路被雪盖得越来越厚，三天之后，厚得与周围的一切连成了一片，谁也猜不出来路在哪里。不过到了第三天，我便取出了旧雪橇，还找到些我每个钟头都要抖响一下的铃铛。我自己都忍不住笑了，因为这些铃铛和它们的叮当声，使我想象着我如何套上马行驶在我的路上，车轮如何在雪上跑，这个雪枕头、雪绒被、这床又厚又白的雪地毯、这块覆盖着整个大地的充气雪床单，如何将我们分成上下两半……我修理着雪橇，甚至没注意到雪已厚得堆到窗子边，后来又埋住了半截窗户。就在我一瞅窗户的一刹那，我不禁吓了一大跳，简直暴雪成灾了。我的小木舍和拴着链子的小动物们仿佛待在一片白茫茫的天空中，小木舍完全与世隔绝了，就跟那些被遗弃的镜子一样，借着照片的一张薄膜，却将一些图像保存下来。大雪尽管覆盖住往日的时光，但回忆却永存，任何时候都能摸到皮下的脉搏怎样在跳动，得知生命从这里曾经流过，此时仍在流淌，将来还将流淌下去……这时，我不禁有些害怕，要是我死了，那么所有这些成为事实的不可置信的事情都将随之泯灭，就像美学与法国文学教授所说的，只有善于更好地表达自己意思的人才是更好的人。我感到一种将我经过的一切写出来的愿望，好让其他人能够——不是阅读它，而是如我所说，将这些像用我生活的长线穿起来的珊瑚、念珠一样的所有画面，尤其是像我不可置信地抓住了的现在这个生活场面描绘出来。我两眼惊喜地望着这徐徐落下的大雪，它都将小木舍埋到腰间了……每天晚上，当我坐在镜子跟前时，猫儿就坐在我的后面，小脑袋直往我的图像上挤，仿佛那里面便是我。我看了看自己的手，外面的鹅毛大雪跟洪水一样呼啸着，我仍旧看着自己的手，甚至举起来，像自己向自己投降的样子，我又往镜子里瞅瞅，瞧瞧镜子里的手，活动着的手指。我看到面前的冬天、大雪。我看到了，我得扒开，铲掉这些雪，把路找出来，以后我每一天都得寻找那条通向村里去的路，也许他们也在寻找通到我这里来的路……白天我将寻找通向村里去的路，晚上我将写作，寻找往回走的路，然后再沿着这条路走，扒开覆盖了我过去的大雪。于是，我尝试着用字母、用写作来自己询问自己。

圣诞节那天又下了雪，我几乎每个月都费劲地寻找和恢复的路又被埋掉。雪堆成了一道墙，一座高到我胸脯的小山坡，我已经到了离那家小酒店和商店一半路程的地方，我最后一次是在万圣节那一天到过那里。傍晚，灯光微弱，我装饰了一棵圣诞树，烤了点心。我点燃了吊在圣诞树上的灯，将山羊和小马从牲口棚里牵出来。猫儿坐在炉灶旁的锡面桌子上。我又掏出我餐厅服务员穿的那套燕尾服，将它穿在身上，可总也穿不好，手指太僵硬，扣不好扣子。我的那双手因为劳动而变得僵直，笨拙得系不好那白领结。我又从箱子里取出那双在宁静旅馆当餐厅服务员时买的鞋，并擦得油光锃亮。当我披上蓝绶带，别上那枚比圣诞树上的饰物还要亮的星形勋章时，小马和山羊都盯着我看，还吓了一跳，让我不得不哄哄它们。然后，我便准备了晚餐:罐头红烧肉和土豆。我给了山羊一份好吃的，喝水的时候给它切了些苹果。每个星期天都跟我一块儿吃午饭的小马也一样。它站在橡木做成的长桌子旁，从食盘里挑着苹果吃。这匹小马老有一种摆脱不掉的念头，认为我会将它扔在这里走掉。不管我走到哪里它都跟着，习惯跟小马在一起的山羊便总跟在马的后面，靠山羊奶过活的猫便跟在山羊后面。于是，我们一起上班下班。秋天我去割草时，它们也都跟着我，甚至我去上厕所时，这些动物也跟在我后面，看守着我，免得我跑掉。在我见到那位巧克力厂的姑娘的一个星期后，我曾经特别渴望再见到她，看她是不是胳肢窝下夹着那本书去那巧克力工厂。我有些想念她，于是收拾了一下该随身带着的最必要的东西，趁天还没亮就动身去村子里等公共汽车。可等到公共汽车开来，我已经上了第一层踏板时，便看见小马从我护养的那条路上跑来，狗跟在马后面，山羊踉踉跄跄走在狗后面。它们直朝我奔来，它们如此可怜巴巴地看着我，默默无声地求我别将它们留在这里。当它们围着我站在那儿的时候，那只野猫出现了，它跳到人们通常放牛奶壶的椅子上。我只好让汽车开走，领着这些动物回家了。从此，它们的眼睛总盯着我，不过也尽力让我快乐：猫儿像一只小猫咪一样地蹦跳着，山羊想跟我顶角玩，还开玩笑似的跟着我用两只脚蹦跳，只有小马啥也不会，只是常常用它柔软的嘴吮着我的手望着我，眼睛里闪烁着恐惧。晚饭后，像平常的每一天那样：小马蜷缩在炉灶旁，甜美地叹息着，山羊躺在小马旁边，我则继续描绘我的画面。开始我觉得这些画面模糊不清，甚至有的画面是不必要的，可突然写顺了，我一页一页地写下来，画面在我面前越来越快地闪过，弄得我都有些来不及。这些急匆匆出现的画面让我没法入睡，我甚至听不见外面是刮大风，还是月亮照得窗板噼啪作响，我只顾一天天地打扫路上的积雪，在扫雪的过程中想着我晚上的这条路，直到我拿起笔。我所写的都是我一天之前就已经想好的，晚上我实际只是誊写一遍我在公路上干活时已经想好的。晚上，动物们也在等我，因为动物爱安静，它们总是甜滋滋地呼吸着。我也这样呼吸着，继续往下写。我将一段木头塞进炉灶里，火苗悄然蹿起，烟囱里抽吐着呼啸的风，冷风从门缝底下挤进屋里……到圣诞节半夜时分，窗子下面亮起了灯光。我放下钢笔，不可置信的事情成了事实！我出门一看，村里的老乡，几个经常坐在小酒馆里贫病交加的不幸公民，坐着带犁的雪橇从老远的家中来到这里。他们因为想念我，曾经把替我去买东西的狗打死了，现在又坐着带犁的雪橇一直来到我这里。我请他们进到里面，我这现今的住处。他们看着我，我注意到他们为什么吃惊。“你这是从哪儿弄来的？是谁给你的？你干吗穿成这个样子呀？”我说：“请坐下，诸位！你们现在都是我的客人。我曾经是个餐厅服务员。”他们被我吓了一跳，仿佛为我来到这里而感到惋惜。“这条绶带和这枚勋章是怎么回事？”我说：“这是我在许多年前得到的，因为我是那个曾经侍候过阿比西尼亚皇帝的人。”“那你现在侍候谁呢？”他们还在吃惊。“这儿？你们不是看见了吗，我的客人们？”我指了指小马和车子，可它们已经站起来，撞着门，想走出去。我给它们打开门，它们便挨个儿走了出去，经过走廊回到它们的牲口圈里。可我这套燕尾服、闪闪发光的勋章和那条蓝色绶带，把所有老乡惊得愣了好大一阵子，然后对我表示祝贺，并祝我节日快乐，还邀请我去参加他们的圣什捷邦日的午餐[1]，随后他们就离去了。我从镜子里看到他们的背影。当灯光和他们的手提灯笼也渐渐远离窗户时，农民老乡们的谈笑声也渐渐远去，雪橇声也越来越远。我独自站在镜子跟前，端详着自己。我越端详自己，惊吓得越厉害，我吓得仿佛是在和别人，一个疯了的人待在一起。我对着自己呼吸着，甚至吻了一下这凉冰冰的镜子。然后，我抬起肘子，在蒙蒙灯光下擦擦我的燕尾服。后来，我像举着玻璃杯祝酒一样举着亮灯又站到镜子跟前，我身后的门又悄悄打开，我愣住了……小马走了进来，后面跟着山羊，猫儿一步跳到炉灶旁的锡面桌上。我高兴老乡们受那么大的累踏着雪来看我，让我惊喜至极。我在他们眼里准有什么可贵之处，因为我的确是曾经侍候过英国国王的领班斯克希万涅克先生的徒弟，我还有过侍候阿比西尼亚皇帝的荣誉，他以授给我这枚勋章的方式永远地奖赏了我。而这枚勋章又给了我力量，来为读者写出这个关于不可置信的事

---

1 捷克的圣诞节过三天。12 月 24 日至 26 日，第三天，即 12 月 26 日纪念天主教的圣人什捷邦，通常要请亲朋好友来吃午餐，所以叫圣什捷邦的午餐。

情成了事实的故事。

你们听够了吗？这回我可真的结束了！

1971 年夏

译后记

一九六八年八月的一天深夜，大群外国飞机、坦克和全副武装的士兵，突然占领了捷克斯洛伐克。事成之后，凡对如此非法占领不肯公开表态支持拥护的作家，均遭受到新上台的权力当局制裁。本书作者，捷克当代文学巨匠赫拉巴尔也未能免此厄运。当时，他有两部新作已由出版社印好装订成册正待发行，却被送进了废纸回收站销毁。不仅新书被禁当成废纸，连他已经出版的著作，也被从各个图书馆和书店的架子上撤下来。

根据他另外两部小说拍摄成的电影也被禁映。这位深受读者爱戴、曾多次在国内外获奖的职业作家，甚至被开除出捷克斯洛伐克作家协会。顿时，赫拉巴尔感到自己成了个无所事事、境况莫测的人，也曾萌念轻生。亏得他妻子曾在布拉格远郊一处林中空地买到一所简陋的小木屋，把他移居安顿在这几乎与世隔绝的地方。他的生活似乎平静了些，但他内心却无法安宁，一种迫切创作的欲望像病魔般折磨他，并使他坚持活下来。终于，这里迷人的大自然，无人打扰的幽静，附近亲切如家的小酒店，热情质朴的乡人，以及他们滔滔不绝神侃出来的大实话、小故事，使他的思绪复苏，心情逐渐好转，特别是萨特斯卡小镇蓝星酒店那位老总管、小个子老板讲述自己从前在饭店当学徒以来的故事，与他酝酿构思的创作不谋而合，真个是“众里寻他千百度，蓦然回首，那人却在灯火阑珊处”。小个子老板就成了他小说中理想的主人公原型。他随即坐到林间小屋的打字机前开始创作。他一连打出的十张书稿，就引得他脑海里储存已久的大饭店、小酒家无数个小故事像洪水决堤般地倾泻出来，简直让他应接不暇。他说当时“仿佛有人在我体内口授，而我的作用只是听写而已。我是处于一种轻盈的无意识状态中打出一张又一张的字来的”。他紧张忙碌了十八天，一气呵成了这部包括五个互有关联的篇章、十三余万字的《我曾侍候过英国国王》。

手稿完成后，正如他在“作者说明”中所说的那样：将它撂在一边，没有检查过一遍或做过任何加工修改。当时他没有想过，也没有可能拿去出版，只有某种一吐为快的感觉。但手稿一经传出，便引起了前所未有的强烈反响。读者自行组织传抄，五人分工两个星期便抄写出十册，再过两星期，十册又分散抄成了一百册……另外还有几家自行刊发出版的复印本及9号铅字本。就这样，这部小说在民间广泛传抄、传阅，直到将近二十年之后的一九八九年下半年，才由捷克斯洛伐克作家出版社作为“三部中篇小说”中的一部，正式公开出版。在这个一千几百万人口的国家，印数竟高达十九万册，且不到一星期就全部售完。接着，该出版社于一九九〇年又追加出版了这部小说的单行本十四万册。到我们翻译的这个版本，已是捷文第六版了。需要说明的是，手稿付梓正式出版前，作者对当年在特殊条件下紧迫完稿的这部作品，仍未做任何修改、润饰，保留手稿的原貌，原汁原味奉献给今天的读者。

在《我曾侍候过英国国王》这部回忆录式的传记体小说中，作者一反以往常用的滔滔不绝的奇谈、对话、蒙太奇式的剪接等手法，改用说书的形式，在一两句固定的开场白之后，脉络清晰地娓娓道出情节连贯、由一个个故事连成的整篇小说。

小说中的主人公，这个涉世甚浅的小个子餐厅服务员，在变幻莫测的大千世界里，尽管竭力拼搏、跋涉、攀登，以求熬到“侍候过英国国王”的那一类精明能干的餐厅服务员领班位置，并进而当个大饭店老板、跻身于百万富翁行列之中，但人生旅途维艰，他的每一步几乎都没有逃脱小说作者所推崇的老子《道德经》[1] 中祸福相倚伏等人生辩证规则。即使他死乞白赖地挤进百万富翁拘留营，其他百万富翁也不将他视为他们中的一员，最后落得个“回归大自然”与猫狗羊驹为伴，修一条象征他一生的永远修不好的路。

1　老子是赫拉巴尔最敬仰的哲学家之一。其《道德经》中诸如：祸兮福所倚，福兮祸所伏；夫物芸芸，各复归其根；人法地，地法天，天法道，道法自然；有无、得失、难易等一切事物都是相对立而存在的。这些哲理很受他赏识。

小说以小个子餐厅服务员在各类差距迥异的旅馆、饭店、食堂、酒家和餐厅的活动、经历及其所见所闻，展示了捷克斯洛伐克自第二次世界大战之前一个时期、慕尼黑会议后，到沦为纳粹德国占领下的“保护国”时期，以及第二次世界大战结束后实行国有化初期，这长达约半个世纪的社会生活画面。

小说的主人公侍候过形形色色的资本家、地方官、艳楼小姐、法国女郎、密探、将军、风流总统乃至外国皇帝……耳闻目睹了富商们千奇百怪的赚钱招数，拿百元纸币铺地炫耀财富的怪癖嗜好，拿赤裸的风尘女子来“会诊”的淫秽行为；更惊恐地身临其境见识了鲜为人知的纳粹“新超人新人类”的人种培育中心；亲眼看到了党卫军人与妻子、情人生离死别的悲凄情景，还有矾水湖里德军伤兵的残肢断体、纳粹军官不相信会同俄国人打仗的军心、他本人的妻子没有了脑袋的残尸、利吉采大惨案的元凶、盖世太保高级军官的落网，以及百万富翁们在拘留营里的一出出闹剧。

作品中这一幅幅画面鲜明强烈，让你惊叹，有的甚至让你毛骨悚然。你会觉察到，作者在许多地方采用了美术造型的技巧来刻画小说中的人物和环境，有时像个功力超群的速写画家，寥寥几笔便准确、内行、生动地勾画出所描绘对象的特征。作者从青年时代起就酷爱美术，常从许多他崇尚的世界名家名画中获得创作灵感。如果说这部小说似一幅充满黑色幽默、色调偏暗的点彩派绘画长卷，那么，作者反复提到的“外婆的磨坊小屋”画面，就该是其中几处不可或缺的银色亮点。对主人公在天堂艳楼别出心裁地摆花瓣图案的描绘，则与法国画家马奈的名画《奥林比亚》异曲同工，或是作者对该画作躺卧着的裸女面前那一大捧鲜花的演绎，均为苦涩美的象征。作者还传神地描绘了孤独的修路老人与猫狗羊驹之间相依为命、形影相随的深厚感情，并用深沉凝重的笔触描述了他与山乡村民的讨论并表达了人生的最终归宿。圣诞节风雪夜村民们对他的造访，简直是一幅感人至深的风俗画。

“寓峻于谑”也是作者常用的手法。对于某些无奈、尴尬、难以言状的局面，作者往往用布拉格帅克式的幽默、揶揄、调侃来处理。那些令人拍案叫绝、掩卷长思、叹为观止的故事情节，让你忍不住反复再读，细细品味，使你久难忘怀。

关于《我曾侍候过英国国王》以及稍后的《过于喧嚣的孤独》，作者有段意味深长的话："不管是《国王》还是《孤独》，都好比一辆客车在白天渐渐开进一条极其漫长的隧道，开进一个漆黑的夜幕之中。""无论是《国王》还是《孤独》，我都害怕去读，甚至连一行字也不敢看一眼。"从中不难看出作者创作这两部作品时的心情、处境，以及它们在他心中的分量。

《我曾侍候过英国国王》在国外已被译成二十种文字出版。本书已被拍成电影公开放映并获得捷克共和国国家奖。一九九〇年，赫拉巴尔荣膺捷克和斯洛伐克国家功勋艺术家称号。

星灿　劳白

2002年春

图书在版编目（CIP）数据

我曾侍候过英国国王 /（捷克）博胡米尔·赫拉巴尔著；星灿，劳白译，—2版．— 北京：北京十月文艺出版社，2019.2（2024.6重印）

ISBN 978-7-5302-1881-5

Ⅰ．①我… Ⅱ．①博… ②刘… ③劳… Ⅲ．①长篇小说—捷克—现代 Ⅳ．①I524.45

中国版本图书馆 CIP 数据核字（2018）第 224199 号

我曾侍候过英国国王

WO CENG SHIHOU GUO YINGGUO GUOWANG

[捷克] 博胡米尔·赫拉巴尔 著 星灿 劳白 译

出　　版　北京出版集团公司
　　　　　北京十月文艺出版社
地　　址　北京北三环中路 6 号
邮　　编　100120
网　　址　www.bph.com.cn
发　　行　新经典发行有限公司
　　　　　电话（010）68423599
经　　销　新华书店
印　　刷　北京盛通印刷股份有限公司
版　　次　2019 年 4 月第 2 版
印　　次　2024 年 6 月第 3 次印刷
开　　本　850 毫米 ×1168 毫米 1/32
印　　张　8.75
字　　数　141 千字
书　　号　ISBN 978-7-5302-1881-5
定　　价　42.00 元

质量监督电话　010-58572393